閨女好辛苦

上

文創風 333

畫淺眉 著

風 文創 333

目錄

序

我給朋友寫過書評，給愛看的影視劇寫過影評，卻從來沒給自己寫過序文。

在提筆寫第一個故事的時候，我問自己，這個世界我能走多遠？沒有人能給我這個答案。但我知道，在這個世界走的每一步，都離不開旁人的支持。

我寫故事，有著這樣、那樣的毛病，所幸還能得人喜愛。在寫這個故事的時候，我只想寫一個不一樣的女性角色。

重活一世，我希望這個女孩不要執著於復仇，不要拘泥於從前的恩恩怨怨。她可以選擇改變命運，卻不一定非要將前世的仇人殺得片甲不留，因為重活一世，很多事情還沒來得及發生，只要改變了因，就能改變果。

所以，我寫下了她。

晏雉。

她是這本書的女主角，也是我心裡期盼的少女。她有著不差的出身，有著寵愛自己的手足兄弟，也有著聰明好學的頭腦。她曾經任人擺布，鬱悶而終，重生一回，前路既然已經認清，自然就要努力走上不一樣的路。

後來，我又寫下了一個男人。

在這本書還在網絡連載的時候，有不少讀者問起他們什麼時候才會在一起。我想說，相愛其實是件互相的事情，只有彼此成長，才能找到最合適的在一起的時機。

在寫文的時候，我讀到了一首詩，是唐朝詩人馮延巳的《長命女》——

「春日宴，綠酒一杯歌一遍，再拜陳三願。

一願郎君千歲，二願妾身常健，三願如同梁上燕，歲歲長相見。」

那時候，我才剛寫了開頭。

我和無數作者一樣，自詡是筆下主角的親媽，虐了她開頭，自然就希望她後面的路能夠一帆風順。《長命女》，名如題，是個女子情深意重的盼望，我也盼望著苦盡甘來的晏雉能夠一世苦，二世歡，永世安。

我喜歡看各種書，不管是言情小說，還是歷史文化，透過書，能看到許許多多對日常來說完全不一樣的故事。

那些湮滅在歷史長河中的愛情故事，有的重新展露在人前，有的則只能藉由一筆帶過的歷史資料，看到冰山一角。

但是不管是真實存在的，還是後人杜撰的，相信每一個愛情故事的初衷都在弘揚美好的希望。

就比如不管是詩經還是唐詩、宋詞，古人總是會用各種美好的形象，透過雙飛燕、白頭鵝、鴛鴦等物形容雋永愛情。每一個作者也都在竭盡所能地描述著我們心目中的愛情故事。

只盼著我筆下的這對情侶，能如同這世上所有的深情燕侶，恩愛兩不疑，歲歲長相見。
最後，我想問。
如果你能遇見一個人，用真心愛著你，用自己的一切努力維護著你。
如果你也恰巧默默喜歡著他，你會不會回應這分感情？

畫淺眉

二〇一五年七月二日

第一章 長夏夜

晏雉病了。

時值夏夜，酷熱難耐，東廂的這間屋子雖寬敞，但在夏日裡，沒個冰塊，即便是四面窗子全都打開，仍舊覺得悶熱得厲害。她躺在床上，不多會兒，就渾身汗濕了。

一旁梳著婦人髻的婢女絞了塊帕子，輕輕給她擦了擦汗，又小心翼翼地將人翻了個身，換了塊帕子給她擦身。

她吃力地動了動，最後不得已，只能睜開眼，嗓子嘎啞。「慈姑，外頭幾時了？」

名喚慈姑的婢女笑了笑，語調柔緩，動作也十分輕柔。「二更天了。娘子可是覺得餓了？」

晏雉想要擺手，卻是連半分力氣都沒有，閉了閉眼，嘆道：「不用了，妳也早點睡吧，別伺候我了。」

她話才罷，又昏睡過去。

不知怎地，就夢到了很多很多年前。

大概是三十多年前的事了。

她坐在東籬晏家後院的秋千上，乳娘在身後推著。秋千高高地盪起，她看見院中池塘裡，碧色的池水上浮著朵朵睡蓮，花盞連綿。

還有秋千旁的樹上，鳥雀被她驚著，嘰嘰喳喳一通吵嚷，撲騰著翅膀在她格格的笑聲中飛走。

她覺得有趣，便又央求乳娘再盪得高一些，再高一些。

乳娘有些擔心她飛出去，不敢用力。「小娘子，乖，咱們過會兒再玩，大郎就要回來了，萬一小娘子不聽話，教大郎瞧見了，小娘子又該被大郎摁著打屁股了。」

她眨眨眼，噘起嘴，哼道：「大哥壞！」秋千慢慢停下，她晃著小短腿從上頭跳下來，又跑去池塘邊，趴在石頭上，伸手就要撈池子裡的錦鯉。

乳娘嚇了一跳，忙要去抱她起來。

耳邊忽地傳來一個低沈的男子聲音。「四娘又不聽話了？」

乳娘一聽這聲音，忙轉身曲膝朝著來人行了個萬福，恭謹地喊了聲「大郎」。

她像是被嚇著了一般，慌忙就要從石頭上爬起來，奈何人小腿短又起來得急了，差一點就摔進池子裡。

好在那人動作快，衝到池塘邊，大手一伸，扶著她圓滾滾的身子，直接抱了起來。

她手裡還抓著一尾小錦鯉，討好地要遞給兄長。

夏日的陽光照在來人茶褐色的道衣上，黑色滾邊混著金銀線，折射出影影綽綽的光芒來。許是背對著日光的關係，兄長的臉彷佛被鍍上了一層金箔。

日光下，她瞧不見兄長的臉，看不清他的表情，卻一如既往地因為害怕懲罰，努力討好他。

兄長騰出一隻手，不輕不重地拍了拍她的屁股，嘴裡哭笑不得道：「我家四娘這是要以身餵魚不成？餵了一個四娘，池子裡的這些錦鯉約莫能有一年不用姨娘餵食了。」

她抱著兄長的脖子格格笑，遠遠看見管姨娘領著一人前來。她意外地看得仔細，那人身上穿的是白色窄衫，底下套著淺藍色長裙，體態豐盈，面容白淨，眼角含嬌。

她看見管姨娘帶著那人在樹下站定，招呼兄長過去。

視線陡然轉動，她被兄長放在地上，而後便看見兄長朝著那邊走去。

她邁著短腿就要去追，兄長卻越走越快，到後來竟與那人牽著手，在盛夏灼熱的日光中從她眼前消失。

她焦急地回身找乳娘，想要乳娘幫忙，快點把兄長找回來，讓他千萬別和那個女人走。

可饒是她怎麼呼喊，盛夏的蟬鳴聲蓋過了她所有的聲音，那些脫口而出的呼喊，被掩蓋地嚴嚴實實。她心口發悶，喘不過氣來，難過得不行。

沒有人回應她的呼喊，她只好繼續朝著唯一的路向前跑，她要去找兄長，告訴他一定要小心那個女人。

她往前跑。

一直跑。

前面的路突然出現一個月洞門，她不顧一切，穿過那些站在月洞門外的丫鬟僕從，入目赫然是一片赤紅。

她呆呆地站在原地，尚來不及憶起這是哪裡，身旁傳來略帶不悅的女聲。「怎地發起呆來？吉時就要到了，還不趕緊扶你們娘子去拜堂！」

拜堂？她張嘴想說話，卻發現身旁有人扶著她的手，慢慢走進一間寬敞亮堂的屋子。

不一會兒，隔著大紅的頭蓋，她隱隱約約看見站在身旁的高大男子。

喜帕被猛然挑開，她被突然的明光刺激，眼睛疼疼，仰起頭，想要看清男子的臉龐，卻聽得他冰冷的聲音，毫不加以遮掩。

「晏四，妳兄長將妳許給我，不過是為了攀我熊家的權勢。妳晏家祖上雖有殺身立孤之節，可現世不過就是個經營漁業的商賈，要不是看在妳兄長如今得我爹重用，要我娶妳，作夢！

「妳今日進我熊家門，便是我的妻子，出嫁從夫，我許妳做什麼，妳才能做什麼。我給妳這個名分，但是不妨告訴妳，我不喜歡妳，長得漂亮又如何，不過是個中看不中用的蠢物罷了！

「這世間，絕色美人無數，妳不過是其中之一，日後本分一些，熊家才會許妳一二殊榮，若是不願……我自會讓妳心甘情願避居他處！」

她終於想起眼前這人是誰！

晏雉想要說話，卻發覺半張臉僵硬，竟連嘴巴也張不開了。

男人拽住她的手，想要往床上拖。她掙脫開禁錮，跑向房門，「嘎吱」一聲，就將門推了開去。

門外站著幾個衣著豔麗，酥胸半露的美人，裙襬下，那一雙雙秀足不過兩、三寸，走起路來嫋嫋娜娜，見了她，便盈盈一拜，喊了聲「娘子」——

她終於受不了地叫出聲來，大汗淋漓地猛地睜開眼。

入目是屋子裡暖暖的燭光，聒噪的蟬鳴聲依舊持續不斷地從窗外傳來，好不容易吹來點風，尚來不及吹走屋子裡的燥熱，便又歇了。

屋子裡靜悄悄的，沒旁的聲響，慈姑坐在床尾的小墩子上，正藉著燭光縫補衣物。床頭坐著個小丫鬟，大概是睏了，下巴支著蒲扇，晃著腦袋打盹。

晏雉深深地吸了口氣。

還好。

還好方才發生的一切不過只是一場夢，或者說，不過是好多年前發生的事。都已經過去了，再不會從頭來一次。

晏雉想要翻個身子，到底僵硬著動彈不能，忍不住就嘆了氣。

她如今病得越發重了，大概是人壽將至，已經再不能妄求什麼。

不過也好。

自六年前發病後，慈姑和院子裡的丫鬟們就忙得人仰馬翻，日夜輪值。到今年開春，大夫說，她的病已無回天之力，只能準備後事，過一日，算一日。

如果真的能就這麼去了，好歹對她們來說，也是解脫。

晏雉沒有再動，望著床頂的紋飾，又想起方才那一場大夢。

她自出生起，就鮮少見到阿娘的面，阿爹也很少對她這個老來女投注太多的心血，是兄長和乳娘一點一滴，將她拉拔長大。
夢裡的那個女人，是兄長的妻子，她的大嫂。可她記不得，究竟是誰說動了不願功名未成就成親的兄長，點頭娶親。
在嫁給熊戊後，晏雉一直以為，是兄長為了攀熊家的勢，才將自己許了出去；若不是後來找到失去消息很久的乳娘，她一直不知道，是那個女人矇騙了兄長。
甚至，此後許多對兄長不利的事，都是那個貪圖榮華的女人私下做的決定。
晏雉越想越覺得胸悶，想要翻身，卻又苦於身子發硬，不能動彈，臉色竟漸漸發青。
她的病，說來古怪，是從腳趾開始慢慢發硬，如今心口以下部位全都僵硬。掀開被褥，那具躺在底下的身軀，已經乾枯得猶如樹枝，十分恐怖。
大概是她的呼吸聲有些重了，驚動了床尾的慈姑。
床頭的小丫鬟也頓時驚醒，想著自己竟然給娘子搧風的時候睡著了，難免有些惶恐，看了看慈姑，又看了看臉色發青的晏雉，慌忙就要跪下。
「幫我翻個身。」晏雉想要安撫她，卻實在是難受，臉上的表情有些猙獰。
慈姑當即讓小丫鬟去倒杯茶來，自己走到床頭坐下，小心地扶起晏雉，讓她靠在自己身上，然後輕撫晏雉胸口，等到她臉色漸漸轉好，這才幫著翻了個身子。
「娘子身上又都是汗，奴婢去給娘子打點水擦擦身子。」
晏雉緩緩搖頭。「不必了，陪我說會兒話罷。」
「是。」慈姑頷首，接過小丫鬟斟來的茶，坐在床頭的小墩子上，低聲道：「這天越發熱了，娘子若是受不了了，奴婢明日去阿郎那兒再求一求，總得在屋子裡放塊冰才好，不然若是熱出疹子來，對娘子的身子可不好。」

晏雉輕嘆，笑了。「妳別去招惹他了。前頭的應娘這才生了小郎君，他如今中年得子，心情好得不行，妳這時候去同他說我的事，怕又得惹他不快。」

她和熊戊這段婚事，說到底，是彼此無心——在最初成婚的那一年裡，晏雉也想過要好好與他過日子，可試過幾次後，她怕了。不光是因為熊戊好女色，多流連花間，會的都是些不入流的東西，床笫之間也多淫邪；更因為他不許旁人忤逆自己，但凡惹他不快，總是一頓責打。

以至於後來，晏雉寧願獨自一人住在東廂最角落的屋子裡，也不願再與熊戊共居一室。他也樂得自在，此後鶯鶯燕燕無數。

熊戊如今四十有餘，一眾姬妾、通房生的都是女兒，直到前幾日，他新納的姬妾應娘，才為他生下了唯一的兒子。

「可娘子若是……」

慈姑顯然還想再說些什麼，然而晏雉的眼皮卻已經開始發沈。

病後這幾年，她越發地嗜睡，常常清醒不過些許時候，就不知不覺又昏睡過去。

慈姑見狀，嘆息一聲，為她掖好被角，拿起蒲扇，輕輕搧起風來。

熊戊出身可算顯赫，是兵馬使熊昊的嫡長子，生母甄氏出於東籬世家。

熊家雖稱不上天潢貴胄，卻也是清貴之家。

因甄氏善妒，熊昊只一妻，無妾亦無通房，膝下僅有一子一女。作為唯一的兒子，熊戊三歲開始跟著先生讀書識字，十四歲的時候得了功名。

嘉佑三年，不過才十二歲的晏雉，為兄長的仕途嫁給了熊戊做妻。婚後少年夫妻，兩人不曾琴瑟和鳴過一日。

因為熊戊貪戀女色，姬妾、通房無數，晏雉並不願意和他有過多糾葛。十五歲之後，熊戊數次強迫晏雉，更有一次害得她意外流產，此後晏雉身體大壞，與熊戊分房，只在須夫妻同時出面的場合出現。

這一分房，就分了二十年。

晏雉的院落在東廂最偏角的地方，清靜，但有時候看起來也過於冷清了一些。

熊戊的那些妾，自六年前晏雉得病後，因為怕這院子裡有不乾淨的東西，再沒來耀武揚威過；就連熊戊，若非有什麼緊要的事，也絕不會往她這院裡一步。

院子裡來往的人通常都是跑腿採辦些東西的僕從，好在院落的主人，和住在這院子裡的一干丫鬟、婆子都不是那些愛湊熱鬧的，也就樂得自在安詳。

晏雉難得醒著，見熊戊進屋，有些不解。

熊戊四十出頭，因為生活優渥，沈迷酒色，看起來精神有些萎靡，但因為長年習武的關係，身材高大挺拔，身形並未臃腫不堪。

侍幾個侍奉的丫鬟從屋子裡離開，熊戊看著靠在床頭難得清醒的晏雉，蹙眉道：「身子好些了？」

晏雉微微搖頭。「近日開始氣短，怕是沒幾日好熬了。」

熊戊走到床邊，一撩衣襬，往一旁的墩子上坐下。「既是不大好，便多歇息。」末了目光有些躲閃。「妳讓慈姑收拾收拾，暫時搬回我那兒。」

晏雉看著他，問：「是我兄嫂要來？」

晏雉出嫁後，起初幾年還住在東籬，彼時晏家多少還能照顧她這個出嫁女；後來，熊戊升遷，她隨夫君離開東籬，至此，一年至多能和家裡人見上一面。

很多年前，晏雉也想過和離，或是以無子為由，懇請熊戊休妻；卻不想，熊家因看重她兄長，擔心休妻一事影響兩家情誼，故而一直避而不談。

即便是他倆明明早已分房，卻也因每年兄長要過來探望她，而搬回主屋暫住幾日。

「還是和往常一般，妳住我屋中，我在旁設屏風小榻另睡。家中姬妾，這幾日我會約束好，必不會招惹妳。」熊戊擰著眉頭，有些擔心晏雉如今的身子吃不消如此移動。「妳身子……罷了，我抱妳過去。」

他說罷，起身捲起袖子，彎腰就要把人從床上摟抱起來。

晏雉一聲輕呼，人已經被他從床上撈起，抱在懷中。

這一抱，熊戊眉頭皺得更緊了。這人，越發瘦了，輕飄飄的，像是一陣風就能颳走。

二十餘年的夫妻，即便並無什麼感情，在分房後的日子裡，倒也漸漸培養出一些交情來。知道熊戊皺眉是因為發覺自己又瘦了，晏雉抿了抿嘴角，低聲道：「被子。」

她聲音很輕，熊戊一時沒聽明白，倒是慈姑，當即從床上拿起一條薄薄的毯子，蓋在晏雉身上，遮住她已經乾瘦如骨的身子。

熊戊被主僕兩人的舉動激起怒意，不悅道：「遮什麼？妳即便在這院子裡住，頭上好歹也還頂著熊府主母的名號，府中丫鬟、僕從還敢因為妳這身子，看輕妳不成？」

晏雉不想說，的確是被人看輕了，閉上眼，低聲道：「會嚇到孩子的。」

晏雉口中的孩子指的是熊戊的那一干庶女。

那些庶女和她們的生母不同，沒幾個得寵的，又因為晏雉占著主母的名號，硬是讓她們的生母十餘年都只能屈於人下，心裡多少有些不甘。

可孩子到底是孩子，晏雉自己不能生養，便發自內心地疼惜她們，到此刻，心裡想的仍是別讓孩子們嚇到。

晏雉搬到主屋的第二日清早，就得了消息，說兄長他們正往這邊趕來。

她靠在床頭，聽著慈姑在屋子裡走進走出，喃喃地道：「我這條命，拖到現在還活著，怕是為了能再看兄長一眼……」

沒等她說完，慈姑已經急了，端著剛熬好的藥過來勸。「娘子莫要想太多。」大夫早就說過，思慮過重最是容易壞身。

大約是被慈姑眼裡的難過給刺傷了，晏雉嘆了口氣，只覺得胸口又悶得厲害。

她喘息道：「兄長如父，撫養我長大，若是能再見他一面，便是明日讓我閉了這雙眼睛，我也心滿意足了。我還記得，阿娘常年茹素，我那時候還小，被養在阿娘身邊，長得又瘦又小；兄長看不過眼，硬是將我從阿娘身邊抱走，親自撫養，這才救回我一條命，不然，只怕我早因體弱夭折了。」

慈姑驚詫。她是晏雉十一歲的時候，才被安排到晏雉身邊的，自然不知曉早些年的事，只知道晏雉的母親常年禮佛，晏府的事全都由姨娘管氏在打理。

過了半盞茶的時間，沈氏帶著丫鬟、婆子來主屋探望晏雉。

看著如今年近五十的沈氏，依稀還能辨認出當年眉目清秀的佳人容貌。可美人蛇蠍，晏雉是在她手底下吃過苦頭的。

沈氏為人跋扈，進門後在晏府中橫行，對晏雉管教得極嚴，後為了兄長的仕途，她更是被沈氏當作籌碼，許給熊府，嫁給熊戊做妻。

明面上，是晏家高攀，實則卻是被利用了。

她最初那幾年是怎麼過來的，沈氏不會知道，也不屑知道；便是最初她寫信給兄長求救，也無一例外的被沈氏截下了信件。

若非後來熊戊終究長出了良心，約束起他那些姬妾，她怕是當真沒一日消停日子可過。

瞧見靠著床頭的晏雉，沈氏揚眉便道：「妳如今是越發沒道理了，竟是連相迎都不願了嗎？」

晏雉吃力地搖了搖頭，一副愧疚模樣。「嫂嫂見諒，四娘如今身子越發吃力了，已下不得床，故而才不能相迎。」

她話罷，又命慈姑斟茶。「嫂嫂這一年過得可好，晏家可又添丁了？」

「自是添了。聽聞熊郎的一房小妾前幾日剛生了小郎君，妳趁著如今身子還索利，將那孩子認到名下，日後嚥了氣，總歸有人給妳摔盆（注）。」

晏雉笑笑。「我這身子，拖不了多久了，何苦累著孩子；再者，我活著一日，那孩子就得喊我一聲阿娘，喊生母姨娘，認不認在名下，又有何差。」

沈氏噎住，許是沒想到晏雉看模樣分明已經病重得連說話都有氣無力了，卻依舊口齒伶俐。

姑嫂兩人沒說多少話，外頭便有丫鬟過來傳話說大郎來了。

晏雉眼睛一亮，趕忙吩咐慈姑將屏風移了，卻見沈氏怒目圓睜，斥責道：「妳如今這副病容，怎能這般示人；再者，男女大防，便是兄妹，妳既嫁作他人婦，又如何可以與男人共處一室！」

沈氏這話說得好沒道理，晏雉想要發怒，卻胸悶得難受，臉色脹得發青。慈姑嚇得白了臉，顧不得去移那屏風，趕忙坐到床邊，幫她順氣。

那一頭，熊戊帶著人已經進了屋子，入內室後，見著屏風，微微一愣，以為是晏雉不願讓人見到病容，便也不在意，在屏風外尋了圓凳坐下。

其實晏雉心底一直盼著能再看兄長一眼，可兄長一直是刻板守禮的人，不然，沈氏這些年也不會因在他面前未做出格的事，所以即便囂張跋扈，也未被休離。

她喘著氣，忽就覺得，興許這一屏風，今日便要隔斷她與兄長最後的情誼了。

小丫鬟幾度想繞過屏風，去跟阿郎和客人說娘子發病了，快些進去看一眼；可沈氏身邊的丫鬟，這時候卻捂著她的嘴，不許她多嘴說話，就連慈姑，此時顧忌到晏雉的身子也不敢妄動。

屏風外，男人低沈的聲音，不時說上兩句話，但更多的是沈默。一如這些年，在家中擔心唯一的妹妹時，沈默不語的模樣。

其實，只要他站起來，繞過屏風，去看晏雉一眼，他就能發現，她這會兒身體不適，連呼吸都有些難過。

可是男人沒有這樣做。

他規規矩矩地坐在屏風外，許久沒聽到晏雉說話，還以為她又乏得睡著了——這幾年，他每年都會過來探望妹妹，可常常說不上兩句話，她就會昏睡過去。

如此想著，他竟也不多留了，起身同熊戊告辭。

兩個男人才往外走了沒多遠，屏風後，被捂住嘴的小丫鬟終於讓人鬆開。

「還不趕緊去請大夫過來看看？」沈氏皺眉，嫌惡道：「好端端的突然發病，妳是想讓人擔心嗎？晏、熊兩家如今的關係，可不能因妳毀了，便是好不了，妳也得想法子活著！」

她說完話，便毫無猶豫地帶著丫鬟出了院落。

慈姑摟著晏雉，紅著眼眶，咬唇惱怒道：「大娘怎能如此待娘子……娘子的身子已

注：摔盆，出殯時由孝子摔碎瓦盆，待盆子摔破後喪家舉哀。

經……已經這般了，她怎地還能這麼狠心，連一面都不讓你們兄妹兩人相見……」

晏雉心口悶著一團氣，直到這會兒終於漸漸順了，蒼白的臉憋得通紅，眼角還掛著淚，心底疼得不行。「她怎麼肯讓兄長見到我這副模樣……兄長生性耿直，即便與熊家交好多年……也絕不會忍心見到我如今的模樣……他會後悔，會自責……」

六年前病發，到今年，晏雉的身體已經頹敗至極。

若說一年前，她還能坐直身體，揮動手臂，甚至還能握住兄長的手，流露出小女兒的情態，同兄長撒嬌；而今，卻連點頭、搖頭都顯得困難了。

晏雉明白，她的時日已經不多了，這最後一面，竟成了最後的奢望。

倦意浮上心頭，她靠著慈姑，垂著淚，昏睡過去。

夜裡，晏雉醒來，已經回到了她自己的院落裡。

屋內燭光昏黃，她躺在床上悠悠嘆氣，熊戊撩開簾子走進內室。

「醒了？可要吃點東西？」

知道她身體不適，不方便起身，熊戊也不強求，在一旁坐下，眉頭微蹙道：「白日裡為何不將屏風撤了，你們兄妹兩人許久未見，難不成是不願讓他看到妳現在這副模樣？」

該說熊戊是關心自己，還是不關心呢？

晏雉苦笑。

「我當時發病了。」她也不多說什麼，淡淡回道。末了，又問：「兄長今日可是來找阿郎的？」

「是。」熊戊頓了頓，目光沈沈，低聲問道：「妳可知東海王？」

東海王雖冊封為王，卻並非皇族，亦非公卿世家之子。此人在大邯確為一位傳奇人物，從奴隸到將軍，又從將軍得以封為異姓王，縱觀大邯近百年歷史，想要找出第二位這樣的人物，實屬困難。

晏雉垂下眼簾，答道：「曾聽聞過東海王的名號。」

「東海王此人傳奇至極，朝中百官誰人不賣他幾分面子。兄長這次過來，一是為了探望妳，二也是因為東海王。」

晏雉蹙眉道：「東海王……兄長與他……」

「妳一直深居內宅，自然不知。」熊戊輕咳兩聲。「東海王至今仍是獨身一人，府中並無妻妾，妳兄長的意思是，可與其聯姻。」

晏雉一愣。

她並不熟悉東海王，可兄長家中的情形卻是知道的。兄長膝下如今共三子一女，最小的女兒如今已有十七，確實到了該成親的年紀，可似乎因為沈氏的原因，至今還待字閨中。

一個是東海王，一個是四品官之女，論門戶，並不是十分相當，論年紀……她這個姪女和東海王比起來，實在是……太年輕了。

聽熊戊提起聯姻之事，晏雉原本浮上心頭的倦意，此刻全都褪了。「若兄長當真有結親的想法，只怕不會來同你商量什麼。」

熊戊的笑容僵在臉上，眼睛瞇了瞇。

熊戊並未在房中停留太久。

無論是對他，還是對晏雉自己來說，他們之間並沒什麼夫妻感情，更沒有太多話好說。熊戊能約束好那些姬妾，不給晏雉找麻煩，已是他們夫妻之間最好的相處方式了。

人一走，晏雉躺在床上，神魂已經飛遠。

慈姑進屋的時候，差點被她的樣子嚇壞，好在她的胸脯還在微微的起伏，這才鬆了口氣。

「娘子……」慈姑側身坐在腳踏上，嘆息道：「今日……」

「慈姑。」晏雉的聲音突然拔高。「去請阿郎過來。」

慈姑一愣，見晏雉臉色不好，頓時心慌。

自家娘子是怎樣的性子，她做貼身婢女的，最是清楚不過。阿郎才走，若非緊要的事情，娘子必然不會急著要他過來。

她不敢放任娘子一人留在房中，慌忙叫丫鬟去喊人。

不一會兒，熊戊又急匆匆地回來了。

他本是在姬妾的房中，身上的衣服穿得不周整，腰帶鬆垮垮的，眼底的情慾甚至還沒來得及消褪。

晏雉看著他走到床邊，卻已經連笑都笑不出來，張嘴便道：「你我夫妻一場，我最後只求你一件事，待我去了，將我葬回東籬吧……熊家祖墳也好，晏家也罷……別讓我留在這裡。」

可能是猝不及防，熊戊有些茫然，而慈姑當即明白過來其中深意，想也沒想，「撲通」跪在晏雉的床頭，眼淚簌簌地落下。「娘子……」

晏雉說不清現在究竟是怎樣一種感覺，但是她明白，就是今夜了。

「阿郎，我去了之後，早些續弦吧。」她語重心長。「熊家不能沒有正經主母，我占著這個位置太久了，該換人來坐了。」

「妳……」熊戊想要說話，他一直知道晏雉早晚是要走的，可從來沒想過會這麼快。當這一日真的來臨的時候，他竟有些驚慌。

「話說在前面，阿郎萬不可扶持姬妾為妻！」晏雉聲音拔高，臉色卻越發蒼白。

熊戊臉色一變，終於鄭重地握住了她的手。「熊家的名聲重要，這點，我自會記得。妳……」

晏雉的手早已沒了知覺，想要掙開，卻無能為力，只閉上眼睛，吃力地搖了搖頭。「你應當知道，她們都不是好相與的，即便有幾位出身不差，可到底是做過妾的人，將妾扶正，別說律法不允，丟的更是你熊家的臉面。」

「娘子，您別再說話了，奴婢這就去請大夫，一定能治好的！」慈姑含著眼淚，「咚咚咚」地給晏雉磕頭。

熊戊臉色也不大好看。晏雉一死，熊、晏兩家的關係必然會不如從前。

「下去吧，讓我歇會兒，我累了。」

熊戊還想留下，門外卻有小丫鬟火燒火燎地過來說小郎君突然發病，應娘急得快上火了，請阿郎趕緊過去。熊戊咬牙，臨走前再三吩咐慈姑，好生照顧晏雉。

他人一走，慈姑忽地就聽見一聲長嘆，她抬起頭，滿臉是淚。「娘子……」

「妳跟了我一輩子，苦了妳了。」

「娘子……」

「下去吧。」

慈姑咬牙，腦袋亂成一團，卻還是聽從晏雉的吩咐，退了下去。

明明是盛夏，窗外的風卻尤其淒厲，枝椏沙沙作響，令人煩躁的蟬鳴聲詭異地靜止著。

屋子裡一片安靜，只覺得分外的寂寥。

晏雉閉上眼。

她這一生，沒有大風大浪，甚至從沒做成一件想要做的事。不過是從一個小籠子裡放出來，繼而關進一個更大的籠子裡。到生病之後，更是連偶爾放出籠子，去看一眼這個世界的資格都沒有了。

她的婚姻，更是一場玩笑。

她忍不住在想，如果當初兄長娶的人不是沈氏，她會不會就有改變這一生的機會？

若阿爹、阿娘能在她身上多放一些心思，她是不是就可以改變如今的處境？

而今，再想這些，已是無用。

陌生的寒意漸漸蔓延全身。

矇朧間，她感覺到身子被人摟抱進懷裡，似乎還聽到慈姑的哭聲。

遠遠的，她聽到了虛空中傳來誦經的聲音，聽到有人嘆息道：「燈，熄了。」

萬里之外，佛寺之中的一盞長明燈，熄了。

第二章　知重生

暮春的太陽，正午時難免顯得有些悶熱。

晏雉聽著窗外鳥叫聲，努力睜開眼睛，發現自己躺在一張陌生的床上，陽光透過窗戶照進屋內，暖洋洋的。

一個綰著婦人髻的女子坐在床尾的小墩子上，正仔細在小衣上繡著花。屋子裡還有幾個丫鬟，頭對著頭，低聲說著話。

所有丫鬟都穿著短褙長裙，戴著簡單的首飾，年紀看起來不過才十二、三歲的模樣。

晏雉隱隱還記得其中幾人的臉。

這些都是當初管姨娘給她挑的丫鬟。

她以為自己是在作夢，掀了錦被就想下床。手才碰著被子，她不由自主地愣住了——這是一雙又短又小的手，胖乎乎的，是她記憶之中，很多很多年前屬於自己的那雙手。

興許是見她醒了卻坐在床邊，反覆看著自己的手，小小的人兒做出一副沈思的模樣，屋裡的幾個丫鬟都掩唇笑出聲來。

床邊女子伸手，幫她穿上鞋子，又抱她下地，笑道：「小娘子這是怎麼了？手不舒服嗎？乳娘幫妳看看。」

晏雉抬頭，看著俏麗豐滿的乳娘，抿了抿嘴。

她還記得乳娘姓殷，個子不高，胸脯豐滿，總是穿得很乾淨，說話時溫柔，品性純良，對自己一直比對親生的兒女都要有耐心。

殷氏輕輕揉著晏雉的手掌，善意地勸了幾句。「這是在寺裡，小娘子可別到處亂跑，若是驚擾了大師們，娘子興許會不高興。」

屋裡其他幾個丫鬟這時候都抬起頭來，也跟著妳一言、我一語道：「小娘子今早爬上院裡的假山，可把寺裡的大師們嚇壞了。娘子知道後，臉都嚇白了呢。」

「是呀，小娘子可小心些，寺裡多蛇蟲鼠蟻，可千萬別再往那些假山或者樹叢草堆裡跑了。」

晏雉微微發愣，她隱隱覺得，這一切似乎都曾經發生過，並非是在夢中。

她還在發愣，殷氏已經鬆開手，從旁接過小丫鬟遞來的晏雉的外裳，仔細給她穿上。

「小娘子，佛門清淨地，可別再亂跑了。」

晏雉不語，只點了點頭。

忽有檀香隨風吹入屋內。

晏雉抬頭，便見著幾個丫鬟先一步進屋，而後抬手掀開垂簾，躬身待人走進後，方才放下簾子。

屋內的小丫鬟們紛紛起身萬福。

晏雉張了張嘴，呆呆地喊道：「阿娘……」

大邯尚佛者眾多，這些年來，佛教弘傳也越廣，十分興盛。各地廟宇建造得鱗次櫛比，寶塔修建得森嚴羅列，各地爭相繪製佛陀。

晏雉的生母姓熊，是晏父的續弦，如今不過二十三、四歲的年紀，中等個子，身材十分纖瘦。鵝蛋臉，細掃眉，穿了身天青色黑邊白花牡丹暗紋的褙子，映得膚白如雪，唇色也顯得十分淺淡。

熊氏體弱，自幼篤信佛教，嫁進晏家後因湯藥滋補，很快就懷上了孩子。女兒出生後，便久居偏院，常年禮佛，就連身為主母該當打理的府中庶務，也一併交予管姨娘打理。

晏雉愣愣地看著熊氏，心頭不由一顫。

她從懂事以來，每日晨昏定省，卻仍舊鮮少能見著熊氏的面，更別提出嫁後，她想要再見阿娘，越發顯得困難起來。

而今，時隔多年，回到小時候的夢中，見到阿娘，她竟不由自主落下淚來。

她是家中最小的孩子，晏家兄妹四人，三位兄長分別是已經過世的大娘和管姨娘所出，因年歲較長，得到父母諸多教誨。

唯獨她一人，不知是因為熊氏常年禮佛的關係，還是阿爹、阿娘之間並無夫妻之情，晏雉所受的教誨幾乎都來自後來嫁入晏家的沈氏，也因此才有了之後的那些境遇。

她一直在想，如果能見著阿娘，她很想問，為什麼阿娘不願教導自己，難道真的是因為不喜歡自己嗎？

「四娘這是怎麼了？」

熊氏低頭，看著坐在床邊眼淚汪汪的晏雉，微微蹙起眉頭。「好端端的，怎麼哭了？」

殷氏有些茫然。小娘子方才還好好地坐著，也不知怎地，見了娘子進來，居然哭了。「興許是想起先前做的事，後怕了吧。」

晏雉咬咬唇，伸手就去抱熊氏的腰。

「阿娘……女兒再不亂跑了！」

她哭得厲害，抱著熊氏的腰，一個勁兒地喊。

「好孩子。」熊氏許久沒這般親近過女兒，被她抱住腰身的時候，明顯身子一僵，好一會兒才放鬆下來，伸手撫了撫她的背。「妳是女孩兒，怎可以爬到假山上胡鬧，萬一摔下來可怎麼辦？從早間起罰妳沒東西吃，現下可是餓了？」

殷氏笑著在旁說道：「小娘子一直忍著沒吃東西，結果在床上睡著了，才剛醒來呢。」

話音才落，果真就聽到「咕嚕」一聲。

晏雉瞪大了眼睛，捂著肚子，頓時脹紅了臉。

屋內的小丫鬟們「噗哧」一聲笑了，就連熊氏，見著女兒臉上雖還掛著淚珠，神情卻顯得尷尬有趣，忍不住揚起唇角，給她擦了擦臉上的淚。

熊氏對殷氏道：「去看看還有沒有齋菜，這孩子，怕是餓壞了。」

殷氏笑著應了。

不一會兒她就端了幾道齋菜回來，晏雉實在是餓壞了，即便是在夢中，這饑腸轆轆的感覺，仍舊十分逼真，她不由得就多吃了小半碗飯。

筷子才一放下，晏雉聽到熊氏和殷氏的對話，已經從寺裡哪位大師最擅講經，轉到了兄長的婚事上。

她驀地想起，六歲那年，晏家與沈家結親，兄長娶了沈家嫡女，而在此之前，她正跟著阿娘在東籬城外的永寧寺中小住。

她低頭，看著自己胖乎乎的手，緊緊握住拳頭，指甲扣著掌心，有些疼……不是在作夢……

那年春天，東籬晏家的四女身染瘧疾，東籬城外山中有一永寧寺，寺中有位德高望重的高僧，晏家主母熊氏遂帶著晏四前往寺中，請大師加持祈禱。

晏雉記得很清楚，永寧寺中有一座九層寶塔，數十丈之高，她站在塔下需要仰頭往上看，才能看到寶塔之上高達數丈的金飾佛剎。

那年在永寧寺，熊氏跟著高僧唸經祈禱，她雖得了瘧疾，卻依舊四處玩鬧，從廂房跑到寶塔北面的佛殿，又跑到後面的僧房，最後竟踩著布滿青苔的石階，爬上了一座假山。

然後……她站在假山上胡鬧，嚇壞了經過的僧眾。

再後來，她就聽說阿爹同意了和沈家的婚事，為兄長訂下了沈氏。

晏雉扭頭，敞開的窗子外，檜柏椿松，枝葉覆蓋簷首，那鬱鬱蔥蔥的春色，擋也擋不住。

「阿娘，不能讓大哥娶……」她張了張嘴，想要告訴熊氏，千萬別答應和沈家的這門親事，可是才開口說了半句話，就見熊氏目光嚴厲地望了過來，她一時間愣在那裡，再不敢往下繼續說。

「好了，擦一擦嘴，稍後隨我去聽大師講經。」

「阿娘……」

殷氏神色有些緊張，見娘子臉色不大好看，趕忙抱著晏雉，低聲勸道：「小娘子莫說話，來，咱們擦擦嘴，再洗把手，這就去聽大師講經了……」

「妳們是服侍小娘子的人，有些話，該不該在小娘子面前說，理當清楚。」熊氏沈聲打斷了殷氏的話。「妳們是無意間在小娘子面前露了口風，還是口無遮攔讓她聽了去，心裡清楚就好；背後妄論主子的事，若再有下回，都掂量掂量後果。」

「娘子教訓的是！」殷氏忙道，屋內的小丫鬟們也頓時跪了一地，臉上神色再沒方才的輕鬆隨意。

晏雉從沒見過熊氏這樣嚴肅的表情，有些嚇到，可心底仍舊有個聲音，在不斷叫囂著說，一定要阻止晏、沈兩家結親，一定要！

她甚至想起自己兄長去參加鄉試那年，她親眼看見沈氏將兄長的一個通房活生生地鞭笞致死，以至於她的心底一直對沈氏充滿了恐懼，和熊戊的那門婚事，她雖心有不甘，卻絲毫不敢反抗。

晏雉不斷地告訴自己，如果睜開眼後的這一切都不是夢，如果真的是老天保佑讓她再來一回，只要阻止兩家結親，之後的一切都會變得不一樣，兄長的命途，她自己的命途，都不會再走上那無法控制的方向。

她固執地從殷氏的懷中探出身子。「阿娘……」

她急得不行，可是越急，熊氏的臉色卻越難看。

熊氏表情漸漸凝重起來，終於大怒。「跪下！」

殷氏抱著晏雉，二話不說，當即跪下。膝蓋撞地的那一下聲響極大，晏雉咬著舌頭，怔住了。

「沈家這門親事，是管姨娘和阿郎提議的，即便妳們私下替大郎覺得委屈，也萬不該在小娘子面前嚼舌！」

殷氏一哆嗦，抱緊了晏雉，口中應道：「是奴婢的錯，請娘子責罰！」

熊氏的話，清晰響亮，夾帶著怒意。

晏雉覺得自己像是被人隔空狠狠打了一個耳光，臉上露出了震驚的表情。

原來……原來阿娘早就知道，和沈家這門親事不好，可是……阿娘依舊還是讓兄長娶了沈氏……

屋子裡一片死寂。

熊氏長長嘆了口氣，伸手摸了摸晏雉的髮頂。「走吧，隨我去聽大師講經，明日我們就該回家了。」

她呆呆地任由熊氏牽著手，往外頭帶，眼淚到底還是沒忍住，順著臉頰，滑落下來。

永寧寺，早年不過是東籬城外一座無人問津的小寺。當年晏家高祖成信侯偶至東籬，因天突降暴雨，成信侯入寺避雨，與當時寺中住持結識，得高僧點撥後，囑咐子孫待他亡故後，舉家遷至東籬。

之後，因高祖臨終叮囑，永寧寺得晏家子孫大力捐助，幾經改建，香火漸漸興旺，時至今日，已成東籬第一大寺。

晏雉好多次跑過的那座九層寶塔，高達九十丈，加佛剎共有一千多尺，便是在東籬城內，也能遠遠看見塔身。

晏雉臉上還掛著淚，一聲不吭地隨著熊氏走過寶塔，在背面的那座佛殿前停下。而後，她見熊氏朝在門前灑掃的小和尚，雙手合十，行了一禮道：「明疏大師可在？」

小和尚恭謹回禮。「先生已經等候女施主多時，兩位施主請。」

晏雉邁開腿，吃力地越過高高的門檻，抬頭看著四周。

殿中有一丈八金像，兩側各有尋常大小的金像數尊，每一尊佛像面部表情都十分柔和，彷彿慈悲地看著入殿的每一人。

丈八金像前的佛龕上，香火裊裊，有一老僧坐在龕前蒲團上，灰黃的袈裟，石綠的袍子，聽到身後動靜，緩緩轉過身來。

熊氏上前，行了一禮。

明疏大師微微抬眼，看著站在熊氏身側，學著行了一禮的晏雉。「小娘子可知，何為三明，何為六通？」

熊氏不明其意，低頭看了眼身側的女兒。

晏雉如實搖頭，輕聲道：「不知。」

「三明分指宿命明，知宿世；天眼明，知未來；漏盡明，斷煩惱。六通則分指，天眼通、天耳通、他心通、宿命通、神足通、漏盡通。」

晏雉心中微滯。

她不懂佛理，卻依稀從高僧的話中，得到了解惑的答案。

「小娘子既得這般奇遇，不如好生重來，既已明宿命、知未來，便更可以斷煩惱，塑新生。」

明疏大師如此道，垂下眼簾，低誦。「阿彌陀佛」。

晏雉心頭一顫，雙手合十，朝著高僧便是一拜。

熊氏並不知明疏大師話中深意，只以為晏雉有幾分佛緣，得了高僧青眼，面上露出淺淺的笑意。「大師，四娘的瘧疾如今也好得差不多了，明日我等便會回城。今年的香油錢，已交予明朗大師。」

晏雉抬首，對上明疏大師淡然的目光，心頭一緊。緊接著，便聽見高僧悠長的聲音，緩緩道：「自成信侯起，永寧寺多次得晏家捐助，才得以有了今日雕樑畫棟，綺疏青瑣的盛景。佛祖有靈，自會庇佑晏家昌盛百年。」

熊氏聞言，似乎並不在意這些，面上淡淡的。「大師吉言。」

當夜，殷氏服侍晏雉洗漱更衣，正要吹了桌上蠟燭，忽地聽她喊道：「乳娘。」

「小娘子有事？」殷氏回首，見她在床上翻了個身，正側著身子看自己，遂笑著問道。

「乳娘，別吹燈，我睡不著。」

殷氏一愣，然後不以為然地笑了笑，走到床邊坐下，伸手將她摟進懷裡，輕輕拍了拍她的背。「小娘子快些睡，明日起早大郎就來接我們回城了，小娘子可別在大郎面前打瞌睡。」

如果她當真是個孩子，這會兒聽了乳娘的話，早該乖乖閉上眼趕緊睡著；可她到底不是孩子了，乳娘提起兄長嚇唬她的招數，好多年以前就已經失效了。

晏雉縮在被褥裡搖了搖頭。

殷氏哭笑不得，只得哄著她。「那小娘子是想聽故事嗎？前幾日說的故事，小娘子不愛聽，那今日想聽什麼？」

晏雉仍舊搖頭。

殷氏微微蹙眉。「小娘子可是還想著大郎結親的事？」

「乳娘。」晏雉終於吭聲道：「乳娘讓燈亮著吧，等它燒沒了就歇了。」

殷氏無法，只得從屋子裡出去。

關上門的時候，她回頭看了眼隔著窗還能見著的燭光，微微搖曳，長長嘆了口氣。一覺起來，小娘子怎地像變了一個人似的。

屋外。

長夜深深，月黑風來，寶鐸和鳴，鏗鏘之聲遙傳十里。

屋內。

晏雉翻了個身，對於終於靈活起來，能夠肆意活動的身體，有了失而復得的感覺。

她知道，她這是重生了，重新回到六歲那年的春天。

靈活能動的四肢，能感覺到溫差變化的身體，曾經是作夢都想重新得回的東西，終於都回來了。

晏雉拉高被褥，遮住眼淚。

她真的回來了！

想起乳娘的話，想起明日一早就要來寺中接她們母女倆回晏家的兄長，晏雉咬了咬唇，決心要不顧一切提醒兄長，娶誰都可以，絕對不能娶沈氏。

不能。

晏家高祖雖曾獲封成信侯，可到底惠不及三代，三代之後，晏家終究歸於平民；好在祖上立下家訓，並未因此致使家業頹敗，至晏雉父親晏暹這一代，晏家已成東籬大戶。

晏暹原配苗氏，生長子晏節，後將陪嫁管氏開臉，給夫君做了通房，待生下庶子晏畈後，抬做妾。苗氏生子晏筠後，突得病，藥石罔效，不日亡故。

晏雉生母熊氏是續弦，生下晏雉的時候，大郎晏節已經十六歲了，二郎晏畈十三歲，三郎晏筠六歲。

三個小郎君都是知書達禮的年歲，對代替過世的嫡母成為晏家主母的熊氏並無牴觸，更是將這個剛出生的妹妹，當作掌中寶，細心呵護。

在晏雉的記憶中，才過弱冠之年不久的兄長，一直是個好看的郎君，好看到任所有人都覺得兄長沒有一個孿生妹妹實在可惜。

可在後來很多年的時光裡，曾經笑容翩翩的少年郎，漸漸開始習慣蹙眉，即便心頭無事，額間依舊有著「川」字，眉宇之中總是籠著一股無法鬆懈的鬱色。

時隔多年，再度看到那個年輕、自信的兄長，晏雉心痛得不行。

她問自己，怨不怨？

不怨的，一切的源頭皆已經成了前世的過往。

天明。晏家的馬車已停在寺外，幾個奴僕正忙著從車裡搬出東西送進寺中。車旁站著一人，穿著天青色杭綢直裰，身材高䠷，氣度端凝，正與身前年輕的和尚說著話。

晏雉被殷氏抱著，跟在熊氏身後，從寺中走了出去，見了人，忙行禮，道了一聲「大郎」。

聽到聲音，他回過頭來，眉清目朗，唇邊還掛著淺笑。「母親。」

晏雉心頭一震，脫口而出。「大哥！」

來接熊氏她們的正是晏家嫡長子晏節，字德功，如今二十有餘，生得確實十分好看，卻又不會讓人覺得女氣，大抵是因為身高的關係——再漂亮的臉，也絕不會有哪家的小娘子身長八尺。

「四娘。」一見被乳娘抱在懷中的晏雉，傾著上身朝自己伸手，晏節彎了彎唇角，笑著伸手從乳娘手中接過她。「來讓大哥瞧瞧重了沒有！」他一隻手臂托著晏雉的身子，一隻手捏了捏她的鼻尖。「有些重了，看來寺裡的伙食還不錯，沒餓壞妳這個小饞貓！」

晏雉皺了皺鼻子，伸手摟住他的脖子，不由自主地撒嬌道：「大哥！大哥，四娘好想你！」

晏節一愣，然後低聲笑了笑，輕輕拍了拍她的背。「是不是又淘氣了？突然撒嬌，一定是又闖禍了。說吧，這回是撈了寺裡的錦鯉，還是拔了大師們種的花草？」

因著他家四娘，打小是個小魔星，這撈錦鯉、拔花草的事，確也從沒少做。又因為這孩子一直缺少生母的照料，鮮少會主動與人撒嬌，是以，才聽到晏雉的想念，晏節當即就懷疑起，莫不是四娘闖了什麼禍，央著自己幫忙解決。

晏雉到底內在是個成年人，不懂事時闖的禍被重新翻出來，難免有些臊得慌，紅著臉，瞪眼道：「我沒有！我就是想大哥了！」

晏節大笑，輕輕地拍了拍她的屁股，轉身將她放在馬車上。「行了，大哥知道妳想大哥了。四娘先進車，大哥去和住持道聲謝，這就回來。」

晏雉點頭，轉身鑽進車廂裡。不一會兒，殷氏也進了車廂，問及熊氏，說是後頭還有一輛馬車，專門坐娘子和侍奉娘子的丫鬟。

晏節向明疏大師告辭回來的時候，掀開車簾，只見得車廂裡，小小的孩子蜷成一團睡在靠邊的小榻上，殷氏正俯身將薄被蓋在她身上。

晏節輕輕「噓」了一聲，彎腰走到榻邊坐下，接過殷氏手裡的薄被蓋上，又伸手動作輕柔地將貼在晏雉臉上的一小撮頭髮捋到一旁。

他沒有注意到，看起來已經睡著的晏雉，實際上，不過是閉著眼睛想要瞇一會兒，等待發覺他的動作的時候，索性閉著眼睛裝睡。

阿爹忙於家業，阿娘年紀輕輕，卻常年與青燈古佛為伴……明疏大師說得對，她既已明宿命，知未來，便更該憑己力斷煩惱，塑新生。

對於妻子帶著女兒從永寧寺回來，晏暹顯然並不十分在意。

是以，當真的在搖搖晃晃的馬車上睡著的晏雉，被兄長抱著走下車的時候，睜開眼瞧見的第一個人，是已經候在門口等他們回府的管姨娘。

管姨娘是苗氏的陪嫁，開臉給晏暹做通房的時候，正是嬌滴滴花一般的年歲。好不容易生下兒子來抬了妾，晏府上下，有得了苗氏真傳的管姨娘打理，一切都顯得井井有條，甚至於熊氏進門後，掌家的實權也一直在管姨娘手裡握著。

如果不是大邯律法明文規定，妾者不可為妻，管姨娘其實也是盼著能名正言順地做人正妻的。

出行歸來，頭一件事自然是要去給阿爹問安。

晏雉被晏節抱著問安回來，兄妹兩人一路說說笑笑回了她的院子。才進院子，就發覺本該在院中灑掃的小丫鬟都不見了，又往花廳走，遠遠地，就聽到了桌子被拍響的聲音。

「妳們都是管姨娘撥到四娘身邊的人，家生子也好，外頭買來調教過的也罷，我不管事，不代表著妳們可以在四娘面前胡亂說話！」熊氏在花廳裡拍著桌子發火。「管姨娘這些年，能在府裡站穩腳跟，得小郎君們和妳們的尊重，那是她一步一個腳印走出來的！妳們既承了她的情，就別在四娘面前丟她的臉面！要不然，我將事情同管姨娘說上一說，命她將妳們全部打發出去，妳們以為，管姨娘會不答應嗎？」

隔著十來步遠的距離，晏雉清晰地感覺到了熊氏的怒意。

她的阿娘，實際上還是疼愛她的。

「妳們都記住了，在四娘面前，誰也不許再多說一句！日後要是再發生這種攛掇四娘在我面前胡說八道的事，教唆主子，這是大罪！」

晏雉聽得花廳裡的齊聲應答，忍不住低下頭，摟緊了晏節的脖子，咬了咬唇，到底還是附耳低聲道：「大哥……那個人不好。」

晏節顯然有些驚詫，抱著她往旁邊走了兩步。「四娘說誰不好？」

她道：「那個要嫁給你的姊姊……不好。」

晏節睜大了眼睛，眼神驟變。「四娘是聽誰說的？」

晏雉偷偷咬了下舌頭，眼眶登時紅了。「四娘在寺裡玩的時候，聽見上香的人在說……她們說，她們說要嫁給大哥的那個姊姊喜歡打人；丫鬟們都說，這門婚事……是阿爹和姨娘給大哥訂下的……大哥，你別娶她。」

以晏家在東籬當地的聲望，要想給嫡長子娶妻，必然得娶門當戶對的嬌妻；可晏家如今沒有官身，只是商戶，即便晏暹有心想為長子找戶好的岳家，礙於這點，只能尋個好一些的商戶結親。

然而，整個東籬，真正能合他心意的兒媳人選，卻怎麼也挑不出來。一年推一年，旁人家的長子已經成家立業，大孫子都能追著、跑著上街了，晏家大郎仍舊是獨身一人。

知道的都說晏遲這是在拿當年挑苗氏做妻的眼光，挑大兒媳；不知道的，卻個個都說晏遲這是瞧不上東籬的小娘子，要不然怎麼看了這麼多年，硬是沒選中一位合適的。

沈家遷至東籬不過短短數年，因著兩家人有生意上的往來，沈家夫人漸漸與管姨娘熟絡起來，雖有些瞧不上晏家明明有主母，卻讓個妾當家，奈何晏家確實是東籬首屈一指的大戶，便也低了三分氣勢。於是兩家結親的事，因此得到了管姨娘的提議。

晏雉方才說的話，半真半假。

在前世，晏節去參加鄉試那年，晏雉親眼看見沈氏將兄長的一個通房活生生地鞭笞而死。

說沈氏喜歡打人，並不是誣告。

這些話，晏雉只能點到為止。

晏節看她的眼神，已經有些變化了。她略帶幾分緊張地撒嬌。「大哥，你找人偷偷去看看吧，萬一……萬一那位姊姊真的喜歡打人，四娘怕疼……」

晏節瞳孔縮了縮，垂下眼，將人重新抱好，伸手刮了刮她的鼻尖。「小搗蛋，大哥這就讓人去打聽打聽，要是真跟妳聽到的一樣，大哥就去退婚。」

他可以娶一個並不喜歡的人，回來慢慢培養感情，卻不能娶一個品行不端的人。父母這種情況，四娘也不能一直由管姨娘和乳娘照顧，他做兄長的，日後自然要承擔起教養四娘的擔子，他的妻子也必須有擔當才行，不然，如何能做晏氏的當家主母。

晏家祖上曾立下家規，其中便有在子嗣成家前，每日用膳須得一家人一處，若是成家的，便可以回到自家小院子裡和妻兒一塊用膳。

晏府如今只三位郎君和一位小娘子，皆還沒成家，所以，除了常年不沾葷腥的熊氏外，這一頓飯，幾乎是闔家團圓。

在東籬，妾是上不得檯面的，然而，晏家自北方而來，北方世族，向來不諱庶孽，因此，像管姨娘這樣的妾，才能和正妻所出的嫡子、嫡女同坐一桌用膳。

其實，晏雉一直知道，除了一個名分，管姨娘在這個家中，實際上已與當家主母無異；要不然，也不會只隨意說了幾句話，便令阿爹決定為兄長聘下沈氏女。

用膳的時候，管姨娘當真提起了向沈家下聘的事。

「阿郎，年前將大郎的生辰八字拿到寺裡求姻緣的時候，明朗大師曾解過籤，說大郎如今是成親好年紀，不如早些下聘，訂個日子，好把沈家六娘子娶過門來。」

這沈家六娘，便是那生性跋扈的沈氏了。

看管姨娘說話時，神情誠懇，不似作偽。晏雉一時也不好判斷，這沈六娘的為人，管姨娘究竟知不知情了。

晏暹喝了一勺湯，聞言道：「是該下聘了。大郎，成家立業之後，你可要好好讀書，成家了，是大人了。」

毫不知情的二郎晏畈、三郎晏筠紛紛向兄長祝賀，唯獨晏雉，低頭，伸出短短的胳膊，努力自己吃飯，安靜地扮演好一個六歲小娘子的模樣。

感覺到晏節看了自己一眼，晏雉抬起頭來，眨了眨眼，晏節忙囑咐身後侍奉的丫鬟給四娘布菜。

管姨娘見著他們兄妹兩人親密的舉動，正笑著說兩人感情真好，晏畈忽然就問兄長可有與沈家娘子過眼了。

過眼並非是小事。

媒婆的嘴都是抹了蜜的，拿了錢，自然要天花亂墜地一通吹噓，即便是個瘸腿歪嘴的，也能吹得上天入地無所不能。

上次晏氏一個一表三千里的親戚娶媳婦，那媒婆明明說了對方娘子小了五歲，可到成親那日，喜帕一掀，男方愣住了，揪住媒婆使勁問，才知分明是大了五歲。

這種貨不對辦的事，又並非是偶然為之，是以，晏畈突然提起過眼的事來，飯桌上一片默然。

晏暹顯然憶起了那遠親的事，不由得擔心起沈家這未來兒媳婦到底是不是如媒婆說的這麼好。他側臉看著管姨娘，溫聲問道：「妳什麼時候給安排下，讓大郎和沈家娘子見見面？」

管姨娘有些尷尬。「到底是未出閣的小娘子，這……好吧，我明日就讓媒婆去沈家說一說，訂個日子先過眼。」

論理，這過眼的事，只須由男方派個女眷到女方家看看新娘便可。只是晏府並沒旁的女眷，晏暹的姊妹，各個遠嫁，那些旁支又都是攀附於他們，餘下能稱為女眷的，不過只有熊氏、她以及才六歲大的四娘。

熊氏向來不管府上庶務，她的身分不合適做這事，四娘又還太小，過眼的事，還得另行安排一場兩家會面，讓大郎親眼瞧一瞧。

此事，沈家那邊不知為何拖延了好幾日，最後還是挨不過晏家三番兩次讓媒婆上門催促訂日子，咬著牙應下，答應在東籬最大的酒樓會面。

為了能和三位兄長一起去酒樓和沈六娘碰面，晏雉哭著、鬧著，盡顯小孩兒的驕縱，說什麼都要纏著晏節過去瞧瞧，乳娘無法，只得找到管姨娘。管姨娘雖因為沈家再三推阻有些惱火，可到底這門親事是她做的擔保，也是她吹的枕頭風，瞧見小姑奶奶居然一個勁兒地鬧著要去，擺擺手應了。

沈家並不願過眼。

當初就是因為知道晏家如今管事的是個妾，沈家人存了點私心，既想著給不省心的嫡女找個好人家嫁了享福，又想著最好找個不強勢的婆母，一進門就拿了掌家的權，等公爹、婆母去了，直接就得了家中大權。

眼看著這門婚事就要訂下來了，晏家偏偏突然提出要過眼，沈家人嚇了一跳，再看原本準備出嫁的嫡女跳著腳說晏家要過眼就是看不起沈家，越發覺得頭疼。

左右是躲不過去了，沈家人一咬牙，應了這事。

沈家人出門前，早打聽了晏家的情況，知道陪著晏節過來的沒有長輩，也就鬆了口氣，指了家中的兩個小輩，囑咐他們陪著一起去。

等進了門，見屋子裡不過就三個年輕郎君，沈家陪同而來的兩個少年郎君暗地裡都吁了口氣。

年紀相仿，想必也好說話一些。

他們不知，除了坐在桌邊的三人外，這屋子裡還藏著第四個人，正坐在屋內一張畫屏後偷偷探頭向外張望。雖然這第四個人，目前不過是個才六歲大的小女娃。

晏雉坐在畫屏後，將那幾人看得仔仔細細。

當前進屋的是沈家的嫡長子，年紀比大哥小了幾歲，已經成家，有了一雙兒女，還算本分，後來繼承了沈家家業，老老實實地經營生意。

反倒是跟著沈大進屋的另一人，晏雉記得分明，這人是沈家的旁支，論輩分還算是沈六娘的小輩，慣常的油嘴滑舌，又時常投機取巧。沈家有間鋪子交予他打理，不出三年，竟虧得血本無歸，而他抱著美人拍拍屁股跑了。

至於被他抱走的那個美人，晏雉隱約曾聽沈六娘提起過，是沈家的一個庶女。

再往後看，最後進屋的人，身著淺紫色的窄薄羅衫，淺赭白花的長裙，青黛眉，丹鳳眼，檀唇，模樣看著的確有幾分姿容，入晏雉眼中，卻猛然間掀起驚濤駭浪。

是這張臉……

她忘不掉這張臉……

其實，與其說晏雉一直記著沈六娘的臉，是因為覺得這個人令她前生如一場笑話，不如說，晏雉是在反覆提醒自己，如果重生之後，再不為自己做些什麼，興許她仍舊會被迫重新走上那條老路。

而晏雉，不願。

第三章 悔婚約

在酒樓過眼，是兩家人商量後的結果。

晏、沈兩家圍坐在桌旁，男方雖不過才三人，卻在面前擺了四杯酒，女方面前則是兩杯。

晏雉躲在畫屏後，見沈六娘挑眉似有不滿，沈大郎眉心微蹙，低頭說了句什麼，而後沈六娘雖有不悅，到底沒當場發作出來。那旁支家的沈郎君，卻笑著對沈六娘獻殷勤。

「表妹有所不知，這男四女二，是有講究的。這男強女弱乃是天理，桌上的酒杯自然也要顯示出尊卑來。」

沈六娘挑了挑眉頭。

興許是因為出門前被沈家人千叮嚀、萬囑咐過，沈六娘頗有些出乎晏雉預料，沒有發飆。

在晏雉的記憶中，這個人慣不喜聽到這些男強女弱，以夫為天的理論。兄長從不管內宅之事，更是厭惡沈六娘每日每夜都要掌控他的一舉一動，為此夫妻之間從不曾少過爭執。

兩家人坐下隨意聊了幾句，沈六娘一言不發，全程都是郎君之間你來我往的生意經和詩詞歌賦。

「德功，你可曾想過考取功名？」

「正有此意。」

「晏氏祖上曾出過成信侯，你又自小聰敏機警，文韜武略，不輸旁人，考個功名，也可出人頭地，光宗耀祖。」

「嗯。」

那沈大郎笑道：「要真能考上功名，謀個一官半職，只要這門親事成了，沈家也面上有光。」

兩家人看似正聊得愉快，實際上心底究竟是怎麼想的，除了自己，外人無從得知。

聽到這，晏雉吃完手裡的點心，拿起兄長貼心放在一邊的帕子，仔細擦了擦手，然後伸手將茶碗拉到案几邊，手一鬆，「啪」一聲，掉在地上。

屋內幾人一愣，沈大郎正疑惑不解，便見晏家三人騰地站了起來，一臉緊張地往畫屏後跑。

最後看著被晏節從畫屏後抱出來，紅著眼眶，似乎有些委屈的小娘子，沈大郎恍然想起，晏家續弦的那位夫人只給晏家添了位嫡出的小娘子，之後再無喜訊。想來，這被晏家郎君們圍在中間，小心哄著的小娘子，便是晏四娘了。

「小娘子這是怎麼了？」沈大郎怔怔地看著眼前小娘子小鷹一般的眼睛，心底有些惴惴，再仔細看，卻又見她眼眶裡蓄著淚，似乎一眨眼就能簌簌地落下來一般，而之前那古怪的眼神，似乎只是他一瞬的錯覺。

「茶碗不小心摔了，割到腳了。」

晏雉眨了眨眼睛，抬手擦了擦淚，縮在晏節懷裡哼哼兩聲，表示雖然簡單處理過了，可腳還是有點疼，催促他們快些回家。

她方才不過是想摔了茶碗，藉機表明畫屏後還有自己的存在，不想，聰明反被聰明誤，一不小心被破碎的茶碗割到腳。她忍著疼，沒哭出來，但也挨不住疼得眼睛都紅了。

晏節瞧她模樣可憐，壓下心底的笑，抬手摸了摸她的頭，道：「忍著些，阿桑已經去拿緞子，馬上就回家了。」

他說罷，晏畈和晏筠也忙不迭點頭表示馬上就回去了。

三兄弟話音一落，沈六娘再也忍不住拍了桌子。

「你們這是什麼意思？」

過眼時，如果男方對女方不滿意，不打算繼續談這門親事，男方可以留下兩疋彩緞表示歉意。

反之，如果是瞧著滿意，準備訂下，男子只需在小娘子的頭上插上一根金釵即可。

晏節因為晏雉之前的話，以及他這幾日打聽來的消息，其實打從一開始，就不打算給沈六娘插釵。

他抱著晏雉，淡淡說道：「過眼之後的事，本就是你情我願，我按著規矩，留兩疋彩緞與沈娘子，可是有錯？」

說著，晏節身邊的兩個僕從抱著彩緞進門而來。

沈大郎對此番變故實在是有些摸不著頭腦。

這聊得好好的，還以為依沈六娘的姿容，晏節斷不會對這樁婚事有異，可究竟是哪一步出了錯？

看沈大郎一臉錯愕，再看晏家那幾人一臉平靜如常的樣子，沈六娘不由得更火大，轉身幾步走到名叫阿桑的僕從身前，一把扯過彩緞。「你當沈家是什麼門第，沈家願意和晏家聯姻，是看得起你們！憑什麼送我緞子？釵子呢？把你家郎君備好的金釵拿來！」

阿桑有些驚愕。「郎……郎君並……」

晏節似笑非笑地看了看一頭冷汗的沈大郎，又看著沈六娘，道：「我並未備下金釵。」

氣氛陡然間僵住了，在座的兩個沈家人，都是年輕氣盛的少年郎君，即便對這樁婚事有著諸多疑惑和不解，可這時候聽聞晏節本就沒有點頭的打算，臉色登時都變得不好看起來。

沈大郎笑得僵硬。「德功這是何意？」

晏節似笑非笑地道：「無他意，不過是覺得我與令妹，不合適。」

看懷中晏雉的神色，分明像一個得勝的小孩，神情中夾著喜色，晏節低笑，摸了摸她的頭，悄聲吩咐道：「忍著點。」

晏雉頓時收住差點破功的笑意，繃緊了臉。

阿桑抱來的彩緞已經被沈六娘全部扔到了地上，又拉又踩，好好的一疋緞子，都沒了樣子。

晏節抿了抿唇，突然道：「沈娘子與其在這發脾氣，不如收斂下平日的行徑。若要人不知，除非己莫為，沈娘子平日的囂張跋扈，已不是幾個人噤聲，就可以讓周圍所有人都當作從未見過、聽過。」

話音才落，沈六娘頓時就僵在那裡。

事情到了這一步，實沒必要再糾纏下去。沈大郎帶著弟妹灰溜溜地從酒樓出去，上了沈家的馬車，頭也不回地跑了。

晏畈目送馬車走遠，回身正要笑，瞧見晏筠滿臉古怪地盯著晏雉，有些驚訝道：「三弟這是在看什麼？」

「二哥不覺得，咱們的四妹方才那茶碗摔得又穩又準嗎，要不是割到腳了，我還以為……」晏筠一臉忍俊不禁。

他家四娘便是再聰明，到底不過是個六歲的小娃娃，哪裡懂得審時度勢，伺機表明自己的存在，順便讓事情快點做個了斷？

反正他是已經懶得再和沈家人說話了，瞧瞧那旁支的做派，再瞧瞧沈娘子的言行，這樣的人如果進了晏家的門，只怕能將晏氏祖上從地裡氣活了。

晏雉臊得滿臉通紅。實在不想說剛才她真是故意來著，可誰故意摔碗會摔得讓自己受傷的！

她現在這副樣子就是個害羞的小孩，晏畈和晏筠只當她是覺得沒能把茶碗拿穩有些害臊，忍不住笑話了她一會兒。

晏節輕咳了一聲，道：「行了，回家吧，順路去醫館，給四娘包紮下。」

他們兩個隨即笑著散了。出閣子的時候，晏畈跟在最後，給了門外伺候的小廝一貫銅錢，當作屋內那一地彩緞的清掃和碎茶碗的賠償。

從醫館包紮好回家，一路上晏雉頗有些哭笑不得。

要不是大夫再三保證她年紀小，不容易留疤，只怕兄長們就要把醫館裡最好的去疤藥給翻出來了。

重生一回，晏雉覺得，她比過去，更懂得兄長們對自己的疼愛。

這一世，不管是大哥，還是二哥、三哥，她都會竭盡所能，回報這分疼愛。

馬車在晏府門前停妥，晏節最先下了馬車，而後將晏雉抱下馬車，她拉了拉裙子，伸了伸腿，就自個兒跑進門。

晏雉跑回院子，乳娘殷氏正在院中和丫鬟一起曬著被子。她還沒來得及出聲喊，就聽見殷氏嘆了口氣道：「大郎還在外頭，還不知對那家的小娘子印象如何，管姨娘怎地就把定禮給送過去了？」

她吃驚地站在原地，回過神來，轉身登登就跑著要去找晏節。

而那一邊，晏節將沒看中沈六娘的事，原原本本地回稟給晏暹，在一旁伺候的管姨娘顯然沒想到會有這一齣，有些吃驚。

「這怎麼使得……」管姨娘掩唇驚呼。「咱家……咱家連定禮都已經送過去了……」

這一回，輪到晏節吃驚。

按著流程，男女雙方過眼後，理當是媒人去女方家裡「道好」，而後商量聘禮的事，此時叫做「議定禮」，再往後商量妥當了，也就敲定了成婚的事情。等媒人去女方家裡「報定」後，便該是男方擇定黃道吉日去送聘禮了。

他明明沒有看中沈六娘，現在卻被人告知家裡人早早背著自己，議了定禮，甚至還秉著擇日不如撞日的想法，當下就往沈家送了聘禮。

晏節緩緩扭頭去看晏暹，想從阿爹的臉上看到些許不悅的神色，卻大失所望。「阿爹這是……非要兒子與沈家娘子成親是嗎？」

晏暹對這個原配所出的長子還是十分喜愛的，當下聽得這問話，神色一緊，到底還是答道：「晏、沈兩家的這門婚事，對兩家來說，都不是件壞事。」

「沈家娘子為人跋扈，並不適合做我晏家的當家主母。」

「這世上哪有人是天生適合做人家主母的。」

晏節心中一沈，還想再說。「父親……」

晏暹閉了閉眼，打斷他道：「回屋歇著吧，定禮已下，就等著沈家回禮了。」

這個意思是說，兩家結親的事，並無更改的可能？

晏節臉色發沈，握了握自己的拳頭，見父親左右並無改變主意的意思，轉身面無表情地走了出去。

門外，已經從頭聽到尾的晏雉，臉色蒼白地撲了過去。

晏節面色稍霽，彎腰將人抱起，摸了摸她的耳朵，而後轉身把人交給了聽見動靜追著過來的乳娘。「這幾日，別讓小娘子離開院子到處走。」

殷氏微愣。「大郎的意思……」

方才書房內那些話，隔著一扇門，全都讓人聽見了。

「看顧好四娘。」晏節並未解釋什麼，只是看著晏雉，努力壓下因她那雙彷彿洞察了一切的眼睛而帶來的不適感，低聲道：「大哥有事要忙，四娘不能跟著。」

具體是什麼事，晏節沒有說，晏雉也沒有問，她跑去熊氏的院子，站在小佛堂外，熊氏身旁的丫鬟玉髓攔在門前。

雲母推開半扇門，從小佛堂內走出來，見著門外的晏雉，面有驚詫，目光很快就溫順下來，恭恭敬敬地行了一禮。

晏雉看著雲母，心底有些酸酸的。

她見熊氏的機會，遠遠不比熊氏院子裡的這些丫鬟們多，熊氏身邊的玉髓和雲母更是自十幾歲開始，就跟著一道常年禮佛，一輩子未嫁。

她咬了咬唇，問雲母。「阿娘，在嗎？」

雲母頷首，表示熊氏在內。

晏雉伸了手讓雲母抱，道：「我要見阿娘。雲母，帶我見阿娘。」

雲母略有猶豫，玉髓更是微微蹙起了眉頭。

「小娘子……」

「我要見阿娘！」晏雉瞪著雲母。她如今不過是個六歲模樣的小女娃，即便驕縱一些也無妨。

一旁的玉髓想再勸勸，雲母卻已經抱起了她，轉身往佛堂內走。

小佛堂內本該是不得讓人亂闖的，可小娘子想要見母親，這算不得是亂闖。

雲母抱了晏雉進佛堂，門外只留了方才陪著一道過來的殷氏。

去見熊氏的路上，雲母抱著晏雉，小聲道：「娘子昨夜受了寒，身子有些不適，小娘子若是能勸娘子多歇息歇息，奴婢在這給小娘子叩首了。」

晏雉微微點頭，心底卻沈甸甸的。

阿娘是那樣清冷的一個人，她一直不知該如何和阿娘相處，又怎麼能幾句話將人勸下。

晏雉沈默不語，雲母只當她應下了。

佛堂內傳來熊氏誦經的聲音。「一切如來所說，若菩薩所說，若聲聞所說，諸經法中，最為第一……一切聲聞辟支佛中，菩薩為第一，此經亦復如是，於一切諸經法中，最為第一……」

大約就像雲母說的，熊氏前夜裡受了寒，故而這誦經的聲音顯得有些低啞。

晏雉被雲母放到地上，望著熊氏削瘦的背影，垂下眼簾，做了個萬福，搶在雲母前面道：「阿娘！」

熊氏原本一手緩緩敲著木魚，另一手撥弄紫檀佛珠，聽到背後的聲音，動作頓了頓，繼而又接著誦經。

晏雉不急，安靜地站在身後，抬首望著佛龕後的金色佛像。

那是一尊金漆觀音像，金色的蓮花上，寶瓶觀音慈眉善目，似有憐憫地看著她。

晏雉握了握拳頭，垂下眼。

雲母見狀，有些驚異。這不過是個六歲的小娘子，卻難得沈得住氣，即便娘子這會兒依舊誦經，彷彿沒能聽見她說話一般，卻仍舊安靜地站在原地，至多不過是抬頭看了看觀音像。

沒人知道其實晏雉的內心有多恐懼。

重生前，兄長成親的第二年，她因為頑皮闖了禍，阿爹聽從了沈六娘和管姨娘的意思，送她去了鄉下的莊園裡。

她在那裡無人聞問地過了三年，直到兄長考取功名，她才被接回晏府。而那時候，她已經因為得不到妥善的照顧和教養，不像是個大戶人家的小娘子了。

回晏府後的日子，恍若煉獄。

沈六娘的跋扈，和管姨娘名為好意，實則卻漸漸顯露出來的無情，折磨得她痛苦不堪。她那時候不懂事，只以為求了阿爹、求了阿娘，一切都能過去，若不是兄長們湊巧回府，她只怕已經跪死在堂屋內。

子不能言母過。

晏雉曾經有無數次機會問阿娘，為什麼不幫幫她。

也曾經抓著已經年邁的乳娘的手，哭著問是不是阿娘不喜歡她。

可誰都沒有說，即便是阿娘身邊的那些丫鬟們，也一個個諱莫如深。

只有乳娘渾濁的眼中滾下熱淚，顫顫巍巍地摸著她的臉，低聲說：「娘子這是不願爭，也爭不過。」

爭？

爭什麼，爭阿爹？

後來，迫於無奈，晏雉嫁了熊戊，看著那些花枝招展的姬妾，她仍想不明白，既然阿娘從未對阿爹生出過情愛，又何來的爭。

直到重生……

直到那日在寺中，阿娘說的那段話。「沈家這門親事，是管姨娘和阿郎提議的，即便妳們私下替大郎覺得委屈，也萬不該在小娘子面前嚼舌！」

是了，直到這一日，晏雉才恍然明白，乳娘說的「不願爭」和「爭不過」指的是什麼——管姨娘自大娘過世後，掌家多年，府中上上下下無一不是她的人，阿娘作為續弦，即便頂著主母的名號，也爭不來這主母的實權。佛本講無慾無求，阿娘故此便也歇了心思，只安守一隅，不問庶務。

可想明白了又能如何。

晏雉抬首，望著觀音像。

菩薩，如若這重生一回，不過是為了因果輪迴，百事天注定，那又何必讓她再經歷這一次。

「四娘。」

誦經的聲音漸停，晏雉抬頭，看著熊氏。「阿娘……」

熊氏彎了彎唇角，笑。「妳這孩子，怎麼來這了？」

晏雉走過去，拉著熊氏的袖子不放手。「阿娘，妳幫幫大哥好不好？」

熊氏微怔。

晏雉趕忙提起一邊的裙子，露出一小截還包紮著的小腿肚，委屈道：「那人不好……她嚇唬我……她還發脾氣！」

雲母看著她的小腿，目光微閃，低聲問道：「小娘子這是傷著了？」

「嗯！」沒等熊氏問話，晏雉猛地撲進熊氏懷裡，急急道：「我跟著哥哥們去酒樓，那人……那人脾氣不好，嚇壞我了，茶碗砸在地上，割到腿，好疼！」

熊氏不語，只伸手摸了摸晏雉的腿肚。

佛香沁入鼻尖，晏雉窩在她的懷裡，竟不由自主地落下淚來。「阿娘，妳幫幫大哥……那人不好，真的不好……」

晏雉越哭越難受，像是要把從前所受過的那些折磨、那些委屈全部哭訴出來。可她只是哭，眼淚簌簌地掉，熊氏只當她跟大郎兄妹情深，又因為受傷的事覺得難過，這才哭得停不下來。

這時，玉髓走了進來。

「娘子，」她小心翼翼道：「管姨娘過來了。」

晏雉聞言，忙擦了擦眼淚，聽話地讓雲母抱到了幔帳後面，熊氏則端坐在佛龕前，等著管姨娘進屋。

管姨娘神情溫婉，身後跟著兩個丫鬟，緩步走了進來。屋內的雲母和玉髓，都乖巧地退了下去。管姨娘看了眼熊氏，扭頭也吩咐兩個丫鬟離開。

茶也不必上了，管姨娘開門見山，溫聲道：「大郎和沈家娘子的婚事訂下了，我知道娘子向來不問庶務，只是這門親事，總歸是要當家主母出面的，若是誤了娘子的清修，改日我再向菩薩請罪。」

「管姨娘說這個做什麼。」熊氏聽著，手指撥動佛珠，坐直了身子，緩緩道：「大郎和三郎雖不是我所出，但到底也喊我一聲母親，我自然不會置之不理。」

管姨娘有些意外。她本以為請熊氏出面會很困難，卻不想竟意外容易。「娘子的意思是……」

「沈家娘子既然要進晏家的門，做母親的，總該相看相看。」

「這……大郎已經過眼了，若是再……只怕會讓沈家覺得不愉快吧？」

「只是相看，又何須當面。」熊氏說著，站了起來，轉身看著管姨娘。「左右你們越過我，連定禮都下了，我去相看相看這個長媳，也是理所當然的事。」

幾日後，熊氏和晏節先後回府。

「沈家這門婚事，退了吧。」

熊氏多年不曾掌管府裡庶務，這一開口便是退婚，管姨娘頓時怔住了。

「娘子，這怎麼好……」

「聘禮未下，還有悔婚的機會，趁事情還沒到不能挽回的地步，退了吧。」

管姨娘咬唇。「娘子莫不是聽了外人的胡言亂語不成？這沈家娘子雖有些驕縱，可哪家的小娘子年輕的時候不是被爹娘捧在手心裡疼著的，難免……」

「管姨娘。」熊氏嘆氣，一眼便看見躲在角落朝這邊看的晏雉，嘴裡的話依舊對著管姨娘。「管姨娘當真不知，沈家這要嫁的小娘子不光是生性跋扈，而且還品行不端，年紀輕輕，便已經與人苟合嗎？」

管姨娘大吃一驚，顯然是當真不知這事。她扭頭去看先熊氏一步進門的媒人，媒人臉色發白，竟是一副被人拆穿的模樣，慌不擇路想要跑。

將早已跟人苟合的小娘子說成黃花大閨女說給晏家，媒人心知拆穿後定落不得好，慌忙要跑，晏節當下命人將人攔下。

沈家如今在東籬也算是有點名氣，之所以那麼急著嫁女兒，追根究底，是因為這個女兒太不省心了。

沈六娘如今十六了，一年前同新進沈家的一個俊朗花農勾搭上，一來二去就苟合了；若不是後來發現懷了身孕，沈家人只怕也被她給蒙在鼓裡。

杖殺了花農後，沈家逼著沈六娘服了墮胎藥，然後就急不可待地到處託人說親了。

媒人受不住，在晏暹面前哭得涕泗橫流，老老實實地把沈家交代的那些事全都說了出來。

沈家人跟管姨娘商量這門婚事的時候，並未把事情說出來，只是提過沈六娘的脾氣有些不大好，管姨娘想著大戶人家的娘子左右都有些脾氣，便也沒在意。

可眼下媒人把沈家的那些事當著晏府上下這麼一說，管姨娘的臉都白了，「撲通」跪在地上，連連磕頭自責。

晏暹得知此事，心頭有氣，看著繃著臉沈默不語的長子，心疼得不行。「這門婚事必須退！」

晏家可以不要臉面，但是絕不能讓這樣不乾淨的女人進門！

管姨娘一哆嗦，落下淚來。「可是阿郎……要是惹惱了沈家，兩家的生意……」

這時候管姨娘還想著和沈家合作的生意，話裡話外竟流露出將錯就錯的想法來。

晏畈眼眶一熱，隨即跪在她身旁，對著晏暹「咚咚咚」磕頭。「阿爹，這樁生意沒了，咱們還有別的，晏氏在東籬這麼多年，根基深厚，不會因為一樁婚事就敗了。若是讓那樣不守婦道的娘子做了晏府長媳，紙包不住火，日後事情傳出去了，才是壞了晏氏的名聲！」

管姨娘大吃一驚，實沒想到自己所出的兒子，竟在這時候毅然選擇站在晏節的身邊。她咬咬牙，似有委屈。「是我的錯，沒能打聽清楚，就匆忙應了這事，即便是好心辦了壞事，那總歸也是做錯了……」

饒是她哭得如何悔不當初，也沒人在這個時候幫忙說一句話。熊氏看了她一眼，垂眸將今日自己見到的情景同眾人說了一說。

熊氏本想去沈家坐一坐，不想轎子才從沈家後門過，一旁的巷子裡傳來男女嬉鬧的聲音，她掀了轎簾往聲音處一看，竟見著一男一女躲在巷子中，光天化日的就摟抱在一起。她才要停轎，忽聽得一聲「綁了」，就見從旁邊突然竄出十幾個人，手裡拿著麻繩撲過去，幾下將那對衣衫不整的狗男女捆綁結實了，從巷子裡拉了出來。

熊氏下轎回頭，就看見了繃著臉的晏節，以及站在晏節身旁、臉色蒼白的沈大郎。

沈六娘生性不安分，那日在酒樓被晏節氣到，當夜回了府，就與那旁支的沈家郎君成了事。

據說鬧了一夜，把沈家人氣得不行，又杖斃了一批丫鬟。

晏暹聽了氣得哆嗦，管姨娘這回再想說話，也實在沒了可說之處。

幸好還沒正式下聘禮，這要是下了，還沒成親，一頂鮮綠的帽子就牢牢戴在了晏府的頭上。

「退了！趕緊退了！」晏暹拍著桌子，大聲道：「即便是親戚，還知道男女大防呢，這簡直就是不要臉！」

熊氏不語，伸手摸了摸靠在晏節懷裡的女兒。

媒人磕頭，打了幾個哆嗦。「退……一定退……」

屋裡還在說話，外面傳來阿桑有些驚詫的聲音。「秦叔，這幾位是……」話音未落，有人便徑直闖了進來，晏暹拍案而起。「你沈家眼裡還有沒有我們晏家？當我晏家無人不成！青天白日，竟然直闖！」

晏家兄弟此刻也騰地站了起來，目光沈沈地看著來人。

來者一行三人，門外還候著幾個僕從。這會兒見屋裡的樣子，當頭一人咳嗽兩聲，抬手鄭重行了一禮。

「親家，這事是我的錯！」沈家老爺子開口第一句就是向晏暹認了錯。

晏暹愕然，可火氣也騰地起來了，收也收不住。

「沈谷秋！你動的好心思，這樣的女兒，你也想嫁進晏府！」

沈谷秋自知理虧，身後的沈大郎幾步上前撲通就跪了，重重磕了幾個響頭。「世伯，我代阿爹向您磕頭賠罪！妹妹如今已經被阿爹關起來了，這事絕不會往外傳！」

沈谷秋也在旁道：「等過幾日，我就將這不孝女送到鄉下配個人嫁了。我們兩家的交情，萬不可因了她毀於一旦！」

商人重利輕情意，晏雉到今日真正地體會到這一點。

沈家人開口就認了錯，還將沈六娘關起來，晏家雖想著退親，可捺不住沈家人百般懇求，最後竟同意了李代桃僵之法。

晏雉有些意外。

沈家早早就備了後手——將沈家另一位娘子，代替沈六娘出嫁。旁人只知道兩家人結親的事，卻不知這位娘子行幾。

不多日，這一位的生辰八字，也被送到了晏府。

因為出了先前的事，為了名聲，這一回的八字只能偷偷地去算。管姨娘本想接手，不想熊氏因拗不過晏雉的懇求，先一步從晏暹手裡拿過生辰八字，一早就出門去了東籬城外的永寧寺。

回來後，下定、行聘的事便緊鑼密鼓起來，一樁接著一樁，成親的日子也訂了下來。

小佛堂內，佛香裊裊，寶瓶觀音像目光憐憫地望著堂內四人。

熊氏坐在佛龕前，輕輕敲著木魚，身後立著晏節和抱著晏雉的殷氏。

靜默許久，晏雉才聽到熊氏開了口。

「這一位，是沈家庶女，行十三，我親自去相看過了，是個好孩子。想來沈家拿她原本有別的安排，但出了事，只得將她推出來替嫁。」

晏雉抬頭，見兄長緊繃著嘴角，沈默不語，怕他心中不喜，忙伸手要抱抱。

晏節抱過晏雉，見她的眼裡掛著擔憂，彎了彎唇角，低聲道：「母親既然說好，應當就是好的。」

晏雉眼睛澀澀的，摟緊了兄長的脖子。

事情到這一步，已和重生前不再相同了，這一回要嫁進晏府的人，對她來說，全然是陌生的。

待到立夏，晏、沈兩家結親。

迎親的隊伍敲鑼打鼓去了沈家，晏雉很想隨行，奈何阿爹不許，只得被殷氏抱著在家中四處走走看看。

她因為早年跟著熊氏吃過一年齋，身子瘦弱，六歲的年紀，看起來卻不過四、五歲，是以即便被殷氏抱著，也絲毫不顯得突兀。

來吃喜酒的夫人、娘子們見了她，都歡喜上前逗弄逗弄。等聽到外頭吹吹打打的聲音近了，晏雉抓著殷氏的衣襟，吵嚷著說要去前頭看看。

到底年紀還小，還不需顧忌什麼男女大防，殷氏不得已，抱著她去了門前。

門外頭，媒人正端著一碗飯在花轎前叫道：「本宅親人來接寶，添妝含飯古來留。小娘子，開口接飯吧。」

晏雉看著轎簾被人掀開一角，媒人彎身進去，似是餵了新娘子一口飯。然後，媒人退出轎子，將碗筷轉身遞給一旁的丫鬟，自己又去攙著新娘子下了花轎。

上一世的時候，晏雉沒能親眼看著沈六娘進門，這一回她不願再錯過任何一件事，她靜靜地看著門外的熱鬧。

陰陽克擇官拿著盛滿五穀錢果草節的花斗，向門口撒去，口中唸著咒語祝詞，門外的小孩爭先恐後地去撿拾。

晏雉不懂這些，低聲詢問。

「這是撒穀豆，可以壓住三煞（注），這樣新娘子就能進門了，不然會對阿郎和娘子不好，還會影響子嗣。」殷氏說著，想把晏雉放下，好讓她也過去撿撿穀豆。

晏雉搖頭，直到看見新娘子被人扶著邁步走進晏府，這才示意殷氏往回走。

晏家的親戚全部去外面接待沈家的來客，新房內只餘新娘子和幾個丫鬟。

注：三煞，傳說居於家中的三位煞神，分別是青羊、烏雞、青牛。

晏氏的小娘子們這時候都圍在門口，想往屋裡走，又怕惹得新娘子不快，妳推推我，我推推妳，到底還是堵在門口張望算了。

晏雉掙扎著讓殷氏將自己放下，然後邁開小短腿，擠進人群。

門口堵著的都是晏氏旁支家裡的小娘子，有不認識晏雉的，被擠得有些不高興，可一見著她身上穿的衣裳，手上、脖子上的首飾，約莫猜出是本家的小娘子，便撇了撇嘴，讓開條道，讓她進了屋。

屋裡的丫鬟是跟著新娘子從沈家過來的，正聽著門外的動靜覺得有些吵鬧，見有個小娘子從人群中擠了進來。丫鬟一愣，怕是哪家的小娘子頑皮，伸手要去攔她，卻見小娘子繞過她，徑直跑到新娘子面前，站定，微微喘氣道：「妳就是我大嫂嗎？」

丫鬟想說話，新娘子卻抬手輕輕一擺，柔聲應道：「我是。」

晏雉靜下心來，走上前，竟伸出手，握住新娘子露在衣袖外的細白手指，嘆息道：「妳會待大哥好的吧？」

沈家十三娘，單字一個宜。聽到這話，下意識覺得是自己聽錯了，可方才那句話聽聲音，分明是眼前小娘子說出來的。

然而，等她偷偷掀開蓋頭一角，屋子裡這個時候除了她貼身的幾個丫鬟，已經再看不到別的人了。

她甚至還覺得小孩那軟乎乎的手的觸感，依舊停留在指尖，她想問銀朱剛才那一下是不是錯覺，外頭吵嚷著，新郎已要進屋了。

此刻，已近戌時，隔著喜帕，沈宜看見新郎慢慢走近，心中一緊，低下了頭。

喜帕被猛然挑開，沈宜抬頭，這才看見了晏節的相貌，臉一下子燒得緋紅，低聲道：「郎君……」

晏節面上平靜，心底卻也起了波瀾。他見過沈六娘，但沒見過替嫁的沈宜，母親說的沒錯，沈宜的身上沒有囂張跋扈的張揚，此刻面上帶著幾分嬌羞，看得晏節心頭驀然柔軟下來。

喜帕已掀，接下來的便是行禮。禮成後，夫妻兩人這才回到新房，再行交拜禮。前頭喝酒的人還沒盡興，後院的女客們笑著催促丫鬟、婆子去聽牆腳。晏雉跟著要去，被殷氏一把抱住，連聲道：「小娘子可聽不得那些話！」

晏雉一愣，驀地想起，如今的自己還只是個孩子，哪裡能去聽兄長新婚的牆腳。如此，只能等到明日，才能看看如今這位大嫂究竟會是怎樣的人。

她垂下眼，想起方才在房中新娘子的應答，心中一暖，摟緊了殷氏的脖子，低頭不再說話。

成親第二日清早，給長輩敬茶的時候，晏雉才見著她大哥這一回娶的妻子。沈宜個子不高不矮，曲線玲瓏，標準的鵝蛋美人臉，柳眉帶笑，唇紅齒白，面孔潔白晶瑩，看著好似一塊上等的美玉，整個人又看起來溫柔敦厚，半垂著眼睫說話的時候，顯露出幾分嬌媚來。

她笑盈盈地敬茶，一圈長輩敬完茶下來，面上的笑意仍舊不減。

等輪到小輩見禮的時候，沈宜聽到熊氏輕輕喚了一聲「四娘」，便見得一個粉裝玉琢的小女娃快走幾步，站在她身前，開口便喊了聲「嫂嫂」。

沈宜目光微閃，想起前一日新房中那個嬌嫩的聲音，唇角彎了彎，笑道：「原來是妳。」

很多年後，晏節突然想起那日妻子同妹妹說的第一句話，終於回過神來問背後的深意。在聽妻子將成親當日新房中的那一握手、一句擔憂說出口後，已今非昔比的晏節深深嘆了一口氣。

忙完大郎成親的事，晏府又重新歸於平靜。

熊氏依舊在小佛堂中虔誠禮佛，管姨娘也依舊掌管著府裡上下的庶務，晏暹仍舊忙碌於生意，晏二郎和三郎被先生押著準備來年的科舉。

而晏節如今的要緊事，是好好陪著新婚妻子。

然而這個時候，晏雉病倒了。

在東籬被蟬鳴聲圍攏的時候，晏府濃密的綠蔭下，幾乎聽不到蟬鳴，只有偶爾竄到枝頭的鳥雀，嘰嘰喳喳地叫喚幾聲，又被在樹下捕蟬的僕從驚擾，撲著翅膀飛走。

晏雉病了，臥床休養，如今正是受不得吵鬧的時候。

兄長成親，已經是半個月前的事了，她這一病，就病了半個月。請來的大夫都說她只是操勞過度，可四娘不過是個孩子，又哪裡來的操勞過度。

只有晏雉自己知道，是心裡緔著的那根弦，在確定沈六娘已經被沈家人送到鄉下，配了個當地的獵戶為妻的時候，徹底地鬆了。

弦一鬆，疲累感便鋪天蓋地而來，因此才有了操勞過度一說。

聽著內室外水晶簾子傳來的聲響，晏雉睜開眼，撐著手臂坐了起來。乳娘殷氏端了藥進屋，才進內室，那股苦味就撲鼻而來。

晏雉不由得皺了皺眉頭，撒嬌道：「乳娘，藥好苦，我不吃。」

殷氏端了藥進屋，聞言，笑道：「小娘子還是趕緊將這藥喝了，回頭大郎來了，別教他捲了袖子打屁股。聽聞大娘還讓大郎上街的時候，記得給小娘子帶些樊樓的點心回來。」

晏雉本來都打算繼續耍賴的，可聽了殷氏的話，不由得按捺下去，苦著臉伸手道：「好吧，我喝。」

大約是因為重生回到孩提時代的關係，晏雉絲毫不覺得自己如今像個孩子般的撒嬌、耍賴是怎樣一件丟臉的事。半個月前病倒後，身邊照顧的人除了乳娘和丫鬟外，就數沈宜來得最頻繁。

甚至，在管姨娘提出，送她去鄉下莊園裡養病的時候，是沈宜不懼新媳婦的身分，當著長輩的面直言說不妥。

晏雉不難想像，如果不是兄長和嫂嫂，興許等到阿娘在小佛堂中得知消息的時候，她已經被阿爹送到了鄉下莊園；如果是那樣的話，即便解決了一個沈六娘，一切卻又回到了原點。

好在，兄長們都反對，甚至還驚動了阿娘，這才沒讓阿爹把自己送走。

喝了藥，殷氏又餵了晏雉一顆蜜餞，外頭便傳來紫珠的聲音，說是大娘來了。

晏雉如今身邊只配了殷氏一個乳娘與兩個丫鬟。貼身大丫鬟便是紫珠，院子裡還有一個年紀略小的二等丫鬟，名叫豆蔻，兩人都是家生子。

紫珠話音才落，沈宜便掀了水晶簾子走了進來。

晏雉聽到動靜，嘴裡還含著蜜餞，含糊不清道：「嫂嫂！」

聽了這麼一聲，沈宜心安了不少。四娘年幼，也不知怎麼了，竟莫名落了個操勞過度的病，在床上一躺就躺了半個多月，還差點被管姨娘以養病為藉口送到鄉下莊園去了。六歲的小娘子，正是開始教養學習的時候，這時候去了鄉下，倘若教養沒跟上，被莊園裡的老奴教成了個野姑娘可怎麼辦。

這會兒聽見她中氣十足的聲音，沈宜明白，她的身子終歸是在慢慢轉好，沒被送去鄉下真是太好了。

「四娘，莫下床，坐著便是。」見她說著就要掀開被子下床，沈宜忙上前輕斥了一句，可語調裡卻並無責怪之意。

殷氏端了椅子，讓沈宜坐在床頭。

晏雉床頭的多寶格上擺了兩本書，沈宜瞄了一眼，正是幾天前她央著自己找來的樂府詩集。

對於這個妹妹，沈宜心底其實頗覺得有些好奇。

沈家子嗣繁多，她並非沒見過六、七歲的小娘子，哪一個不是嬌滴滴的。晏四給她的第一印象，就是那日新房中的問話；之後正式見面，眼前這個粉裝玉琢的小娃娃看著實在討喜。

更何況，從大郎那裡，沈宜也聽說了這孩子不少的事。

聽說晏雉周歲的時候便已能說話，卻因為年紀尚小，被熊氏帶在身邊，與青燈古佛為伴。一歲多的時候，就已經能背出幾段佛經來，雖有些結結巴巴，但到底好過無。

兩歲的時候，因為沒被照顧妥當，實在是太過瘦弱了，大郎不忍心，從熊氏身邊抱走照顧，那時候，她已經能認不少字。

所以，當晏雉央著想要幾本樂府詩集的時候，沈宜並不覺得有多意外。

沈宜順手翻過樂府詩集，眉頭一挑，笑道：「已經看到〈孤兒行〉了？」

晏雉點頭道：「剛看完，還未能背下。」

沈宜驚訝道：「裡頭的字，可都認得？」她粗略看了一眼，其中多難字。沈宜仔細想了想自己六歲的時候，大概還在跟著家中的女先生學曲藝，至於詩詞歌賦，都是十歲以後才開始讀的。

「有幾個字不大熟，兄長們來時就問了下。」

晏雉面上一片嬌憨，沈宜看著她，眼底閃過驚嘆。

偏生是個小娘子，若是個小郎君該有多好。

只是，慧極必傷，才這般年幼，若往後的路荊棘遍布，不知能否依舊如此。

她又低頭看了眼〈孤兒行〉，張口問道：「四娘可有看懂？」

二哥、三哥來探望她的時候，只幫著解決了幾個看似不懂，實則認得的難字；大哥則在得知她正在看〈孤兒行〉時，神色微變，而後緊緊將她摟在懷中，好生撫慰了一番。

沈宜這一問，顯然有些出乎晏雉的意料。

她垂下眼簾，半晌，才道：「四娘看懂了。」

沈宜想問，晏雉又快了一步，搶先道：「父母在時，乘堅車，駕駟馬。父母已去，兄嫂令我行賈。孤兒的兄長、嫂嫂不是好人，所以才讓孤兒備受折磨，可是大哥和嫂嫂不會這樣對四娘的！」

沈宜微感震驚。

晏雉顰眉道：「居生不樂，不如早去，下從地下黃泉。孤兒覺得這世上苦難太多，不如早死；可是四娘聽兄長的先生說過，身體髮膚受之父母，即便是死，也該父母決定，否則就是不敬、不孝、不仁！」

她頓了頓，軟軟又道：「比起這個，四娘更喜歡另一篇。」

「哪一篇？」

沈宜低頭，看著女孩白嫩的手翻過詩集，翻開一張摺了一小角的書頁。

「〈飲馬長城窟行〉。」

女孩指尖所指的那一句，也不知是湊巧還是什麼，恰好是一句「男兒寧當格鬥死，何能怫鬱築長城」。

第四章 展聰穎

四娘如今已經六歲了，晏節頭一回從身邊人的嘴裡，聽到了「慧極必傷」這個詞。

他看著自己面帶愁容的妻子，微微發愣，半晌，才伸手將人攬進懷裡抱住，安慰道：「四娘是個好孩子，妳好好教……」最後又咬了咬牙。「實在不行，就讓她別學那些東西了，跟著我習武罷。」

沈宜推了他一把，瞪眼道：「她今日才指了那句『男兒寧當格鬥死』，你便要教她習武，難不成還真想將四娘養成武將嗎？」

她這一瞪眼，非但不讓人覺得面容難看，晏節竟還喜歡得很，反倒是將人抱得更緊，在她嘴角親了一口，樂道：「無事。四娘聰明是件好事，至多我讓她跟著習武，日後碰著討人厭的傢伙，直接打過去，也不必去想太多。」

沈宜本有些不高興，可腦海中不知怎地，一下子蹦出那小女娃掄著拳頭去揍人的情景，不由得「噗哧」一笑出聲來。

晏節看她笑了，越發覺得這是個不錯的主意。

晏雉完全不知那一頭兄長和她新進門沒多久的嫂子之間的對話。

她在床上又睡了幾日，終於得到父兄的鬆口，許她下床走動了。

殷氏怕她又病了，手裡拿著件衣裳，一直緊緊跟在後頭，哪怕風一吹，作勢就要她披掛上。

可晏雉哪裡肯？這會兒正是夏天，她怕自己沒受風寒，倒是因為穿太多熱得中暑再倒下。

她往好久沒去的院子裡溜達，想說這個時候，池塘裡的蓮花該是開了。

等到了後院，自己最常玩的秋千旁站了一人，正背對著和小僮說話。

那人穿著一身寬衣大袖，鬢間已有白髮，聞聲轉過身來，晏雉才瞧見他的眼角還有著細紋，年紀看起來約莫與阿爹一般。

晏雉有些驚訝。「松壽先生！」

晏雉這時候記起來，這位先生可是大有來頭。

賀毓秀名頭雖不如皇城中的那些名流，可到底出身世家，在大邯也算得上是數得上號的名士。

晏雉之所以會認得他，就是因為上一世管姨娘不知怎地說服了阿爹，命人為二哥找來賀毓秀，延請他到晏府，教二哥讀書，不想松壽先生竟意外看中了大哥和三哥。

賀毓秀眉頭一皺，頗有些好奇地看著眼前這個還不到他腰側高的小女娃。

方才他分明聽見這女娃娃喊自己「松壽先生」，他這名號理當在女眷中並不出名，何況他來晏府才不過半個時辰，被人領到後院轉轉，這女娃娃突然出現，怎地就認得自己，且一副吃驚的模樣？

賀毓秀心思一轉，後退一步，竟朝著晏雉拱手行了一禮。「小娘子認得在下？」

晏雉心下一驚。像她這般年紀，哪裡會知道什麼松壽先生，更別提認得面孔，又見賀毓秀突然行禮，有些吃驚，忙不迭也作揖回禮。「四娘聽人說過先生的名號！」

賀毓秀看這女娃娃，覺得頗為有趣，瞧見她雖緊張得鼻尖都沁出汗來，卻難得臉色不變，一副恭謹模樣，忍不住含笑點頭。

他這輩子無兒無女，妻子去得早，實在沒那興趣續弦納妾，如今五十有餘，倒覺得膝下空虛起來，看著眼前的女娃娃，心底生出幾分喜愛，彎個腰，將人輕輕鬆鬆抱起，轉身安置在一旁的秋千上。

晏雉眼巴巴地看著賀毓秀好一會兒，這會兒突然被他抱起來放在秋千上，忍不住嚇了一跳，慌忙抓穩兩旁，被推著輕輕晃盪起來。

「小娘子行四？」

「是……府裡上下都喊我四娘。」

「可識字？」

「識字。」

「平日可有讀書，讀的什麼？」

「讀過一些樂府詩集，平日嫂嫂也會教我識字。」

晏雉坐在秋千上，被身後的賀毓秀一下一下推出去。秋千盪得有些高，晏雉覺得自己都被盪到了半空中，後院中的花草樹木盡收眼底，她還看見乳娘殷氏略微擔心的表情，和旁邊小僮一臉的豔羨。

只是，她錯過了背後賀毓秀此刻笑容滿面的模樣。

反正都是教人讀書，不如再多教一個。

賀毓秀的確是被晏暹請來的，也的確是因為管姨娘吹的枕頭風，才令晏暹決定給晏畈獨自聘請先生教授學問。

只是人請來了，管姨娘才發現，名士的思維和自己是不一樣的——收徒是要看天賦、學問、能力，沒比試過，又怎知晏二郎才學過人，應當收徒。

是以，賀毓秀大手一揮，命晏家三位郎君，皆寫一篇文章給自己。末了，又摸著光禿禿的下巴，意味深長地添了句說，他挺喜歡四娘的，倒是願意破例收一位女徒弟。

賀毓秀對晏雉的關注，顯然出乎晏暹和管姨娘的意料；便是熊氏，在小佛堂內聽雲母回稟此事，也微微有些出神。

這孩子才六歲，就得了名士松壽先生的青眼，也不知是福是禍。

和兄長們一樣，晏雉要拜師，首先得寫一篇文章讓賀毓秀過目。

在和她攀談的過程中，賀毓秀顯然發現她的天賦極高，這才生出了惜才之心，再加上見她模樣可愛，便想著親自教導，盼望著能教出一名才女來。

那些公卿世家的娘子們，自小便被要求會吟詩賦詞，且又要琴棋書畫樣樣精通，但在賀毓秀眼中，這樣的小娘子，多如牛毛，毫無才情可言。

是以，難得瞧見這麼株好苗子，賀毓秀實在不願放手。

晏暹原還想著勸說兩句，畢竟這先生請過來是教二郎讀書的，莫名其妙再收一個四娘，實在有些說不過去。

誰知，賀毓秀揮了揮手，毫不在意，只說他就瞧上晏雉了。

靠著這分喜歡，晏雉知道自己得了一個大便宜。

在上一世的時候，賀毓秀在大邯聲望相當高，雖終身不曾出仕，卻因學問卓越，名聲已然超過了東宮三少，就連皇帝都希望他能進宮給太子教書。

可不管怎樣，文章總歸是要寫的。

賀毓秀沒說文章要寫什麼，他們兄妹四人閉門三日後，四篇文章都交了出去。

晏節寫的是行軍，晏畈寫的是經商，晏筠寫的是時政。

不得不說，晏氏本家這一代的三位郎君各有所長，三篇文章，皆以小見大，行文如流水，不可多得。仔細比較起來，大郎最優，三郎次之，二郎則最下。

賀毓秀摸了摸下巴，到底還是嘆了口氣。

一旁的小僮遞上茶，他接過輕啜一口，隨手將三篇文章放置一旁，又拿過另一篇。

晏雉和她三位兄長寫的不同，這一篇文章寫的是勉學。

她完全不知道，自己再世為人後那不由自主表露出來的聰慧，令一向冷靜自制的松壽先生，打翻了茶盞。

小僮眨著眼表示好奇，只聽賀毓秀搖頭嘆道：「自古明王聖帝，猶須勤學，況凡庶乎。此理，六歲幼女都知，貴遊子弟，卻多不學無術！」

小僮似懂非懂，賀毓秀伸手摸了摸他的頭，提筆在晏雉的文章上，寫下批注「積財千萬，不如薄技在身」。

寫罷，將筆一拋，對著門外丫鬟道：「去與阿郎道一聲，賀某已決定收大郎與四娘為徒。」

門外丫鬟雖有些吃驚，仍忙不迭往主屋去了。

小僮湊過去瞧案上文章，好奇道：「先生，晏家四娘當真這麼聰明？」

賀毓秀低頭，看著薄紙上略帶稚氣，卻隱隱已顯娟秀的字跡，長嘆一聲。「此女早慧。」

晏雉會被賀毓秀收為徒弟，已經是眾人意料之中的事了。

出人意料的，是賀毓秀沒看中二郎，反倒是看中了大郎。

晏暹並非不喜原配所生的兩個嫡子，相反，他對這兩個孩子也是十分疼惜；只是他一直都希望，長子繼承家業，次子出仕為官，么子若有出息最好，實在不行不妨自由一些。

怎知，他以為該繼承家業的適合科舉出仕，認定能出仕為官的卻最善經商，就連最不起眼的四娘，也得了賀毓秀的青眼。

拗不過管姨娘，晏暹同賀毓秀談了很久，最終賀毓秀才應下，他也會教授二郎和三郎，但僅限於科舉上的東西。

晏家在東籬當地是很有名望的，晏家子孫的拜師禮，自然也不會太簡樸，畢竟松壽先生名聲在外，若是太過簡樸了，難免讓人覺得看輕了先生。

拜師當日，晏節和晏雉兄妹兩人皆穿著端正，顯出一分敬重來。

晏氏旁支自然也是不願錯過這麼一件好事的，接連幾日，都有人帶著子女上門，寄望也能得了松壽先生的青眼。

賀毓秀有些頭疼，最後，同晏暹商議，由晏家出面，在東籬城中買下一處宅子，開設私學，並聘請城中別的先生一同教學。

晏氏子孫皆可入學，只須按著平日在別處上學那樣，按時繳納束脩便可。

至於上課，松壽先生表示，他會酌情考慮為學生多上幾堂課。

拜過孔、孟二賢後，行三叩首之禮，待喝過茶，這徒弟便算是正式收下了。

圍觀拜師禮的晏氏旁支難免心裡有些酸澀，但見本家二郎和三郎神色尋常，便也不好在臉上表露出什麼來。

而這時，賀毓秀清了清嗓子，訓話道：「你兄妹二人可知，為何讀書學問？」

晏節答。「欲開心明目，以利於行。」

賀毓秀頷首，又道：「明《六經》之指，涉百家之書，縱不能增益德行，敦促風俗，猶不失一藝，可自謀生計。」他這一句是對著兄妹兩人說的，後頭一句卻分明是單獨對晏雉所說：「父兄不可常依，鄉國不可常保。一旦流離失所，無人庇蔭，就該自己設法了。」

晏雉身子一震，明白了他的意思。

這世上，沒有永遠的庇護，她今日所學的一切，為的是日後無所依時能有自保的能力。

賀毓秀確實無愧於他的名聲。

不光是能文能武，即便是風花雪月的本事，也夠兄妹倆學上一手。

按著別人家小娘子的教育，這個年紀，理當是學《幼學》、《弟子規》一類的東西，至多不過是再加上些《女四書》。

可賀毓秀偏偏不教晏雉這些，反倒是讓兄妹倆平日裡一同上課，即便是學的內容，也無出一二。

不同的，大概就是晏雉還需要跟著沈宜學一些小娘子們理當會的技藝，比方說女紅；至於制藝，有松壽先生這樣的箇中好手在，沈宜自問還沒那個能耐去教四娘。

上一世，晏雉沒能遇到賀毓秀，只因為那時候的她，頑皮搗蛋，從不肯坐下來看書；後來被送到鄉下莊園，更是錯失了正經教養的機會，直至後來才在沈六娘的威逼下，學了一些東西。

可如今不同，晏雉心裡明白，她必須抓住一切機會學習，才能徹徹底底改變已知的宿命。

晏雉要學的東西，並不比晏節來得少。

除開和兄長一起上課時，同樣學的東西外，第一課，賀毓秀還要晏雉學會辨認祭器。等到她認識了那些祭器後，又要學官階。

這一下，一起上課的晏節怔住了。

「先生……這個……會否太早了一些？」晏氏自成信侯後，再無人出仕，雖然他們兄弟三人日後都是要參加科舉的，可突然就讓四娘學官階，委實令人吃驚。
賀毓秀不置可否道：「這本該是你們兄妹兩人一道學的，如今讓四娘先學一步，也好幫著你一點。」
晏節微愣。他從未想過要晏雉幫自己什麼，畢竟，他為人兄長，理該幫助弟弟、妹妹，哪裡想到讓弟弟、妹妹幫襯自己。
賀毓秀道：「你既然要出仕為官，自然應當知道這朝中究竟都有哪些官職。你倆無事的時候，就讓四娘多在你面前唸唸，唸得多了，你也就記住了。」
如此的日子又過了三日。
賀毓秀突然提出要抽查，查的是晏雉還記不記得那些祭器，有沒有記下了全部官階。
晏雉咬著牙低聲說記下了。
等到當真抽查起來的時候，她結結巴巴地將那些祭器及上頭的銘文涵義背誦出來，背到官階時，卻實在記得不清楚，每每對上賀毓秀的視線，她都忍不住低頭，很快額頭上就布滿緊張的汗水。
就連晏節，不由得也為妹妹捏了把汗。
一時間，後院裡除了蟬鳴和呼吸聲，就再沒第三種聲音。
良久，晏雉才聽見一聲輕嘆，而後，頭頂有人伸手輕輕摸了摸。「妳還小，也聰明，可先生也從未想過要妳三日之內當真將這些都記下。」
晏雉低頭。

賀毓秀又道：「誠於此者形於彼。若是在我問妳的時候，就老實承認還沒記住那些官階，也不至於像現在緊張得滿頭大汗。」

「學生……學生不才，怕先生失望……」

其實，論起用功，晏雉並未讓賀毓秀失望。跟那些被塞進來求學的晏氏旁支比起來，晏雉小小年紀就能記下那些祭器及其上的銘文已經不容易，官階記不全也是情理之中的事。

只是，作為先生，他並不喜歡自己的徒弟逞強、撒謊。

「今日，我須罰妳，妳可服氣？」

自然是服氣的。

晏雉並沒有說話，而是點了點頭，乖乖地伸出手，掌心向上，等著賀毓秀的戒尺落下。

一旁的小僮早已雙手奉上戒尺，賀毓秀拿過，在自己手心裡輕輕拍打幾下，然後伸手抓住晏雉攤開的手掌，一尺落下，問道：「名之與實，猶形之與影也。四娘，可懂這句話的意思？」

晏雉吃痛，忍著沒握拳。「學生不知。」

又是一尺落下。

「妳如今尚且年幼，卻聰明伶俐，有些事理當要明白，日後才能腳踏實地行路。孔老夫子曾說，知之為知之，不知為不知，此話妳可懂？」

晏雉咬牙。「學生懂。」

賀毓秀滿意地點了點頭。「上士忘名，中士立名，下士竊名。我不期盼妳成為這世上最優秀的人，卻也不希望唯一的女徒弟，成為那竊取名聲的下等人。」

晏雉點頭，表示受教。賀毓秀手不停，繼續落戒尺。

「一個人品性的好與壞、真與偽皆發自內心，拙劣的品性是無法用行為掩蓋的，越掩藏越會招來羞辱。你兄妹兩人回去之後，將此話牢記，並作一篇文章給我。」

晏雉含淚應聲，晏節收斂面上的心疼，也趕緊應下。

等回到晏府，殷氏從院中迎了出來。看見大郎抱著四娘回來，四娘眼眶紅紅的，似有哭過，殷氏猛地就緊張起來，忙上前道：「小娘子這是怎麼了，難不成摔著了？」

可她左右看了看並未瞧見哪裡受傷，忍不住擔心是不是哪裡不舒服。

晏雉握著拳頭，緩緩搖了搖頭。「乳娘，我沒事。」

殷氏仍有些放不下心，但見他們兄妹兩人都說沒事，無奈只好嘆了口氣，低聲問：「可餓了，要吃些點心嗎？」

晏雉點頭。

兄妹兩人進了屋，晏節抬手，揉了揉晏雉的頭頂。「先生所言也是為了妳好。妳年紀尚小，又素來聰慧，若是沒把握好品性……那就太可惜了。」

以六歲的年紀來說，背祭器和官階，確實早了一些；可聽說那些公卿世家的小娘子也是這般，晏節知道，松壽先生是真心喜歡四娘，這才一心盼著這個孩子能走得順順當當的，不入歧途。

「大哥，四娘知道的。」晏雉點點頭，攤開手，掌心還有些發燙。「先生是為了四娘好。」

她沒能記下那些官階，先生問話的時候，卻又隱瞞不說，先生會不高興，也是情理之中的事。

晏雉暗暗發誓，先生所教的一切，她一定竭盡所能學會，必不再出現今日的情形。

多年後，當她聲名大盛的時候，那年落在掌心的戒尺，卻依舊深深刻印在心裡。

而這些，都是後話了。

大邯官制九品十八級，要從頭到尾記下來不難，難的是晏雉要記住的是每一個官職所管轄的內容和範圍。

她不像沈宜，有過目不忘的本事，也並非生來聰慧。所謂的早慧，說到底，不過是因為她重生過一次，小小的身體裡有著一個成年人的思維，因此，要她記下完整的官制，仍舊需要付出很大的努力。

九品十八級，還包括了爵位和文武散官。

晏雉接連幾日挑燈夜讀，每日清早去小佛堂給熊氏請安的時候，總是顯得有些疲乏。殷氏看著心疼，偷偷把夜讀的事告訴熊氏。

「平日裡再聰明，到底不過是個小娘子，日後也無須跟著大郎他們一起科舉，又何必挑燈夜讀。那個松壽先生實在是太嚴苛了，哪有這樣教小娘子的！」殷氏越說越心疼，一想到小娘子每日風雨無阻地去私學，學的還都是大郎在學的東西，她就越發覺得那個什麼松壽先生不是個良師。

雲母也瞧仔細了小娘子眼眶下的暗影，同仇敵愾了起來。「娘子，小娘子那模樣，奴婢瞧著也心疼，這要是沒幾日又病倒了，可怎麼好？」

玉髓在一旁道：「不如還是同先生說一說吧，到底是小娘子，實在不必太嚴苛。」

熊氏想了一想。「四娘如今，都學了些什麼？」

她們母女倆雖然日日都會見面，可除了問安的話，便只剩下並肩坐著，在觀音像前唸上一會兒經書。

要問熊氏，晏雉如今學了些什麼，她是絲毫不知。

殷氏想了想，回道：「前幾日，已將祭器和銘文全部記下，這些天，成日在記官制。」

熊家三代之前出過宰相，子子孫孫以官家自居。是以，熊氏知道，辨認祭器、銘文和官制，究竟意味著什麼。

熊氏回過神，道：「官制，可都記下了？」

殷氏點點頭，有些驕傲。「小娘子是真聰明。如今，已能順順溜溜地把官制都背出來了，就連大郎都忍不住誇她。」

熊氏若有所思。其實，她並不覺得松壽先生對四娘要求嚴苛。這世上並無神童，四娘早慧必然會引人注意，一開始說不定還能迎來名聲，可等日後長大一些，漸漸變作普通人時，只怕這落差會讓人難以接受。

因了賀毓秀的名聲，他收下的兩個徒弟自然也受到頗多關注，其中晏家四娘更是引人注目，漸漸的，晏雉早慧聰穎的名聲便在東籬城中傳遍了；而當有人試探著詢問此事時，賀毓秀卻只喝了口茶，輕描淡寫道了一句「觀其後效」。

兄妹兩人一同拜師，雖上著同樣的課，學差不多的內容，但賀毓秀對晏雉的教導，更偏重於泛學廣知，又十分注重基礎的培養。

賀毓秀從收徒之日起，心中就明白，他所要培養的，不單單只是一個精通四書五經的學生，更是一個可以為民謀利的棟樑。科舉不過是一塊出仕的跳板，科舉不行，還有舉薦，晏節但凡能成才，他就能幫著為其在朝中謀一職。

至於晏雉，他很想知道，自己究竟能將這個小娘子培養成什麼模樣。

跟著賀毓秀上課快兩個月了，晏氏的那些旁支子弟漸漸生出不滿來。

平日上課的都是晏家從別處請來的先生，教的也是最正經不過的四書五經，松壽先生親自來上課的日子，一個月裡頭，不過十幾日，上來便是之乎者也，臨下課又佈置功課，不是作文章，就是反反覆覆地抄書再抄書。

抄一次可以，抄兩次也就算了，可接二連三地要他們抄書，那些學生都有些不樂意了。

有旁支追到正準備下課的賀毓秀面前，要求先生能夠一視同仁，教他們同樣的東西，而不是作文章、抄書。賀毓秀抬眼，冷冷地看著他們，隨口讓小僮喊來晏雉，要她當著這些旁支的面，將新學的東西，一字不落地背給他們聽。

晏雉也不含蓄，跪坐在眾人身前，張口即來。「世人多蔽，貴耳賤目，重遙輕近。少長周旋，如有賢哲，每相狎侮，不加禮敬。他鄉異縣，微藉風聲，延頸企踵，甚於饑渴。」

聞其言，旁支表情俱是一僵。

即便再笨，這時候聽了晏雉背的內容，也該知道她說的究竟是什麼了。

一幫人面面相覷，一時臉色白了又紅。

晏雉所說的話，皆來自所學，意思不難理解。

說的是世人見識不明，只看重傳聞名聲，絲毫不知眼見為實，耳聽為虛之說。只知道羨慕別人，卻從不思考為什麼自己要羨慕別人；只知道別人學得好，卻不知道自己為什麼不如別人。

旁支看著坐在先生下首的晏四娘，心道，莫怪先生如此看重他們兄妹倆，拐彎抹角教訓人的本事也跟先生有得一比。

賀毓秀換了個姿勢坐在案几前，抬眼看著底下的學生，屈指敲了敲桌面，而後，咳嗽一聲。

眾學生頓時緊張起來。

「你們說一說，為什麼覺得不公。」

無人主動應答。

賀毓秀低笑。「大郎和四娘是向我行了拜師禮收的徒弟，你們是我開的私學收的學生。你們說一說，這有什麼不公的。」

其實並沒有什麼不公的。

世間萬事皆如此。

就像參加了科舉不一定能出仕，沒參加科舉卻可以憑藉舉薦得到一官半職一樣，入室弟子和學生本來就有著區別。

懷帶不滿情緒的大多是晏氏旁支，其餘的學生或者是東籬城中一些大戶的子孫，雖也覺得先生偏心，可到底明白晏雉他們那是正正經經拜過師的。

晏畈和晏筠坐在底下，互相看了看，而後又去看晏雉。

他們的妹妹，明明才六歲，可這近兩個月的學習，不少文章典故已經能張口即來，而今跟著學習書法，字雖寫得算不上好，但也工整秀麗，能看出日後的好模樣來。

他們自覺自己天賦不及四娘，可也沒什麼好嫉妒。妹妹要是厲害，日後嫁個好人家，自然也能為晏氏、為他們帶來益處。

「行了。」賀毓秀一揮手，站起身居高臨下看著學生們。「明日都穿得索利一些，讓你們一起上一堂課，再看看，究竟有無差別。」

話罷，原本跪坐在下首的晏雉已經起身，曲膝給底下的小郎君們行了個福禮，而後跟著賀毓秀走了出去。

師徒倆一走，所有人頓時發出聲響，爭先恐後地表示明日一定要好好表現，若是能得先生青眼，說不定也能拜師，成為先生的徒弟。

唯獨晏畈、晏筠兄弟兩人默默收拾好筆墨，準備回府後偷偷問一問大哥，明天究竟要上什麼課，早點做些準備，免得明日當著那麼多人的面，被四娘比下去了，丟臉。

因此，一回府，兄弟兩人便一頭撲進晏節的院子裡，想找他問一問上課的事。誰知，進了院子，除了幾個灑掃的丫鬟，壓根兒就見不著人。

一問丫鬟才知道，兄長才剛回府，就被晏暹叫去了書房。

兄弟兩人也不急，反倒是在院子裡坐下，沈宜瞧見他倆，忙讓丫鬟去小廚房將茶水和點心端了出來，又陪著在院中坐著喝茶，順便問起私學裡的事。

等到晏節回來，兩人想問上課的事，可看著兄長臉上悵然的神情，面面相覷，遂疑惑道：「阿爹同大哥說了什麼？」

沈宜一眼看去，見晏節臉色不大好看，忙迎上前去，低聲問道：「可是阿翁又說什麼了？」

「也不是什麼多要緊的事情。」晏節悵然道：「不過是有旁支的叔父們跑來告狀，說今日在學堂上，四娘拐彎抹角地將人數落了一頓。阿爹好面子，覺得有些氣惱，想讓四娘別再去上學，可又怕惹惱了先生，故要我去遊說先生。」

沈宜點了點頭，伸手撣了撣晏節的肩頭。「阿翁是一家之主，自然要顧忌多些。這事你就原原本本同先生說上一說，到時候先生惱了，阿翁也不敢強求。」

晏畈有些遲疑，上前問道：「這事，與姨娘可有關係？會不會是姨娘又……」

晏節扭頭，看著同父異母的弟弟，緩緩搖頭。「與管姨娘無關，的確是旁支的叔父們告的狀。」頓了頓，晏節又道：「管姨娘那邊，二郎，你只須說上一句四娘可以跟著學掌家了，想必姨娘就會幫著我們勸勸阿爹，讓四娘跟著先生多讀點書。」

晏毓恍然，一旁的晏筠見他顯然忘了來的目的，趕緊詢問上課的事。

晏節眉頭一挑，笑著看他倆，問：「可知六藝？」

在別人家的小郎君、小娘子六歲還在讀《千字文》、《急就篇》識字的時候，晏雉的課外讀物是《雜抄》、《古賢集》、《顏氏家訓》和《兔園策府》。

至於人人幼時都要學、要背的《九九乘法歌》，那是晏雉跟著沈宜學女紅的時候，順便學著背下的。

外頭人人都說晏家四娘是個神童的時候，沒人會去想，這個小神童竟然每日挑燈夜讀。

是以，既然松壽先生說要一同上一堂課，所有人都躍躍欲試，打算在先生面前好好表現一把，最好能將先生看好的兄妹兩人給打壓下去。

這堂課安排在晏家於郊外的一處莊園。

為什麼要到郊外的莊園來上課？賀毓秀摸著光禿禿的下巴，表示這裡寬敞，能活動開手腳。

學生們紛紛坐著馬車、轎子趕到莊園的時候，瞧見園子裡陪著先生對弈的兄妹兩人。

賀毓秀咳嗽兩聲。「都來了？」

眾人齊聲應和。

兄妹兩人整理儀容，筆直地站在先生身後，一大一小，看著十分恭敬。

那幾個鬧事的旁支看了看晏節，又看了看作小郎君打扮的晏雉，眼皮垂了垂，互相看看，推派出一人。

「先生，今日要教學生們什麼？」

賀毓秀微微抬著下巴，掃了眾人一眼，對上那個被推出來的晏小郎君，漠然道：「六藝。」

學生們個個面面相覷，晏小郎君更是突然拔高了聲音。「先生當真要教我們六藝？」

賀毓秀擺擺手。「禮樂射御書數，此為六藝。你們昨日說先生不公，那今日便讓你們一道上一堂課。這堂課名為六藝，卻不全是六藝。」

「那先生究竟要教我們什麼？」晏小郎君小聲地道。

「射。」

莊園後有一塊很大的空地，因園子裡有僕從打理，空地上並未雜草叢生，平平整整的，十分乾淨。空地一旁擺了架子，上頭放著各式兵器，空地的另一頭豎著一排十來個箭靶子，已有僕從從園子的倉庫裡，翻出了幾把弓，和一箱子的箭矢。

學生們看得有些目瞪口呆，就連晏昄和晏筠都覺得十分吃驚，忙抬頭去看兄長和四娘，卻見他們兩人面色如常，似乎早早就知道這莊園裡藏著這麼多的東西。

可實際上，晏節也是現在才知道，不過他慣常忍耐，故而臉上才沒有表露出太多的吃驚。

至於晏雉，卻是從上一世時就知道了這些。

晏氏高祖既能得成信侯之名，子嗣怎麼可能真的會馬上棄武從商，在遷居東籬之初，必然也曾不忘習武。

賀毓秀彎腰拿起一把弓，試著拉開，放手，弓弦發出一聲輕響。他又拿起一支箭，看了看箭頭，看了看翎羽，又丟回箱子裡。

他回身，將弓依次拋到幾個學生手中。「別的不用多說，先依次給為師看看你們的射禮學得如何。」

稍有家世的小郎君們家裡自然也請了先生來教授五經六藝，再加上晏氏高祖也善騎射，好習武，身為子孫，這射禮理當要學。

所以，當賀毓秀說要看看他們的射禮學得如何的時候，以晏小郎君為首的幾個旁支一臉欣喜。

六藝之中有五射（注），賀毓秀不要求太多，只說看一看白矢。

晏小郎君一眾爭先恐後，拿了箱子裡的箭，站好位置，對準箭靶，拉弓就射。

嗖嗖幾下，飛出去幾支箭。

賀毓秀也不仔細看，身旁的小僮已經跑了過去，然後又跑回來說：「郎君們的箭都沒能露出箭鏃。」

話音才落，周圍的氣氛突然間全都凝滯下來了。

晏雉扭頭，去看旁邊空地上，麻雀蹦躂地跳著捉蟲。

「云『白矢』者，矢在侯而貫侯過，過見其鏃白。」良久，賀毓秀沈下聲音，一字一頓道：「大郎，射箭。」

晏節聞聲，從晏小郎君手裡拿過弓，微微皺了皺眉頭，試了下弓弦，彎腰拿起一支箭，搭上，貼著臉瞇起一隻眼，對準遠處的箭靶。

「唰」的一聲，他鬆了手，箭劃破空氣，離弦而出。

賀毓秀看了看遠處，微微蹙眉。「弓太輕了？」

晏節點頭。他的臂力是自小練的，弓太輕，怕拉滿了繃壞弓，不得已收了些力氣，怕是剛才那一箭射得不好。他低頭，撥了下弓弦，一側頭就瞧見晏雉雙眼發亮地站在旁邊，晏節彎唇一笑，伸手摸了摸她的腦袋。

他手掌還沒收回，那一邊聽得小僮大喊。「先生，先生！箭靶被射穿了！」

所有學生都擁到了箭靶前，圍著箭靶仔細檢查。那箭靶正中，原本該是紅心的位置，如今空蕩蕩的，並不似作假；而地上，那一小塊紅心正串著一支箭，箭鏃發白，足以看出晏節發矢有多準確有力。

賀毓秀走過去，看著以晏小郎君為首的旁支，一個個臉色都不大好看，又見晏家二郎和三郎一副與榮有焉的模樣，輕咳兩聲。「這一箭，服氣嗎？」

晏小郎君訕訕然。「服……」

賀毓秀摸著下巴笑。「現下知道為何不公了？同樣曾跟著其他先生學五經六藝，拿同樣的箭，同樣的弓，大郎能明白白矢的意思，你們為何不懂？是教授你們六藝的先生不懂，還是你們自己天生不及大郎？」

注：五射，古代行射禮時的五種射法，分別為白矢、參連、剡注、襄尺、井儀。

晏小郎君滿臉通紅，又羞又怒。「不是！是大郎的力氣比學生們都大，所以……」

「你們以為，大郎的力氣是天生比你們都大不成？」

驀地，沒有人再敢應聲。

「四娘。」賀毓秀頗有些沒好氣道：「妳同他們說說，大郎的力氣為何比他們都大。」要怎麼說？

晏雉眨著眼睛看了看賀毓秀，又看了看晏節和混在人群中的二哥、三哥，最後嘆了口氣，老老實實地走到中間。

小女娃的聲音嬌嫩得很，緩慢卻清晰地道：「自我懂事以來，每日皆能見著兄長在院中練拳。聽兄長院中的丫鬟說，兄長練拳已經有好些年，彎弓的臂力更是在日復一日中練出來的，並非有什麼天生神力。」

她說著，掃了眾人一眼。「你們眼中的不公，不過是因為你們未能切身體會先生的教學嚴謹。對先生來說，抄書是最好的打基礎方式，我抄了許多書，在抄書的同時，先生還要求我練習書法。我也跟著兄長習射，天天練，反覆地練，練得第二天雙臂都抬不起來，吃飯還需要乳娘餵，先生也從不鬆口說我是女兒家，不必吃這個苦。」

她頓了頓，頗有些替晏節義憤填膺。「先人有云：『有志尚者，遂能磨礪，以就素業，無履立者，自茲墮慢，便為凡人』。你們若是只看得到別人的好，卻不知別人的辛苦，便會如先人所言，『便為凡人』！」

晏雉話裡數落的意思，直白得像是惡狠狠地朝他們臉上摑了一巴掌。

然而，一來顧念她是本家的人，二來他們一群男孩對付一個女孩，若是說出去只會丟人。是以，一群人心裡再不服氣，這時候也只能你看看我、我看看你，咬著牙，忍了。

晏小郎君到底有些氣不過，咬咬牙，上前一步，低頭等著晏雉。「妳說的倒是厲害，有本事，妳也射一箭給我們看看！」

賀毓秀直接氣笑了。

晏雉多大，這些旁支的小子們又多大？

虧得這小郎君能說出這句話來，教旁人聽見了，可不都認為他們以大欺小嗎？

「四娘啊，」賀毓秀摸了摸鼻子，抬抬下巴。「射一箭。」

「先生。」晏雉皺眉。「學生不會。」

「妳已經跟著大郎在學射柳，試試吧，射不中靶心也無妨。」他頓了頓，有些意味深長地掃了眼晏小郎君。「妳年紀小，不用像大郎那樣，只要能射在靶子上就行。」

知道先生這是有意要她在旁支面前樹立一點本家的威信。晏雉抬頭去看晏節，見兄長微微頷首，這才鬆開眉頭，拾起一支箭，拿著弓，走到位置上。

晏小郎君其實也是惱了，要不然才不會忘記爹娘的叮囑，記得不能去招惹本家的。等晏雉擺出拉弓的姿勢，如一棵小松樹般，筆直地站立著，眼神尖銳，晏小郎君突然想起了爹娘的叮囑。

霎時，離弦的箭飛了出去。

第五章　故人來

在從莊子回府的路上，馬車晃晃悠悠，晏雉實在是睏了，窩在角落裡就瞇著眼睛睡了過去。

晏節怕她睡得不舒服，伸手將人攏進懷裡抱著，順帶著給她擦了擦額頭上的汗。

小傢伙睡得有些迷糊，睜開惺忪的眼，見貼著臉的是兄長，也就放下心來，往人肩上蹭了蹭，找了個舒服的位置，閉眼繼續睡。

賀毓秀在馬車裡點了熏香，味道淡雅，的確適合小睡，可這會兒，他滿心歡喜，實在是不覺得疲累。

「四娘這孩子，今日委實在人前露了臉！好好好，這孩子日後定有所作為！那群小子，不過是家中稍有人捧著、端著，便個個自命不凡，想做為師的徒弟，也不看看究竟有沒有這本事。今日習射輸在你手裡，嘴皮子又比不過四娘，怕是能縮著脖子安分好些日子了。」

晏節微微嘆了口氣。「先生，女兒家本事太大，不容易找婆家……」

賀毓秀一愣，頗為奇怪地看著他。「為何非要嫁？」

晏節怔住。

是了，他竟一時忘了，他的這位先生，端的是名士的稱號，卻寧可一輩子只當個名士，也不願意再娶個媳婦。

來晏家這段日子，管姨娘沒少在阿爹面前提起挑個丫鬟給先生送去做妾，可先生哪回不是拒絕了，說話最直接的一次，管姨娘被冷嘲熱諷得整張臉都白了。

「女孩兒聰明點，不是什麼壞事。」

「……」

「而且你看四娘，該軟和的時候可不就挺軟和的，那該硬氣的時候也得硬氣一些，省得被那些沒眼界的東西欺負了。」

晏節是真的越來越擔心四娘日後夫家的問題了。

在大邯，男女大防之風雖然不似前朝這麼重，但誰不愛軟和的小娘子；就連他自己，對比潑辣的沈六娘和溫婉的沈宜，自然是溫婉的妻子更合心意。

雖說如此，但晏節不知道。

晏雉也曾有過溫婉的時候，只是那分溫婉根本沒能帶來美滿的生活。

自重生後，她就下定決心，世間萬事萬物，千變萬化，就如先生所言「父兄不可常依，鄉國不可常保」，她不強大起來，誰又能保證可以時時刻刻將她護在羽翼之下。

其實，後來晏雉射的那一箭，並沒有射中靶心。

她到底還是個孩子，跟著晏節習箭，不過一個多月的日子，哪裡能這麼好本事，將本就不適合小孩玩的弓拉滿，然後一箭射中遠處的靶心。

在私學讀書的學生裡頭，還有幾個跟她差不多年紀的小郎君，在晏氏旁支一開始射箭顯擺的時候，也都一直是一副躍躍欲試的模樣。

等看到跟他們差不多大的晏雉，一箭就射在靶子上，更是落實了他們覺得射箭輕而易舉的想法。

只是……

大戶人家家裡教授小郎君習射的時候，為了配合還沒長大的身子，他們的弓都是小的，箭靶也不會放在這麼遠的地方。

所以，和晏雉站在同樣的位置，同樣的距離，他們的箭……連箭靶都沒碰到就直接落了地。

於是，不管是大的還是小的，一眾學生都沒了話。

再之後，這一天的課堂，就真正的成了習射。

雖有不服，可奈何大的比不過晏節射穿靶心的本事，小的比不過晏雉才習射一個多月，就能拿起弱冠郎君所用的弓，射中靶子。

在此後很長的一段時間裡，學生們發現先生像是找到了正確激勵他們的方式，　個月中，總有七、八日的課，是讓他們與晏氏兄妹一道上的。

就連晏節也差點這麼以為。

只有晏雉心裡明白，先生這是找到了顯擺的趣味……

深秋，空氣中澄澈無塵，還帶著金木犀的芬芳，令人心曠神怡。東籬城裡城外的木犀俱已開花，無論走到何處，花香皆能充盈鼻間。

晏府後院的金木犀，更是開得花香濃郁。

熊氏難得出了小佛堂，於後院中置了幾張小几，沈宜和晏雉正陪著她謄寫經書。

晏雉的書法和女紅多由沈宜教授，在教導的過程中，沈宜時常感慨地同晏節說晏雉聰慧，她教不了多少。

對晏雉來說，上一世所學的書法和女紅，並沒有因重生而忘記。那時候她避居偏院，每日能做的事，只有習字和女紅，漸漸的，倒是給她研習出一手的好字來。

如若不是後來得病，漸漸連手臂都沒了力氣，她怕是會一直靠著習字打發閒暇時光。

到眼下，晏雉的字已經日漸有了當年的模樣。她和沈宜兩個人的字，各有千秋，卻都漂亮得很，就連熊氏，若是天光明媚，也會從小佛堂裡出來，邀她們姑嫂一起幫著謄寫經書。

沈宜停筆，伸手去拿小几上的茶盞，正準備喝口茶水，有丫鬟跑進後院。「娘子，熊府的管事投了拜帖，說大郎回鄉省親，明日要來拜會。」

沈宜尚未回神，身側突然傳來輕輕「啪」的一聲。

沈宜扭頭去看，只見晏雉袖口上一片墨色，胸前也沾上了一點顏色，再看原本謄寫得乾乾淨淨的一張經書，被沒拿穩落下的筆沾染了一塊墨跡。

「四娘這是怎麼了？」沈宜詫異地轉身喊來身邊的丫鬟。「快送四娘回屋換身衣服。」

沈宜身邊兩個貼身丫鬟，一名丹砂，一名銀朱。這時聽見吩咐，丹砂最先反應過來，趕緊上前，就要扶著晏雉起身。

熊氏那邊，雲母一臉欣喜。「小娘子這是聽說舅舅要回來了，所以高興地掉了筆嗎？」

晏雉僵硬了許久，終於呼出一口氣，身子也隨之柔軟下來，只是臉色卻有些不大好看，遂低著頭，不願讓人看見。

見沈宜仍有些茫然，熊氏停筆，輕咳幾聲，難得笑著解釋道：「四娘的大舅在朝為官，一年能回東籬的日子很少。沒想到，大哥回來省親，會想到來看我。」說完，朝晏雉望去。她這個女兒，說起來，年至六歲，只在襁褓時見過大哥一次。

熊氏想了想，讓雲母將管姨娘請來。

抄經書的筆墨全都收了起來，晏雉也換了身衣裳重新回到院中。管姨娘才剛到後院，見她走來忙又行了行禮，討好地喚了聲「四娘」。

晏雉抬頭看她一眼，走到熊氏身旁坐好。

熊氏將拜帖一事同管姨娘說罷，吩咐她叮囑丫鬟、婆子打掃府中，將正廳的陳設仔細擺好，同時，還親自擬定了菜單，叮囑她一定要按著菜單採買。

晏雉坐在一旁，聽著熊氏的叮囑，管姨娘的應答，又看大嫂時不時點頭，知道阿娘這是在藉機教她如何掌家。

阿娘雖不理庶務多年，但到底出身不錯，誰家的小娘子未出閣前不是學過掌家的？假若晏府裡頭沒那麼受阿爹重用，又和阿爹如尋常夫妻般生活多年的管姨娘，阿娘一早就拿過掌家的權力，又何必讓一個姨娘打理家中庶務。

當夜，晏雉作了夢，又夢見了臨終前坐在床頭，握著她手的熊戊。

夜半醒來的時候，她在床上翻了個身，睡在腳踏上的丫鬟，正輕輕發出熟睡的鼾聲。

看著熟睡的小丫鬟，晏雉忍不住嘆了口氣。倒是個沒心沒肺的，哪裡知道她家小娘子如今心裡沈甸甸的，一想到明日便要見她前世的夫家，便是再怎樣也睡不著了。

如果可以，她只想能躲過這一家人，永生永世再不必相見，如此方才能平平安安再過一世，可顯然是不可能了。

第二天早上，晏雉早早醒來，被殷氏押著梳妝打扮了一番，這才牽著手去了熊氏的小佛堂問安。

熊氏也起得很早，一改往日的素淨，難得穿了一身漂亮的衣裙，梳了個流蘇髻，左右餘髮束作同心帶，垂在兩肩，頭上還戴著晏雉不曾見過的一支花蝶紋絞形簪，想來是一直仔細收著的東西。

丫鬟來通報說客人已到的時候，晏雉還在小佛堂內陪著熊氏吃早膳。聽到消息，熊氏慢條斯理地擱下碗筷，命玉髓等四娘吃完後將桌上東西都收拾了，隨即往前面正廳走。

晏雉抿了抿嘴，再吃了幾口粥，便擱下碗，趕緊跟著熊氏走了出去。

她雖想要避開熊戊，害怕命運重演，但不可否認，晏家和熊家的姻親關係本就存在。這一點，是避不開的。

正廳外的金木犀，花香四溢，晏雉站在廳外，看著原本坐在廳中，瞧見她們母女便趕忙起身走來的高大男子，一時間有些恍惚。

熊昊是熊氏長兄，兄妹倆的年紀相差了十幾歲。

熊府在東籬，有名望、有家世，論起在朝為官的，也不止熊昊一人。

此番熊昊回鄉省親，一部分原因的確是因為許久未能帶著妻兒回來探望家人，可主要原因，還是在於賀毓秀。

她看著熊氏眼眶微紅地喊了聲「大哥」，再看熊昊衣飾雍容，笑容溫和，原本刻板的臉此時也線條柔和，晏雉不由自主地向後退了一步。

對熊氏來說，這是許久不見的長兄；對晏雉而言，這是她前世威嚴的阿翁。

她雖和阿翁相處的時間不長，可從熊戊口中，也能得知，阿翁究竟是怎樣的性情。

就連兄長偶爾來探望她的時候，沈六娘都會多嘴偷偷說幾句，左右都是說阿翁脾氣古怪，待人嚴苛。

所以，晏雉這時候看見熊昊的笑，心裡始終有個不好的認知，反覆地提醒她，這個人對阿娘的好不是真心的。

「四娘，快來見過舅舅。」

熊氏是真的高興，絲毫沒發覺女兒有任何的不妥，輕輕一拉，將躲到身後的晏雉，推到人前。

熊昊見著眼前這個小娘子，驀地就笑了。頭一回見著小孩的時候，還在襁褓中，閉著眼睛拚命睡，好像在熊氏肚子裡的時候沒睡夠似的，任誰抱著都沒動靜。時隔多年再見，已經長成俏生生的小娘子了。

方才晏雉那躲閃的動作，熊昊瞧見了，只當是小孩子害羞，不好意思。這會兒見她被自家妹妹推了出來，遂回身對著正廳喊了一聲。「大郎，過來。」

從正廳裡走出一個十來歲的小郎君。

晏雉看見少年模樣的熊戊，本能的又要往後退。

少年時期的熊戊，臉龐白淨，睜著一雙墨玉般的眼睛，臉還有些圓，身子卻正往高處長。

「大郎來，快見過你姑姑，還有，這是四娘，你的表妹。」

少年熊戊跟他阿爹一樣，也是五、六年前見過一次晏雉，那時候小小一團，連眼睛都沒睜開來，長得毫不起眼；眼下再看，倒是長得白淨好看，只可惜似乎有些怕生。

他規規矩矩地給熊氏見禮，形容舉止都十分得體，看得出來被教養得很好。

只是晏雉低頭抿了抿嘴。

熊戊其人，論言行、論容貌，的確稱得上一絕。大約是因為長得好的緣故，加上身世，讓人將他的風流好色，也一併歸類為真性情上。

熊氏顯然很喜歡這個姪子，拉著他問了好些話，其間還讓雲母回院子裡取了一方古硯和好墨給他。

熊戊一一作答，條理清晰，答起話來也不含糊其辭。

熊氏頷首。「我只四娘一個女兒，見著男孩，總覺得喜歡。」

「妹妹年紀尚輕，不妨努力努力，再生一個。」熊昊安慰熊氏。「小娘子以後是要嫁人的，再生個兒子，也好傍身。」說著看了兒子一眼。

熊氏搖頭。「我有四娘就夠了，再生一個，誰又能保證是個好的。」晏府已經有三位郎君了，她實在不想再生一個，惹得日後兄弟不睦。

「妳若是當真這麼想，我也不好說什麼。」熊昊看了看乖巧地坐在熊氏身側吃茶的晏雉，含笑道：「若是二娘能有四娘這般乖巧，我也省心了。」

熊氏聞言，奇道：「大哥怎地沒把二娘帶出來？」

「回東籬的路上得了風寒，這會兒正在床上躺著。她阿娘捨不得，我又哪敢帶她出來。」熊昊笑道：「聽聞妹夫找了松壽先生開私學？」

熊氏一愣。

晏雉差點沒拿穩手裡的茶盞，臉色倏忽間變了變。

熊昊喝了口茶，道：「讓這兩個孩子出去玩會兒，妳我兄妹兩人多年不見，好好聊一聊。」

熊氏緩緩點頭，晏雉有些急了，忙撒嬌說不願，那一邊熊昊卻已經跟熊戊吩咐好，讓他跟著妹妹出去轉轉。

熊戊倒是好說話，伸手要拉晏雉的手，晏雉不肯，跟著雲母就從正廳走了出去。

廳內，熊昊擱下茶盞，說道：「妹妹，我們來說說松壽先生。」

話說，晏雉無奈出了正廳，卻不願走遠，趴在門外偷聽。雲母有些尷尬地看著熊昊，忙去勸她。

「小娘子，咱們去院子裡轉轉好嗎？」

晏雉不理。

雲母雖無奈，可想起娘子的囑咐，咬咬牙，一把將人撈起，抱著就走。

晏雉吃了一驚，卻見熊戊正笑盈盈地看著自己。那張臉，雖還在少年，卻已經開始漸漸能看出成年後的稜角，她心生不喜，抱住雲母的脖子，將臉別開，不願看他。

熊戊雖覺得有些奇怪，倒也不好意思同個小娘子計較什麼，摸了摸鼻子，跟上雲母的腳步。

送走了熊家父子，熊氏坐在床邊，出神地看著正伏案幫她謄寫經書的晏雉。

這時候，晏暹走了進來。

晏雉停筆，老老實實地喊了聲阿爹。

熊氏轉過身來，見他臉色不大好看，怕是心情不好，忙讓雲母帶著晏雉出去。自己走到桌前，倒了杯茶，遞給他。

晏暹接過茶，握在手裡。「珍娘，妳大哥他……他問了松壽先生的事？」

熊氏點頭。「大哥膝下只有一子，一直都在給孩子找最好的先生，這次回來聽聞府裡找了松壽先生，還在城中開了私學，想問能不能讓孩子也進私學讀書……夫君可是覺得不便？」

「並無不便，只是松壽先生脾氣古怪，怕是不會再收徒弟，那熊家小郎君入了私學，也只能和旁支的那些孩子一道讀書……若是兄長覺得可以，我便寫封推薦信，讓大郎明日帶給先生。」

「這樣也好。」熊氏笑道，面上之前還帶著的擔憂，這會兒漸漸散了。「我瞧著那孩子是個好的，日後便是不靠蒙蔭，也能憑藉自己本事考個功名，若能在私學同四娘熟悉了，待四娘及笄後，說不準能成就一樁好事。」

熊氏如此說話，全然不知門外站著晏雉，此時此刻將他們夫妻倆的對話全然聽進耳裡。

殷氏來尋她，見人竟站在門外偷聽阿郎和娘子講話，嚇得臉色都白了，一把將人抱起，邊走邊規勸道：「爹娘私話，做兒女的怎能躲在旁邊偷聽！小娘子莫要再有下回了，這不是好人家的姑娘該做的事！」

晏雉低頭不語，心裡想的滿滿都是方才的對話，眼眶濕潤，有些害怕這一回不再有沈六娘的逼婚，卻仍會在日後冒出親上加親的事來。

明明是天光明媚的日子，晏雉卻實在打不起精神來。晏節過來接她去上學，見她坐在桌邊有氣無力的樣子，上來一把將人撈起，往肩膀上一放。「在想什麼？」

晏雉伸手抱著他的頭，支吾道：「熊家表哥要去見先生了。」

殷氏在一旁有些擔心，趕緊勸大郎把小娘子放下，兄妹倆權當沒聽見，自顧自對話著從屋子裡走了出去。

晏節已經得知那位表弟要被送進私學的事，聞言笑道：「妳功課好，還怕被他搶了先生不成？」

晏雉十分聽話地穩坐在兄長肩膀上，想了想，吭聲道：「他眼睛不規矩，先生才不會收他做徒弟。」

賀毓秀雖然一直沒成家，但也不喜歡胡混，平日裡更是教育兩個徒弟要修身養性，尤其是晏節，要禁得起各種誘惑。所以，在這一點上，晏雉思來想去的認為，先生一定會正直地拒絕熊家想要往他身邊塞徒弟的意圖。

晏節笑。「那不就行了嗎。走了，小心遲了讓先生打手掌。」

晏雉忙點頭。兄妹兩人匆匆出了門，鑽進馬車裡，發覺晏畈和晏筠早已坐好，就等著他倆。等兄妹四人都坐好了，馬車這才動了起來。

私學裡要來新人的事，學生們也是聽賀毓秀說起才知道的。

晏家兄妹才進門，就被旁支團團圍住。

「熊家的人也要來私學可是真的？」

「那個熊戊不是跟著家人在奉元城生活嗎，為何要回東籬讀書，難不成也是衝著先生的名望，想拜先生為師？」

「先生會不會看在熊家家世的面子上，收他為徒？」

晏節皺著眉頭不願回答，又擔心晏雉太小，被人擠到，忙將她抱起。晏雉一坐上肩頭，就聽見身後的動靜，忙轉頭去看，只見一輛陌生的馬車在門前停下，而後，熊戊穿著一身錦衣，施施然踩著腳踏從車上走了下來。

「大哥。」晏雉低頭耳語。「那人來了。」

東籬熊家出了個朝中做大官的熊昊，身為長子，熊戊自然因為阿爹的關係，從小就頗受人關注。

都說虎父無犬子，熊昊能在朝中站穩腳跟，他的兒子理所當然不能太差，甚至，在熊戊六歲開蒙時，他肩膀上所背負的重擔，就是其父的名聲。

原以為，本著熊家的名望，賀毓秀多少得給一些面子，收個徒弟並不是什麼難事；卻不想，人家根本不吃那一套。論聲勢，松壽先生的名望也是不低的，並不需要看熊家的臉色行事。

熊昊無奈，只能安撫兒子，先進私學，再另作打算。

雖說如此，但熊戊實際上是準備入私學後，在人前展露一手的。

只是，自上一回在莊子裡跟晏節、晏雉這對兄妹比試過後，賀毓秀乘機敲打了這幫學生，直拿先人之言，狠狠地告誡了他們一番，所有人都繃緊了腦裡的那根線。

加上因為皇后老蚌懷珠，皇帝心情愉悅，早已頒旨，原本三年一科的鄉試，明年加開恩科。私學裡除了晏雉和才剛開蒙的小兒，所有人明年都要去參加鄉試。

都忙成這般模樣了，哪還有人願意去看什麼展露一手的。

賀毓秀給熊戊指了位置，又同上課的先生交代了幾句，抬腳要走，卻被熊戊叫住。

他轉頭，少年郎君昂首挺胸，帶著謙恭的笑容，保持著最好的儀態；只是，賀毓秀怎麼看，怎麼就覺得不喜歡。「還有何事？」

知道先生拒絕再收徒後，學生們對熊戊突然叫住先生的舉動也就沒了探究心思，各自低頭讀書。

熊戊垂下眼簾，掃了眼底下眾人，又抬頭笑道：「先生，怎地不見大郎和四娘？」少年的聲音並不突兀，可不知為何，竟使得周圍剎那都靜了下來，每個人都望著他。

熊戊有些尷尬，寬大的袖口下，拳頭緊緊握了握。

賀毓秀就那樣安靜地看了他一會兒，良久，指了指正從門外經過，卻似乎將之前的對話全部聽在耳裡的兄妹兩人，笑道：「為師的徒弟，自然跟為師在一塊兒。」

熊戊轉頭去看，正對上晏家四娘那雙似乎能洞察他心底所思所想的眼睛。

松壽先生的大名，不光是在學術上。可一個膝下空虛的郎君，其實並不是很懂女子的教養，眼看著晏雉學的內容和進度，一日一日和晏節並駕齊驅起來，賀毓秀忍不住在想，是不是該多增加一些教學內容了？

因為男女之別，私學裡的先生們都不敢自告奮勇，也怕自己才疏學淺，教壞了主人家的小娘子。賀毓秀在東籬城中溜達了一圈，最後卻是找到晏節，直說音律之事，也一併交給沈宜了。

到這時候，晏雉一日裡頭的課程，已經被排得滿滿滿。熊氏偶然間發現，也曾柔聲問過累不累，彼時，正跟著三位兄長習射的晏雉，抬手擦汗，搖了搖頭。

如此，熊氏也不再多說什麼，只命殷氏更加注意小娘子平日的飲食，尤其是入秋後，螃蟹肥美，但忌諱在出了一身汗後給小娘子端上螃蟹，也叮囑了不許多吃。

晏家是做漁業產銷的，近日海蟹肥美，底下人打漁歸來，特地抬了一筐一筐的蝦蟹海貨給主人家送來。

晏暹雖和熊氏並無太多夫妻感情，可到底是拜過堂的，加上熊昊回鄉省親後還來家中吃過茶，晏暹怎麼想，也覺得理該將這些海貨，送點去熊家。

於是，他囑咐僕從裝了一筐，又帶上熊氏和晏雉，直奔熊家。

晏雉正興致勃勃跟著沈宜學撫琴，抬頭看著熊氏身邊的玉髓過來傳話，不得已停下手。

「阿爹、阿娘可已經去前頭了？」

「娘子正在梳妝，特地命奴婢過來。小娘子也趕緊梳洗打扮一番，等會兒去熊家，也好讓人多誇兩句。」

誇不誇的，對晏雉來說，並無區別。

她只是心底對熊家仍有些犯怵。

當年嫁給熊戊後，她跟著回過東籬的熊家。那一大家子人並非是什麼好相與的，她在熊家住了幾日，簡直就是如履薄冰。

可尋思著，有熊氏這一層關係在，臨時稱病是不可能，也只能硬著頭皮跟去。

她想了想，一邊由著丫鬟梳頭，一邊看著銅鏡裡玉髓的臉，問道：「哥哥們去不去？」

玉髓道：「原是不去的，娘子說到底是府裡的郎君，兩家相見，不好不去。」

如此，晏雉心底倒是鬆了口氣。

到了熊家，小輩們先被領著同熊家長輩見禮。晏雉年紀最小，跟著晏筠一道，晏節下車前特地囑咐好三郎，一定要牽著四娘的手，免得一不小心哪裡磕了、碰了。

熊家老太太正摟著熊戊，同熊昊之妻甄氏說笑。

甄氏瞧見晏雉乖巧地見禮，微微頷首。「這就是四娘吧。」

熊氏笑道：「大嫂，這是四娘。」

「倒是看著乖巧，這一晃眼就長這麼大了。」甄氏笑著打量了晏雉一眼，掩唇道：「瞧這孩子的模樣，長得真好，今年六歲了，可有開始相看人家？」

熊氏含笑，面上不如方才的熱切。「才六歲，還早，不急。」

晏雉低頭，沒想到被甄氏拉到身前，捏了捏臉頰。看著近在眼前的臉孔，晏雉有些生出懼意。

當年，她掉了孩子之後，甄氏的惡毒嘴臉她一直記在心裡。府裡的那些鶯鶯燕燕，有熊戊自己貪圖美色收房的，也有甄氏盼著開枝散葉老遠送來的，這也就算了，那些曾幾次三番給她添堵的姬妾，不少都是得了甄氏的授意。

「六歲可以相看了，這挑挑揀揀的，可不是就到十二、三歲了。先看中一戶人家，兩家先口頭訂下，等到十三、四歲的時候文定行聘，十五及笄後馬上過門，待到十六就可以為夫家開枝散葉了！」

甄氏說笑間，瞥了熊戊一眼，見兒子似乎正盯著晏四娘看，眼珠子一轉，忽地就道：「我說妹妹，不如將四娘許給我家大郎如何？」

晏雉差點脫口而出不好，熊氏之前又曾經冒出過親上加親的想法，晏雉生怕她應下。

許是因為瞧見女兒突然轉頭看自己時，那雙平日裡笑盈盈的眼睛有些濕潤，想起女兒早慧，怕是聽懂了甄氏話裡的意思，有些嚇著了。熊氏趕緊說笑，讓晏雉先跟著人去找熊家小娘子們去玩。

至於晏雉走後，她們究竟說了什麼，便是無人知曉了。

熊家算得上熊戊嫡親妹妹家的，的確有幾個小娘子，晏雉跟著丫鬟去到後面，與熊家小娘子們打了個照面。

屋裡原先被小娘子們圍在中間的一人，身著華服，頭上、身上戴著精緻的首飾，面容也顯得倨傲。晏雉一眼就認出了這人身分——熊戊的妹妹，她重生前的小姑子，熊黛。

熊家小娘子們多數和熊黛並不熟絡，可家中爹娘都囑咐過，務必要好好同大房親近，不得已才全都圍攏在她身旁，聽她誇耀皇城的奢華，和外面的所見所聞。

這會兒見丫鬟帶著個面生的小娘子過來，趕緊邀她過來一起坐下。

晏雉掃了一眼，見自己約莫是這裡最小的，趕緊先向小娘子們見了禮，依次喊了表姊。

那熊黛聽她說姓晏，家中行四，頓時揚聲道：「妳就是晏四娘？」

熊家小娘子們大多不認得晏雉。

熊黛的聲音十分高亢，態度也倨傲得很。旁的小娘子們一時間不知該說些什麼，左右看看，終究還是覺得新來的晏四娘看起來要好相處一些。

晏雉抬眼，熊黛的模樣像極了生母甄氏，眉眼細長，臉龐生得十分白淨，只是那雙眼睛裡頭，寫滿了鄙夷。

晏雉聽她這麼說話，不氣反笑。「是，我是晏四娘。」

「聽說，妳是松壽先生的徒弟？」

「是。」

「我瞧妳也不是特別聰明的模樣，松壽先生怎麼會收妳做徒弟，別是仗著晏家的名聲，強迫先生的吧！」

熊家原是打算學晏家的模式，讓兄妹倆一道拜賀毓秀為師；沒承想，別說兄妹倆了，就單單熊戊一人，也沒能入先生的眼，只得了個尋常的入學資格。

熊黛性子急，哪裡忍得下這個，早在家裡就發過脾氣了；再加上後來幾日，頻頻聽兄長提起晏家兄妹在先生面前十分露臉的事，心裡更是窩著一團火。這時候瞧見晏雉，先聲奪人，只想著要她在人前出次醜。

晏雉笑。「先生是我阿爹託人請來的，先生收徒自有其理由。」

上輩子小姑子跟她的關係可從來都沒好過，事事都要爭先，連給熊戊納妾的事，比誰都積極，這時候出聲嗆她，估摸著是因為沒被收徒的關係。

熊黛瞪眼。「我大哥說先生總是誇妳，我不信，除非妳與我比試比試！」

「阿熊要比什麼？」有小娘子一時好奇，脫口而出。

晏雉挺著身子，笑盈盈地看著在座的小娘子們，也不生氣，一派天真可愛地同熊黛對視道：「是呀，阿熊要同我比什麼？」

小娘子之間的比試，莫過琴棋書畫，再高深點，就是詩賦女紅。

晏雉原也沒想過她會比什麼，至多是比比書畫，畢竟她們兩人年紀相仿，這個年紀的小娘子在家中受的教養，通常與琴棋書畫脫不了干係。

可熊黛出口的話，卻有些出人意料。

「大哥說妳懂博射。」熊黛眼睛牢牢盯著晏雉，見她聞言含笑點頭，心底微微鬆了口氣，馬上又道：「那好，我們比投壺！」

晏雉還沒說話，方才湊到身邊的一個小娘子頓時瞪眼了，吵嚷起來。「我原道是阿熊問阿晏懂不懂博射，是想比試這個來著，卻原來比的是投壺這樣的雜藝！」

「那又怎樣？」熊黛瞪起眼睛，不甘示弱地嚷了回去。「我憑什麼要比試她懂的東西？」

那小娘子冷笑。「妳道阿晏是懂博射的，但萬一她也懂投壺，妳要如何？臨時再改博戲不成？」

「聖人有言，君子不博！那種下三流的雜藝，我怎麼會去學！就比投壺了，妳比不比？」

前面的話是在同那小娘子爭吵，後頭這一句，熊黛卻是對著晏雉問的。

晏雉看著她，並不言語。

熊黛沒耐性，見她遲遲不給答覆，以為她怕了，又冷嘲熱諷幾句，但見著晏雉連眉頭都沒蹙一下，心頭很快燒出火來，上前伸手就要去推她。

有較年長的小娘子方才在旁邊看著沒說話，眼見熊黛要動手，不得不起身干預。

「多管閒事！」熊黛惱了，順手一揚，揮開抓著自己手腕的手，直接站到晏雉面前，近得幾乎能貼上去。「怎麼，不說話？是不是不會投壺？」

晏雉笑。

熊黛惱羞成怒。「妳笑什麼？我偏生就要和妳比投壺！在奉元城的時候，就連侯府的娘子們都誇我投壺玩得好！」

「好。」晏雉揚眉。「誰輸了，誰就乖乖學小狗叫三聲！」

其實，晏雉本來打算想一個厲害點的賭注。

比方說，她贏了之後就要熊黛回去跟家裡人說，以後不許提結親的事。

又比方說，讓熊戊歇了想方設法要拜先生為師的心思。

可是這些說出去，別說熊黛真的願賭服輸轉述了，只怕那些大人們也不會有人當真的。

晏雉想了想，最後還是退了一步，提出一個無傷大雅的賭注——學狗叫。

她話才出口，一眾小娘子們先都噗哧笑了起來，熊黛更是脹紅了臉，咬牙恐嚇道：「好！既然是妳說的，等會兒投壺輸了，妳就去站在熊府大門外，衝著街坊鄰居，大聲學小狗叫三聲！」

晏雉微微皺眉。

她已經退一步了，卻不想有人巴巴地非得逼過來，如此，倒也無妨，反正輸的人不會是自己。

這一頭晏雉還在出神，思量著自己是不是對這熊黛太包容了一些，那一邊，熊黛已經命丫鬟將投壺所用的器物都拿了過來。

先生說過，投壺之禮，近世越精。

晏雉跟著賀毓秀學的第一種投壺，據說是先人發明的最初的遊戲方法，在壺裡填滿了各種豆子，不讓投進去的箭跳出來。

學會了這一種後，賀毓秀像是發現了晏雉的天賦般，又接連教了她倚竿、帶劍、狼壺、豹尾、龍首等名目，要的是各種讓箭從壺中跳出來的本事。

大戶人家宴客的時候，常會聚集了人一道玩投壺，不管是郎君還是娘子，但凡聚在一處，閒來無事，便命丫鬟、僕從拿來各式各樣的瓶子，往前一擺，隔了數步的距離，拿著箭矢往那不大的瓶口中投。

初時和三位兄長比拚，晏雉還十投三中，到後來漸漸的十投六、七中，最後與先生比時，能耍到十投十中，甚至還帶著花式，一支箭反覆連投。

所以，實際上，晏雉和熊黛比拚這個，是真的有自己的底氣在。

丫鬟拿來的瓶子，是松石綠梅瓶，瓶口不大，端的是顏色好看，瓶身上的紋飾也極其精緻，一看便知這梅瓶價值不菲。

看熊家的丫鬟竟拿這麼一只貴重的瓶子出來，晏雉微微挑眉。她倒是不怕投箭的時候，損了瓶子，只是萬一事後熊黛脾氣上來胡鬧的時候，碰到了這瓶子可怎麼辦。

她朝人群中方才幫著說話的娘子看了一眼，見人雖有吃驚，面色卻還好，便也安下心來。

箭也準備好了。

因是小娘子們要用，怕一不小心傷著人，庫房的僕從拿了一批箭頭稍鈍的箭矢過來。

熊黛彎腰拿起一支，在眼前比劃比劃，笑道：「阿晏，妳現在認輸，還來得及。」

晏雉回頭，衝她一笑。「不要。」

熊黛氣結。

已有小娘子自告奮勇用腳丈量了距離，一旁的小丫鬟搬來小墩子放在那小娘子最後落腳的地方，以此作為站腳的位置，要她們從這兒，往正前方數步之外的松石綠梅瓶裡投箭。

投壺的規則最簡單不過，端看玩的人能耍出什麼花樣來。

熊黛拿了支箭，在小墩子後站定，試了試遠近，一踮腳，手中的箭就輕輕鬆鬆投了出去。

別看她人小，胳膊也細得很，可這投壺的遊戲玩得卻不少，若非如此，也不會提出拿投壺這樣的遊戲，來一比高下。

她這一箭，頗有準頭，正正中中地投進了瓶子裡。之後幾支，也嗖嗖地往裡扔，十支裡頭，八支中了，倒也不是件容易的事，引起圍觀的小娘子們一陣驚嘆。

熊黛為表示自己不欺負人，還昂著頭得意地說不玩花樣，怕晏雉輸不起，全然錯過了晏雉低頭時唇角揚起的笑。

「如何？」聽得周圍人的驚嘆，熊黛自得得很。

晏雉也不廢話，扭頭召來方才搬小墩子的小丫鬟。「能幫我搬張小屏風過來嗎？」

小丫鬟眨眨眼，扭頭去看自家主子，見主子頷首，忙見禮退下。

小娘子們不懂這是要做什麼，一邊看著笑盈盈的晏雉，一邊交頭接耳。

不一會兒，幾個小丫鬟便抬著一張小屏風走到人前。

那屏風不高，約莫到晏雉的額前，上頭的畫也並不繁雜，微透，站在屏風後，依稀還能見著松石綠梅瓶的位置。

晏雉拿起十支箭，一步一步往屏風後走。

「妳要隔著屏風投壺？」

突然拔高的聲音，充滿了難以置信。

晏雉扭頭，笑著看了熊黛一眼。「是。」

熊黛脹紅了臉，顯然覺得她是在說笑。「妳若是輸了，便是輸了，不可推卸說這屏風擋了視線！我同妳比試的時候，可從未說過，要妳站在屏風後投壺！」

投壺並非是什麼簡單的遊戲，晏雉突然要丫鬟搬了屏風來，所有人只當她是想擺個噱頭，如熊黛所言，輸了的時候還能把理由推卸到隔著屏風投壺上。

晏雉也不解釋，只看著她們笑了笑。

隔著屏風投壺並非是什麼十分奇妙的絕技，只是投壺一為興趣、二為面子，輸得太難看總歸是要被人笑話的；因此，尋常人家玩投壺的時候，能降低難度便降低難度，省得賓客中真有個不擅長的，十投十不中。

晏雉拿了箭，走到屏風後頭，眼角瞥見一臉看好戲表情的熊黛，嘴角微揚。

她拿起箭，放在眼前，對了對準頭，繼而又稍抬手臂比劃比劃。

花廳外所有人的呼吸一時間都靜了下來，就連得了郎君們囑咐過來看情況的婆子，這時候也屏息看著。

晏雉手肘微微抬起，手腕向後，輕輕往前一送。

一支箭出去了，還沒投進瓶裡，餘下九支箭，也嗖嗖地跟著越過屏風，往松石綠梅瓶那兒飛去。

「贏了……」

「贏了？」

「贏了！」

隔著屏風飛出來的十支箭，無一例外，依次落進了松石綠梅瓶中。

箭頭碰撞梅瓶的聲音還清脆地響在耳邊，屏風後的人已經施施然繞了出來。

小娘子中頓時有人大叫，驚豔得不行。有好玩的，這時候哪裡還顧得上別的，直接撲上去，拉著晏雉的手，就纏著她要學這一招。

那些得了爹娘囑咐，一定要和熊黛打好關係的小娘子們，這時候有些猶豫不決。一方面，心裡也是希望能學一手的，另一方面卻是怕惹得熊黛不愉快，到那時阿爹、阿娘問起，她們也不好交代。

再去看熊黛，臉色鐵青，已經氣得不行。

有人低頭，輕聲安慰道：「她只是湊巧，哪裡會有那麼大本事，真讓她十投十中的，一定是湊巧而已。」

「是呀是呀，這隔著屏風投壺，是要靠運氣的！」

「明明是二娘輸了，憑什麼要說是阿晏湊巧而已？」

那一頭安慰熊黛的話才落了音，這一邊圍攏在晏雉身邊，纏著要學這招的小娘子們聽見了話，一個個都瞪圓了眼睛。其中膽子最大的一個，直接扠著腰，衝熊黛喊道：「阿爹、阿娘常說，做人要實誠，旁人才能信任妳。那三聲小狗叫，妳學不學？」

熊黛本來當真是想賴掉的，可眾目睽睽之下，她的心思被人暗諷地戳破了，頓時臉孔通紅，握了握拳頭，低吼。「我學！」

那小娘子格格一笑。「二娘方才說了，誰要是輸了，就去站在熊府大門外，衝著街坊鄰居，大聲學小狗叫三聲！現在妳輸了，我們都跟著去看，看妳是怎麼學的！」

熊黛差點氣歪了鼻子，「妳」了好半天，也沒說出句完整的話，反倒是在旁邊偷看的婆子見這結果，趕緊跑到前頭回稟。

愛湊熱鬧是天性，小娘子們見熊黛準備履行賭約，當下三五成群，擁著晏雉，跟在熊黛身後去了熊府大門外。

門口的家丁見小娘子們全走出來，一時還有些發懵，而後就見著小娘子們自行在旁邊站好，跟著大郎回來的小娘子脹紅著臉，有些心不甘、情不願地走到正中，衝著往來的街坊「汪汪汪」叫了三聲。

來來往往的街坊們本來還以為這群小娘子是要做什麼，一時停了腳步想要一探究竟，沒承想，突然走出來個漂亮的小娘子，脹紅了一張臉，竟當街衝著人學起小狗叫來。

街坊們先是一愣，等尋思著可能是大戶人家的小娘子們淘氣玩的小遊戲，頓時哈哈大笑起來。

他們笑過了，也就擺擺手繼續走自己的。

熊黛卻是低著頭，眼眶慢慢變紅，眼淚都在裡頭打轉了，轉身的時候惡狠狠地瞪了晏雉一眼，提起裙子，跑回院子。

熊黛的那一眼，戾氣太重。晏雉只淡淡地接了她的瞪眼，唇角彎了彎，並不說話，以免火上澆油。

「阿熊她脾氣不好，阿晏妳別理她！」

晏雉聽到聲音，回頭去看。說話的小娘子圓臉，大眼睛，模樣長得也十分可愛，說話卻直來直去的，正是之前一直幫她說話的那人。

見晏雉回頭看自己，小娘子一瞇眼，樂道：「我叫蘇寶珠，家裡行二，跟阿熊算是表姊妹。」

晏雉抿唇笑道：「阿蘇。」

蘇寶珠點點頭。「阿晏，我家在城南開著綢緞莊，妳要是不上學就來找我玩！好玩的東西我會得可多了！」

「好。」看起來六歲，實際上卻已經是個成年人的晏雉，看著努力和自己分享好東西的蘇寶珠，樂了。

第六章　手足情

神佑六年冬的第一場雪，終於下了。

晏雉被晏畈和晏筠慫恿，跑出去跟他們玩了一個時辰的雪，第二天就發起熱來，倒在床上下不來。

晏暹雖然對小女兒並沒太多感情，可到底是親生閨女，被兩個小子帶得病了，哪裡還會不生氣，繃著臉扔給晏節一根藤條，讓大兒子好好地把兩個弟弟教訓一頓。

晏節也不客氣，押著兩個闖禍的弟弟到晏雉院子裡，又命殷氏將晏雉屋子裡的小窗開了一條縫，拿著藤條就往晏畈和晏筠背上抽。

他是學過武的，手勁比一般書生都要重一些，偏偏還十分有技巧，藤條抽在兩個弟弟的身上，只感覺到疼，等後來脫了衣服看，卻也沒見著什麼皮外傷。

透過小窗上的一條小縫，藤條抽打的聲音悉數傳進屋子裡。

被丫鬟用被褥裹得嚴嚴實實的晏雉，躺在床上，艱難地翻了個身，心底默默為兩個哥哥捏了把汗。

這次會病倒，說實話，與二哥、三哥關聯並不大，要不是她自己心裡也想玩，也不會在外頭胡鬧一個多時辰。

想想自己已經有多少年沒能在冬天，親手去感覺雪花的溫度，晏雉一聽哥哥們說外頭下雪了，當下就扔了正在習字的筆墨，甚至還沒來得及穿得再暖和一些，就直接跑出屋，跟著哥哥們玩去了。

初雪下得並不大，可晏雉就是覺得高興，坐在秋千上，被二哥盪得高高的，抬著頭，張大嘴，吃了一口飄雪，舌尖的寒意陡然間傳遍四肢；三哥在旁邊護著，生怕二哥一個不謹慎把她甩了出去。

晏雉閉了閉眼。從頭再來的感覺真好，能重新回到最溫暖的時候，能再次見到兄長們，還能和阿娘說話，這種感覺，比吃了滿口蜜，心底還要覺得甜。

屋外藤條抽打在人身上的聲音還是沒停，可晏雉也注意到，二哥和三哥一直沒說一句求饒的話。她想了想，見內室裡乳娘和丫鬟都不在，忙裹著被子，費勁地爬下床，蹦到窗邊。

然後，她踮起腳，對著那條打開的小縫，喊道：「大哥，你別打二哥和三哥了，我睡不著，要聽故事！」

晏雉這一病，又被押著在床上躺了五天。就連賀毓秀特地過來探望小徒弟，也直接忽略了她可憐兮兮的眼神，佈置了一些可以坐在床上完成的作業。

比方說讀一本書。

等到晏雉能夠下床，重回私學後才發覺，熊黛也已經被硬塞進私學裡了。

晏雉不在的那幾日，熊家似乎又在賀毓秀身上下足了功夫，費了九牛二虎之力，終於將熊黛也塞進了私學裡。

賀毓秀脾氣大，那小娘子一進私學，他直接把手頭的工作一扔，一心一意教授起晏節來，再不願去前頭給那些學生上課。

等到晏雉復學那天，熊黛儼然被私學的那些小郎君們眾星捧月般供了起來。

見晏雉一臉疑惑，賀毓秀隨口解釋道：「小子們沒見過比自己笨的漂亮小娘子，所以瞧見這麼一個，立馬就圍攏過去了。」

晏雉微愣。

賀毓秀又道：「妳太聰明了，君子六藝也學得比他們都好，在妳面前，他們毫無成就感，自然不敢與妳太親近。」

先生言下之意是，在那群學生眼裡，熊黛不夠聰明，直接襯托出他們的聰明能幹？

晏雉咳嗽兩聲，到底還是不願多管閒事，乖乖在賀毓秀身前坐下，開始上課。

可臨放學，到底還是出了事。

兩邊對峙的僕從，從體格上看，完全是熊戊帶來的那幾個占了優勢。

熊戊手裡握著一塊石頭，繃著臉，隨時準備在對面人衝上來的時候，一石頭砸過去；晏家的那些個旁支也不是膽小的，這時候全都繃緊神經。

現場的氣氛有些緊張，幾位先生在旁邊勸說無效，急得大冬天的都冒出了一頭的汗。

晏雉跟晏節出現的時候，現場的氣氛已經猶如一磕火石，隨時都能炸開般。

「下雪了。」晏雉一手摟著晏節的脖子，一手伸出去接雪。她披著氅衣，看上去毛茸茸的一團，那雙漆黑的眼睛，輕描淡寫地掃了對峙雙方一眼。「你們這是要做什麼？」

熊黛站在熊戊身旁，瞧見晏雉出現，想起之前結下的梁子，冷哼一聲，別過頭去。

被熊戊打了的旁支算起來是晏雉的遠房堂哥，名叫晏瑾。因為長得瘦弱，從來都是個說話輕聲細語的脾氣。晏雉仗著地理優勢，居高臨下，一眼就看到被堂兄弟們圍在中間護著的晏瑾，看上去，的確被打得挺可憐的，眼角、嘴角都已經青了。

晏雉都看見了，晏節自然也看到了情況，當下臉色沈了下來。

「有什麼話是不能靠嘴巴說的，非要動拳頭？」

晏氏子孫這邊一個個臉色難看，被護在中間的晏瑾更是明顯被人打過的模樣；再看熊家兄妹，熊黛自然是好好的，熊戊除了胸襟有些綯，其他地方看起來也沒差，明顯是晏瑾單方面挨了打。

晏節是這裡頭年紀最長，身材最高大的，他一說話，晏氏這邊全都很不服氣地瞪向熊家兄妹。

晏節掃了他們一眼，去看熊戊。「為什麼動手？」

他們兄妹倆是松壽先生的徒弟，又因了之前的幾堂課將旁支們馴得服服帖帖，自然晏氏的那些旁支們為他們兄妹倆馬首是瞻。可熊戊不同，聞聲，他冷哼一聲，怒斥道：「他欺負二娘，我憑什麼不能教訓他？」

「可問清楚事情經過，可有人親眼所見？」晏雉也不客氣，看了眼熊黛，直接問道。

熊戊皺眉。「二娘不會騙我。」

晏雉挑眉。「我也相信，堂哥那樣的小身板還沒能耐招惹阿熊。」

晏瑾的阿爹是晏氏旁支的一個庶出子，因為那一支到最後竟只生了晏瑾這麼一個兒子，這幾年才慢慢被捧了起來。可早年因為慢待的關係，晏瑾的阿娘在懷孕時沒能吃上好的，到最後生下的兒子先天帶著不足。

明明已經是十五、六歲的年紀了，晏雉的這位堂哥看起來，卻仍舊像十二、三歲的模樣，又瘦又小，好在因為脾氣好，加上晏氏都護短，這次被打，直接激發了眾人的保護慾。相比而言，長得有些結實的熊戊，一眼看去，就是欺負人的角色。

晏雉眼睛掃了一圈，低頭附在晏節耳邊說了兩句話。晏節臉色稍緩，喊道：「二郎、三郎，究竟是怎麼一回事？」

事情的原委，不能單問熊戊，因為熊黛是他嫡親的妹妹，不能問晏氏那些旁支，因為同仇敵愾。晏雉會想到要晏節去問二郎、三郎，實在是因為他倆並未站在任何一方，反倒是跟著先生站在一塊兒，保持著中立的態度。

兄弟倆聽見晏節的喊話，當即走到晏節身前。「學堂裡的梅花開了，這幾日又陸陸續續的下了不少雪，梅枝上壓著積雪，熊小娘子折了一段梅枝，動作有些大，頂上的一團積雪砸了下來。

「堂弟看她一個小娘子，怕被雪團砸壞了，就跑過去推了一把，自己被砸了一頭的雪。沒承想，熊小娘子好沒道理，不道歉也就算了，硬說堂弟故意欺負她，跑去將表弟找來；表弟性子急，掄起拳頭就將人打了。」

晏畈素來有一說一，有二說二，晏筠又從來都是跟著兩個哥哥說話做事，這時候二哥說一句，他就點頭應和一聲。

「住嘴！一個賤妾所生的庶出子，竟然敢在人前說嫡出子的過錯！」

熊戊勃然大怒，熊黛此刻臉色也不甚好看，冷哼一聲道：「大哥，你同他們說什麼！鄉下就是鄉下，再有錢又怎樣，就是給個百年，也不能從鄉下人變成世家子弟！讓個庶出在姻親家的嫡子面前說話，晏氏真是丟人現眼！」

熊家兄妹口口聲聲提及的「庶出」，一說的是好心變成驢肝肺的晏瑾，二說的直指姨娘所出的晏昄。

一道讀書的晏氏旁支裡，也有幾個庶出，雖在家中確有被嫡出子打壓的境況，可出了家門，那都是晏氏的子孫，不分嫡庶，皆不能被人譏嘲。

一時間，場面又混亂了起來。

眼見著混亂升級，不免有人生出懼意。「先生……這當真不必出面阻攔嗎？」

賀毓秀靠著門柱，抱臂，意味深長地看著他的那對徒弟，微微搖頭。「先看看。」

「夫有人民而後有夫婦，有夫婦而後有父子，有父子而後有兄弟：一家之親，此三而已矣。自茲以往，至於九族，皆本於三親焉，故於人倫為重者也，不可不篤。」

大概誰也沒想到，在這種時候，居然還有人能夠慢條斯理、平心靜氣地背書。小娘子軟糯的聲音剛出，晏氏這邊先是一愣，而後全都站定，表情嚴肅；熊戊則皺起眉頭，神情古怪地看著已被晏節放下的晏雉。

「晏氏能有今日，靠的不是祖上成信侯的殺身立孤之節，靠的是兄弟相顧，群從和睦。

再有，便是不諱庶孽，雖不能免除各房屋內矛盾糾紛，卻到底比一些所謂大族少鬩牆之恥！」

接上晏雉口中所述的，是晏節低沈的聲音。他生得高大，又一直習武，站在人前，旁人的氣勢就先輸了三分，再加上說的這話確有道理，晏氏這邊當即紛紛響應。

「我們這些堂兄弟中，確有庶出，那又如何？哪家的規矩說，庶出不可說話，又是哪家的規矩認定庶出子必定低人一頭？」

「就是就是！縱觀大邯百年，庶出子高官者可謂不少。嫡出又如何？若是行為不端，便是公卿世家，也只有遭人唾棄的分！」

見本家的這對兄妹竟直言不諱地站在了旁支這邊，少年郎君們頓時凝成一團，同仇敵愾。

晏雉要的就是現在這個效果。

族人多了，難免會有離心的，倘若徹頭徹尾地離了心，卻並非是件好事。她記得太清楚，上一世的時候，晏氏一族到最後，幾乎等同於分崩離析，到她死前，東籬的祖產已經被分割一空，兄長甚至因為長年在外地任職，都沒能得到一塊田地。

她知道的是祖產被分割一空，不知道的是，在她死後不久，因東籬沿海，倭寇四起，晏氏子孫不願合作，最後竟成了東籬當地第一個被倭寇滅族的人家。

「晏四，你們人多勢眾，欺負我們兄妹倆，真不要臉！」

熊黛惱急了，竟一把從熊戊手裡搶過石塊，直接朝剛落地的晏雉身上砸去。

六歲的小女娃，要是被這麼大的石頭砸了腦袋，怕就不只是頭破血流那麼簡單的後果了。

她是新仇舊怨全都算在一塊兒，只想著要晏雉也在人前丟個臉，這才上了脾氣，直接拿石頭砸她。可等石頭脫了手，自己被人猛地一拽，然後就看見大哥竟在瞪自己。當下扯開嗓子號道：「你瞪我幹麼？砸死她才好呢！就要砸死她！」

熊戊氣結，回頭去看晏雉。

那石頭砸過去的時候，是瞄準了要直接砸到晏雉頭上的。可晏雉每日起早跟著兄長練拳，雖然還是繡花拳腳，但身手到底還是練出敏捷來，當下往旁邊避了避，沒砸到腦袋，倒是擦到了肩膀。

晏雉皺了皺眉頭，當下抓著晏節的手，站穩。

晏四娘被砸了！

有人突然大喊。怎麼說也是本家的堂妹，又早有小神童的名號，這回在自己眼前被人欺負，加上之前被熊戊打傷的晏瑾的仇、看不起晏氏的仇，這時候全都集齊了。

眾人當即就撲了上去。熊家的僕從雖然身材高大，可這時候也因為人數的差距，沒能將小郎君全鬚全尾地護住，竟一道被拖進戰局裡。

拳頭分勝負。

看到亂成一團的現場，晏雉腦海裡頓時閃過這麼一句話。

晏氏這邊本就占了人數上的優勢，加上積怨，哪裡還會手下留情。饒是熊戊自小跟著他爹扎扎實實地練拳，拳腳功夫也不是太弱，這時候也只有挨打的分。

晏雉想著，抬起手將肩上的氅衣攏一攏，結果胳膊才抬起來，忍不住喊了聲痛。

晏節皺眉，一把將人抱了起來。

拳頭這事，打出去之前，不管怎樣還是要看清楚的。

他們揍的人是熊戊，至於熊黛，到底顧忌著是個小娘子，不好真打，就推推搡搡地把人給擠了出去。

等到賀毓秀走出來勸架，拳頭這才都停了下來。

賀毓秀也不說廢話，直接命人送他倆回府，順便遞上拜帖，明日將親自登門同熊家人商量退學的事。

晏氏護短，其實他賀毓秀也護短啊。寶貝徒弟被人砸了，可不是一句對不起就能解決的事了。

熊黛已經被氣壞了，見大哥被人打得彎腰捂著肚子，那些之前還捧著自己轉眼就打人的小郎君，眼帶指責地看著他們，還都一副不解氣的樣子，她頓時激憤了。「你們仗勢欺人！我不就是拿個石頭砸她而已！她又沒死，還活著！你們憑什麼打人！」

那邊，晏節要不是抱著晏雉，不能動手，很想上前幾步，狠狠地教訓熊黛。好端端的一個官家女，不學好也就算了，竟是心腸歹毒，張口就說出這些話來，想必是耳濡目染學來的。

「都回家去，若是家裡長輩問起，就如實回答。」晏節轉首，掃了一眼。「今日之事，本就不是你們的錯！為護手足，你們今日才會動手，長輩若是有責怪的地方，就請他們來問我。」

晏節的話，擲地有聲。晏氏旁支齊聲應和，也不去看熊家兄妹兩人究竟是怎樣一副不甘願的狼狽模樣，三五成群，帶著書僮各自歸家了。

天色還沒暗，熊家人就找上門來。

因為熊家兄妹倆的爹娘早些時候就離開東籬，將兩人託付給熊家教養，是以他倆出事，熊家再怎麼不樂意，還是得出個人來晏府問清楚事情原委的。

熊家本來還想仗著沒有證人，開口就先將打架鬥毆的原由往那庶出子身上推。

結果不想，晏雉事前留了一手，才回院子裡，晏雉就對著乳娘殷氏抽抽噎噎地抹眼淚。殷氏心慌，著急了就問哪裡不舒服，晏雉指著肩膀說疼，又抽噎說揉一揉就好；再問，她就怎麼也不開口了。

殷氏不放心，去問晏節，這才得知事情的來龍去脈，當下就去到熊氏面前，好一番哭訴，說得讓熊氏這樣常年吃齋唸佛的人，心底也對熊家教子無方生出了怨懟。

是以，熊氏一見從熊家來的人，當機立斷，先聲奪人道：「四娘才這般大，二娘怎就下得了狠手往她頭上砸石塊！」

熊家自熊昊往下幾個兄弟，皆得了功名，唯獨剩下個庶出的六郎還是白丁，這次還是被媳婦攛掇，這才自告奮勇來晏府幫著長兄的這一雙兒女討個公道。實際上，他也有些看不上這對倨傲的兄妹，不過是為了能多得熊昊提拔罷了。
只是……熊氏劈頭蓋臉這一下，實在是和猜測中的不一樣……
不是應該看到他們上門，然後賠禮道歉嗎？
不是應該態度誠懇，然後把聚眾鬧事的小子們教訓一頓，再責罰逞口舌之能的小娘子嗎？
熊六郎呆了呆，有些回不過神。
熊氏看著他。「六郎，阿姊只四娘一個女兒，自是疼愛有加。阿姊知道，四娘姓晏，不姓熊，可四娘身上畢竟還流著熊家的血，你們怎能……怎能……」
她難過得有些說不下話，晏雉適時地湊近，抱住熊氏的腰，將頭埋進她懷中，悶聲道：「阿熊一定是不小心的，她只是想砸堂哥，結果我就在前頭站著，所以才……」
熊氏摟著女兒，看著熊六郎，眼眶裡，淚珠盈盈欲墜。
熊六郎舌頭打結，不知該說什麼，想辯解，那一頭晏暹皺眉，將晏節的僕從阿桑叫了進來。
阿桑將事情原原本本說了，晏暹問一句，他便老實地回答是與不是。熊六郎幾乎是一邊強自鎮定，一邊聽人問話。待阿桑將事情說完，他幾乎是脫口而出，大聲嚷道：「那兩個孩子可不是這樣說的！」
怎麼說的？
熊戊自然是不屑辯解，加之被打得不甚好看，回熊府後就連晚膳都是在自己房內用的。

熊黛則氣急敗壞，當著熊老太太的面一頓號哭，問原由，也是一個勁兒地說被人欺負了。她哭了挺久的，說了也不少，可壓根兒沒提起她拿石頭砸了晏四娘這一茬。

現下聽了晏家這邊的話，熊六郎只覺得渾身冒冷汗，要是熊黛此刻就在面前，他是真的會顧不上大哥，指著她就罵禍害。

這要真是不小心也就算了，可按著兩邊說的內容一對，顯然熊黛是隱瞞了很多。

熊六郎此刻滿臉懊喪，悔不當初，心裡直道自己不該來蹚這趟渾水。見晏家如今這副情狀，心知一時半刻也說不出什麼好歹來，遂匆匆告辭逃回熊家。

熊六郎走後，晏雉跟著熊氏回了院子。

熊氏坐在屋子裡，看著殷氏忙前忙後張羅著給她洗漱，哪知殷氏才一轉身，她就同泥鰍般提溜轉了身，往熊氏身前一跪。「阿娘，女兒錯了。」

熊氏低頭。「妳有何錯？」

晏雉跪行至她腳邊，抬著頭，怯怯道：「身體髮膚受之父母。女兒沒顧念阿娘，為人強出頭，所以才會……才會被阿熊的石頭砸了。」

熊氏低頭彎腰，眼睛看著這個心眼奇多的女兒，問道：「妳覺得為人出頭，是做錯了？」

晏雉搖頭，跪坐在熊氏腳邊，道：「為人出頭沒錯，晏瑾被欺負了，作為族人，不可袖手旁觀；只是女兒不該出言挑釁，倘若女兒沒惹惱了阿熊，也不會有後來的事。阿熊還小，她興許連自己說了什麼都不懂，一定是有人私下常在她面前念叨，所以才會失禮。」

熊氏一愣，伸手摸了摸晏雉的頭，臉上的驚疑很快收斂乾淨。「妳想說什麼？」

「阿娘還是少與舅舅來往的好。」

熊氏手一抖，睜大了眼看著女兒。

晏雉不是沒想過，六歲的年紀說出這話會不會顯得太驚悚了些，可她實在不放心讓熊家人老在身邊出沒。她不希望明明很有才幹的兄長，走上她記憶中的老路，一直一直被熊昊打壓著，不得陞遷。

「舅舅這次回東籬，分明是衝著先生來的。倘若阿爹沒將先生請到晏家，沒開這個私學，女兒也沒能拜師，舅舅不知會不會才剛回東籬就上門拜訪。」

熊氏怔住。她何嘗不知道熊昊的登門拜訪別有深意，可這樣直接被女兒當面講明，她心裡到底還是有些難以接受。

嫁進晏府做續弦本不是她的意願，可那又能如何。兄長、姊姊們的一句「父母之命，媒妁之言」便將她的拒絕直接推了回來；到後來生下女兒，她也沒有將心思放在孩子身上，而是一如既往地在自己的小佛堂裡，與佛祖為伴。

熊氏白著一張臉，撫著女兒的臉頰。「妳才多大？別想這麼多好嗎？」

「阿娘……」

「阿娘會聽妳的，少與舅舅來往。可是四娘，妳別去想那些事。妳要讀書，阿爹、阿娘送妳去讀書；妳要學武，妳大哥日日帶妳練拳；妳想上街，只要說一聲，妳二哥、三哥自然為妳馬首是瞻，跟著就去了。」熊氏眼角濕潤，心疼地將晏雉從地上扶起摟進懷裡。「所以，妳慢些長大好嗎？」

她這些年只顧著自己，日日夜夜吃齋唸佛，卻從沒想到，她唯一的骨肉，明明還那麼小，明明被兄長護在身後，卻在她看不見的地方，漸漸生出了自己的心思。

熊氏越想越是心疼，都要哭出來了。晏雉鼻頭也酸酸的，摟著她的脖子，努力撒嬌。

「嗯，女兒答應阿娘，慢些長大，那阿娘也答應女兒，多陪陪女兒好不好？」

和熊氏面對面交過心後，當夜晏雉就纏著熊氏睡在一張床上。

熊氏有些不適應，睡在床的外側，身旁的女兒像個小火爐，單單這樣睡著，也能隔著被子感覺到熱氣。不同於熊氏的反應，晏雉卻是滿心歡喜。

她作夢都想和阿娘一起睡，小時候不能，長大後更是沒可能。等到肚子裡懷的孩子沒了，又被大夫證實壞了身子再不能懷孕，更是連和自己的孩子睡在同一張床上的願望都實現不了。

這一晚，晏雉睡得很滿足。

第二天，就傳來消息，說是熊戊和熊黛兄妹倆被熊家人送走了。據說熊老太太當晚發了很大脾氣，要熊六郎寫了封信，在信中狠狠將甄氏教訓了一番，說她為母教子無方，令熊家在人前丟了臉面。

兄妹倆回去之後的事，便是晏雉無從得知的了。

她只知道，她答應了熊氏，要慢慢長大。她自己也想好好地，重新體驗一遍童年。

於是這平靜日子，不知不覺的就到了過年。

這其間，熊氏每日只在小佛堂內誦經半個時辰，之後的時間，不是坐在晏雉房中做針線，便是漸漸的從管姨娘手中拿回了掌家大權。

管姨娘心中有所不甘，可熊氏到底名正言順，她想趁著快過年了，將手中的權一放，看熊氏吃苦頭後親自將掌家的權力送還給自己；結果到底熊氏還是棋高一著，等她回過神來，熊氏已經雷厲風行地在晏府樹立了威信。

不光是玉髓和雲母高興地哭了出來，就連晏雉心中也十分開心。

按照慣例，除夕當天是要去祠堂祭祖的，回來後在家守歲。大邯有宵禁，但到了過年這種時候，宵禁也就象徵性的取消了，夜裡的大街上，還有驅儺（注）隊伍在跳舞。

一大早，晏雉就跟著大人去了晏家在東籬郊區的祠堂祭祖。因要過年了，她身上穿的衣裳都是新的，梳了個丱髮，殷氏原還想給她掛上海棠東珠白玉項圈鎖，奈何晏雉不樂意，不得已又找出串七寶瓔珞來，這才願意戴上。

晏雉平日裡為了習武讀書，總是穿得規規矩矩的，雖好看，卻到底太乾淨了些。難得過年，又願意讓人打扮，殷氏這才可使勁地想往她身上穿戴好東西。

打扮好，晏雉便推了門出去。

外頭在下雪，雖不大，可這風一吹來，直往領子裡鑽。晏雉縮了縮脖子，下一刻，殷氏就抱著氅衣出來，將人裹上抱了起來。

注：驅儺，舊時為去除疾病，而舉行驅逐疫鬼，酬神納吉的儀式。

同阿爹、阿娘請過安後，他們一家人終於出了大門。

東籬郊區的晏氏祠堂，供奉著晏氏的列祖列宗。

已經先到的旁支們見了晏府一行人，忙催著孩子上前磕頭行禮。晏暹摸著孩子們的頭，一人給了一個紅包，又同自己的堂兄弟們說了幾句體己的話，這才進了祠堂。

女兒家是不可進祠堂的，晏雉被交給丫鬟、婆子照顧，帶去了祠堂外的廂房。房內燒著炭火，暖烘烘的，倒是舒服，於是晏雉一下沒忍住，倒頭睡去，一覺醒來，已經從郊區回了城裡。

吃過團圓飯後，天色已經開始發沈，遠遠地從街道上傳來嬉鬧的聲音。晏暹看了看圍坐在一起的兒女，喝了口茶，擺了擺手，放他們上街，又叮囑跟著走的丫鬟、僕從，務必要跟好郎君和小娘子。

街上驅儺活動正熱和著，儺翁和儺母走在驅儺大隊的最前頭，圍在身前身後的是戴著小孩兒面具的護僮侲子，還有很多戴著各式各樣青面獠牙鬼怪面具的人一道走著。

晏雉人小，在熙熙攘攘的人群中最容易走丟，晏節索性將她撈起來抱著。

晏雉坐在晏節的胳膊上，因了他的身高，輕輕鬆鬆就能看到人群中慢慢向前移動的驅儺隊伍。

她想，這半年間發生了太多的事，只盼著來年能一切順利，再不會發生前世那些磨難。

大約是天隨人願。

過完年，開春的時候，沈宜懷孕了。

「大郎，四娘，大喜事！」

從晏府急匆匆趕到私學的一個老婦，笑盈盈地走到兄妹倆跟前道喜。

兄妹兩人正在賀毓秀面前過招，硬是打完一套拳，這才停下回頭去看老婦。

那老婦面上還掛著喜色，見兩人終於停下聽話了，趕緊道：「大娘有喜了，大郎要做爹了，四娘也要做姑母了呢！娘子使奴婢趕緊過來，請大郎、四娘早些回去說話。」

晏雉知道，老婦說的大娘，指的是沈宜，一聽說沈宜懷孕了，晏雉立即扭頭去看晏節。

晏府只三個兒子，晏節是長子，也才剛成親不過一年，底下兩個弟弟別說娶妻了，就連通房目前都還沒收一個。如今沈宜有了身孕，晏氏本家這一支等於是又有一代人了。

晏節其實已有些猜測，沈宜這段日子一直吃不好，又特別能睡，熊氏懷上四娘的那時候，他已經十幾歲了，隱隱記得有身子的人會是什麼情形，可這會兒聽說自己真要做爹了，晏節仍舊有些難以置信。

還是賀毓秀在旁邊看不下去了，咳嗽兩聲，晏節這才回過神來。

「先生……學生……學生先回去了！」

賀毓秀擺擺手。「去吧去吧，開枝散葉那是好事，別忘了差人去沈家說一聲，到底是人家養大的閨女，可不是你一人的媳婦兒。」

晏節要回去，晏雉自然也是得跟著走的。

晏畈和晏筠也得了消息，早在外頭等著他們。一見正主出現，忙先上前見禮，恭喜道：「大哥這就做阿爹了，回頭可得將小姪兒借我們抱一抱。」

晏節瞪眼。「我兒子哪是可以隨便借人的？」

兄弟兩人知道他是在說笑，頗有些沒大沒小地互相攬著肩膀，打趣道：「大不了等我們生了兒子，也借你抱抱。」

晏節意味深長地朝兩人掃了一眼，頗為不屑道：「毛長齊了？晚些時候大哥就去跟母親說一聲，好給你倆張羅張羅親事了。」

晏雉走在兄長身側，一直低頭忍笑，努力裝作什麼也沒聽懂。

人都聚在晏節那院裡。晏雉進屋前，雲母已經往裡稟報過了，等兄妹四人進了屋，原本在裡頭伺候的幾個丫鬟全都低著頭退了出去。

熊氏坐在床邊，見四人進屋，忙對晏雉招了招手，將人抱在懷裡，這才對著晏節道：「大郎要做阿爹了。」熊氏拍了拍半躺在床榻上的沈宜的手，看她滿臉羞澀，笑道：「害羞什麼，有身子了是好事，後頭幾個月要麻煩大郎的事可不少，要什麼就直說，大郎若是嫌麻煩不樂意做，妳就使丫鬟同我說。」

沈宜大概才得知自己懷孕，如今一手撫著肚子，臉上仍舊有些羞澀。見晏雉正眨著眼睛看自己，沈宜越發有些臉紅，伸出另一隻手，握了握晏雉的肉爪子。「待姪兒生下來，四娘幫忙帶著好不好？」

晏雉一愣，笑吟吟道：「好啊！」

她從前無子無女，重生一回，對同樣無子無女的賀毓秀除了對先生的敬佩之情外，也帶了同是一種天涯淪落人的感慨。平日裡她頗為喜歡照顧那些比自己小的娃娃，沈宜問她願不願意幫忙帶孩子，她自然是樂意的。

晏畈和晏筠這時候也樂了，紛紛同沈宜說起祝賀的話來。大邯的男女大防不是太重，像這樣叔嫂相見的事，只要身旁有第三人在，便算不得失禮。

沈宜自然也紅著臉，大大方方地謝過小叔的祝賀，抬眼見自家夫君滿臉深情，越發低下頭嬌羞起來。

賀喜的兄弟幾人走後，晏節在沈宜房裡又待了幾個時辰，原還想陪媳婦兒說說話，倒是沈宜的幾個陪嫁丫鬟見自家娘子偷偷摸摸打哈欠，忍不住大著膽子在晏節跟前說了「逐客」的話。

晏節微愣，扭頭瞧見自家媳婦兒明明睏得已經快睜不開眼睛了，卻依舊陪著自己扯東扯西說些兒子出生以後的事，一時心裡內疚，忙親自扶著沈宜躺下，又給她掖好被角，等人睡著了，這才輕手輕腳地出了門。

他現在滿心滿眼想的都是妻子，和妻子肚子裡的孩子，這時候若是去了書房，也看不進多少書。在院子裡轉悠了一圈，晏節最後決定，還是去找晏雉說說話。

開春了，院子裡的花這時候也都陸陸續續開了苞。晏節到的時候，晏雉正有模有樣地在跟晏筠過招。

自從先生到東籬後，他們兄妹四人就都開始習武。除了先生偶爾指點以外，家裡也特地養了一名武師，專門教導幾人拳腳。

晏雉打不過大哥和二哥，跟三哥倒還能險中求個勝。晏節才進院子，第一眼就看到她一拳打在晏筠的肚子上。因為身高的關係，這拳要是再往下一點，三郎怕是就要痛慘了。

晏筠彎腰捂著肚子蹭到旁邊的石桌旁坐下，眼角瞥見大哥，有些驚愕地站在月洞門下，一邊呼痛一邊問道：「大哥怎麼來了？」

晏雉聞聲，擦了把汗，抬頭去看。「大哥，陪我練拳！」

晏節莫名覺得腰腹有些疼，輕咳兩聲。「別把妳三哥打壞了。」

「不會，我力氣小著呢。」晏雉擺擺手，把帕子往丫鬟手裡一扔，就要跑去拉晏節。

晏節覺得頭疼，轉身要走，想著還有事要說，忙停下腳步，晏雉沒來得及煞住，一頭撲進他懷裡。

「四娘，」晏節忍下小腦袋撞擊的疼痛，咳嗽道：「明日，沈家有人要過來探望妳大嫂，妳可得老實待在家裡，別到處亂跑。」

晏雉站定。「沈家對大嫂不好，大哥你也別出門，就在家坐著，要是他們的人暗地裡說了什麼對大嫂不好的話，你也別客氣，這是在咱們的地盤上，容不得別人放肆。」

晏節莫名覺得，方才三弟挨的那一拳，還真是輕的了。

第二日，沈家人上門來看出嫁女。當家的有事沒來，讓沈家娘子帶著人過來探望。

由於之前的事情，熊氏格外注意，將身邊的玉髓、雲母也暫時撥到沈宜身邊看顧著，沒想到，即便看顧得嚴嚴實實，沈家人還會在這種時候鬧事。

只是，鬧事的地方，不是在沈宜的房裡，而是後院。

晏雉本來在後院的秋千上坐著。她實在不願跟沈家人碰面，只待在後頭看書，身旁的小丫鬟正笑吟吟地與她說話，她也有一句、沒一句地搭著，忽然就聽到雜沓的腳步聲。

而後，只見幾個小子跑過來，還沒站定呢，就指著晏雉道：「我要玩！」

晏雉眨眨眼，抬頭去看跟在這幾個陌生小子身後匆匆跑來的丫鬟，見是自己府上的，忍下不喜，問道：「你們是誰？」

丫鬟苦著臉，只說是沈家的兩個小郎君，另一個身分仔細說起來，卻有些古怪。話才說完，後頭又有丫鬟帶著幾個小娘子走了過來。

晏雉氣笑了。敢情沈家人過來探望大嫂，還一併帶了這麼多小的過來串門子？

那幾個小子見晏雉穩坐秋千，似乎沒聽到他們說話，頓時不高興了，上前就去拽人。

晏雉是習過武的人，這時候坐在秋千上，倒是穩當得很，可旁邊的小丫鬟卻是嚇了一跳，趕緊伸手抓著另一邊的繩子，慌張道：「你們別搖！會把人摔下來的！」

晏雉看了眼旁邊的小丫鬟。「豆蔻，妳別管。」

豆蔻咬著唇。她是小娘子院裡的二等丫鬟，沒紫珠聰明，只想著不能讓小娘子在眼前被人欺負了。

「你們要玩就好好說話，小娘子還在上面坐著！」

那個頭最高、最壯的小子也是沒學好的，瞧見小丫鬟急得快哭了，竟還故意把秋千搖得更厲害。「我要坐！妳趕緊下來！快點，不然摔死妳！」

說著，還要後頭過來的幾個妹妹幫著把豆蔻拉走。

晏雉坐在秋千上，眼看著還真有幾個小娘子去拽豆蔻，豆蔻被人推搡地差點摔了，當下從秋千上跳了下來。突然空了沒人的秋千被拉得一晃，直接撞到那帶頭的小子胸口上。

小子被撞得一屁股坐在地上，連帶著還拉倒了旁邊一個人。

聽到那幾個小子的號叫，晏雉挑了挑眉。她從前的確是個好脾氣，不然也不會忍氣吞聲那麼多年，這一世又是讀書，又是習武，早將脾氣改了。

之前那幾次鬧事，怎麼說並不是針對她一個人的，她自然也就不會動粗。

可這一回，沈家人明擺著是送上門讓她動粗來著，放過就太可惜了。

兩個帶著小郎君、小娘子過來的丫鬟，這時候有些慌。「小娘子，這是沈家的小郎君和小娘子，來者是客……妳可別……」

晏雉可不樂意聽這話。憑什麼她家的丫鬟，看別人上門欺負自家小娘子了，竟還幫著外人說話。她抬眼，將那兩個丫鬟的容貌身段都記下，準備回頭再處理。

那兩個丫鬟還自以為小娘子這是聽了勸，結果那邊號哭的小郎君才爬起來，就被她家小娘子一腳踹在肚子上，摔了個四腳朝天。

「啊！」

沈家小娘子裡有人尖著嗓子大喊。

晏雉回頭，瞪了她一眼。那小娘子大概沒見過這麼壞脾氣的，被晏雉瞪了一眼，竟真的被嚇住了，趕緊捂住嘴，躲進姊妹身後。

「妳誰啊？居然敢打我？」

晏雉也不客氣，撇撇嘴。「你們跑別人家的後院裡耍威風，也敢問我是誰。不知道這家主人姓晏嗎？」

先前被踹了一腳的小子爬起來冷笑。「姓晏又怎麼了？不就是個商賈嗎，我阿爹是武將！妳敢欺負我，我讓我阿爹把妳砍了！」

晏雉失笑。「你爹是武將？我還以為你爹是陛下，你說砍誰就幫著你砍誰。」

這話，放在別處，那是不好胡說的，可這小子擺明了是被嬌慣得沒了忌諱，聽了晏雉的嘲諷，竟想也沒想，直接吵嚷道：「把皇帝砍了，我阿爹就是皇帝！到時候，我讓他把妳全家都砍了！」

旁的小娘子中有幾個年紀比晏雉稍大一些的，這時候已經覺察到不好了，趕忙拉著幾個妹妹要避讓開。

晏雉對著那小子笑了笑。「你叫什麼？」

「祝佑之！」小子挺了挺胸膛，似乎對自己的名字很滿意。

晏雉看著他笑。「豬有一隻啊。」還沒等人反應過來，當胸又是一腳直接踹了過去。

晏家四娘的拳腳功夫，師出名門，又比同年紀的小郎君都要練得勤奮，碰上這個不學無術的小子，倒是幾拳就把人給打得趴在地上了。

小子們哪裡碰到過會動粗的小娘子，這會兒躺在地上，疼得身子都蜷縮了起來。

旁邊的小娘子們全都怔住了。

還是豆蔻反應過來，趕緊讓丫鬟去前頭喊人，生怕小娘子拳下不留情，把別人家的小郎君揍出個好歹來。

被人揍了幾拳後，幾個小子也想到要反抗，只可惜，他們學的那些個拳腳功夫，在晏雉面前根本就是花拳繡腿。旁邊的小娘子們看著一愣一愣的，忽見一拳頭飛快地掄過去擊中祝小郎的肚子，又一記橫掃把剛爬起來的沈小郎一腳掃到了地上。

都是大戶人家出來的小娘子，哪裡瞧見過同齡的女娃娃跟小郎君們揍成一團的，而且看架勢，竟然還是人家女孩兒厲害。

幾個小娘子只顧著看打架，漸漸連害怕都忘記了。

祝小郎被揍得快直不起腰來了，嘴巴卻不放棄。「妳、野蠻，無禮！我讓阿爹砍死妳，砍死妳！」

晏雉皺眉，走過去又是一腳往他小腿骨上踹了過去。「有本事你就砍！你敢砍我就敢到處說，你祝家人圖謀不軌，想要篡位！」

祝小郎呆了呆。「誰……誰篡位了？」

他再笨，這時候也知道「篡位」這詞有多危險。「妳……妳胡說八道……」

晏雉笑了，掃了眼躺在地上喊疼的小子們，問道：「你有本事就去跟人說，說我晏四娘聽到不該聽的話，說你沒說過把皇帝砍了，你阿爹就是皇帝，沒說過到時候，要讓你阿爹把我全家都砍了！」

祝小郎打了個哆嗦，大約終於被晏雉打醒了，臉色刷的就白了。

第七章 家門興

去喊人的丫鬟回來得很晚。

她從後院跑到前頭找熊氏，左右不見人，只好去找管姨娘，可管姨娘近日心情很不好，加上又瞧見沈家人，越發地躲在自己院裡不願意露臉，聽丫鬟說後院的事，竟直接擺手不管。

丫鬟也是怕了，直接就跑去找阿郎。

晏暹正坐在書房裡核算上個月的帳本，聽到丫鬟的話，筆都扔了，直接帶了幾個僕從，匆匆往後院趕。

等他趕到的時候，晏雉已經停了手，坐在秋千上晃著兩條腿哼曲兒；沈家的小娘子們都坐在遠處，低頭竊竊私語，池塘邊的地上，幾個小郎還在打滾喊疼。

晏暹趕緊讓僕從將小郎君們都抱回廂房，又命丫鬟去請大夫看看哪裡傷著了。他猶豫了下，要不要跟沈家人說說這打架的事，可左右有些難開口。

說你家的小郎君們被我家閨女摁在地上揍了？

都被打成這樣了，怕也是瞞不住的。晏暹沒好氣地瞪了眼居然還笑呵呵的女兒，斥責道：「混丫頭，什麼不好玩，偏要跟人打架。」

晏雉也不氣，晃著兩條腿直笑。她跟晏暹的父女關係本就不親，上一世的時候就淡得很，這輩子，即便熊氏如今跟他算是有了夫妻的模樣，在晏雉心底也還隔著一層。

既然親近不起來，那要怎麼說，也跟她無關了。

「妳就笑吧。」晏暹對女兒也是沒辦法，匆匆就去了前頭，只想著將事情安撫下來。好端端的上門來探望出嫁女，卻被人揍了，換誰家估計也不樂意。

目送阿郎走掉，豆蔻有些擔憂。「四娘等會兒會不會挨罵……」

晏雉蹬了蹬腿，將秋千晃盪起來。「沒事兒，他們自個兒沒本事，連打架都輸給我，有臉跟人告狀，那也得有人肯出頭才是。」

沈家小娘子們還縮在一邊，聽到晏雉這話，忍不住睜大了眼。有膽大的，咳嗽兩聲，問道：「妳好厲害，真的不害怕嗎？」

「不怕。」晏雉把自己高高地晃起，想起一事，遂低頭望著她們。「那個豬有一隻是你們家親戚？」

小娘子搖頭。「他是跟著六姑母回來的。」

「六姑母？」

沈六娘竟然回來了，這是晏雉怎麼也想不到的事。

她跳下秋千，跑去找晏節。

前頭花廳，沈家娘子正心疼地摟著孫子。

沈大郎的一雙兒女，平日裡都是由沈家娘子帶的，孫子被人打得臉都花了，衣服亂七八糟的，可不得讓她這個做祖母的心疼。

問誰打的，幾個小子一邊哭，一邊報名字。

沈家娘子一聽，火了。好啊，晏家的小娘子居然對他們沈家的寶貝孫子動起手來了，還有沒有天理了！

沈家娘子扯著嗓子這麼一喊，前腳剛踏進花廳準備賠罪的晏暹頓時遭了殃。

「親家公，這孩子是要教養的！你瞧瞧，你家四娘把我孫兒都打成什麼樣了，有你這麼教養孩子的嗎？」

晏暹正要道歉，在一旁坐著的熊氏沈了臉色。「四娘從不胡鬧。打架這事，還是要說個明白才好，省得我家四娘受了欺負，卻要平白被說成欺負了你們！」

祝小郎哭夠了，這會兒聽到人說話，當即又坐地上鬧。「她就是打我了！我沒打她，是她打我！」

沈家娘子一聽這話，再看跟祝小郎站一塊兒的寶貝孫子哭得眼眶都還是紅的，這下可不高興了，拍著桌子要熊氏把人交出來問問。

晏暹頭疼，轉身就要吩咐丫鬟去找人。

這一邊，晏雉自個兒邁著腿已經奔到晏節那兒，把事情先說了一通，等丫鬟來找的時候，兄妹兩人互看了一眼，心如明鏡地往前頭去了。

得了吩咐要去找人的丫鬟才出花廳，就撞見了被晏節抱著過來的四娘，忙擠了擠眼，朗聲道：「見過大郎，見過四娘。」

花廳裡，沈家娘子一聽丫鬟的聲音，當即火燒火燎地要出去把晏四娘揪進來。

還沒等她動，那一邊，兄妹兩人已經進了廳。

沈宜是庶出女，沈家娘子本就對這個女兒算不得上心，將她教養好原是另有作用的，不想中途出了沈六娘那件事，不得已只好拿她頂替。

看著本該是嫡親女婿的晏節，再想起剛才在屋子裡，沈宜那個庶出女跟晏節的親暱，沈家娘子火氣更大。

「妳怎麼可以打人？」

晏雉眨眼。

晏節壓下心底的笑，將她放下。「聽說那人回來了。」

誰回來了？

花廳裡，晏家人都是一副疑惑不解的表情。

沈家娘子一愣，臉色有些難看，下意識地瞥了祝小郎一眼，心煩道：「女婿，你可別扯離話題，你妹妹把人打了，這事總得給個說法！」

晏節不理她。「沈六娘與人苟合，懷上孽胎，落了胎之後又秉性不改，被人親眼所見。丈母，沈家是上門認過錯的，說了要將人送到鄉下，再不讓她回來。怎麼？才一年，沈六娘就回東籬了？聽說，又懷上了？」

晏暹臉色頓時變了，再看沈家娘子，那有些惶恐的神情，果真是被說中了。「親家母，這是怎麼回事？」

把沈六娘送走，是沈谷秋那老混帳自己提出來的。沈家人也是要臉面的，一個嫡女，再寶貝也抵不過沈家的臉面，沈谷秋保證把人送走不讓她再回來生事，可才一年，怎麼就說話不算話了。

沈家娘子咬牙。「六娘就要嫁人了，總不好讓她就那樣無媒無聘地嫁了吧。」說到底那也是自己生的閨女，而且這一次肚子裡懷的，可不是什麼花農的種。沈家娘子想著，底氣足了一些。「六娘日後就是將軍夫人了……」

「呸！什麼將軍夫人！我阿娘才是將軍夫人！那個女人算什麼，就是個給我阿爹暖床的！連我的丫鬟都比她漂亮，我阿爹才不會娶她呢！」

花廳內，所有人都被這突如其來的大吼給怔住。

沈家娘子話音沒落，最先跳起來大罵的竟是本來坐在地上鬧騰的祝小郎。

「她算個什麼東西，給我倒夜壺都不配，還敢當將軍夫人！我要告訴我阿爹，妳跟那個女人虐待我！我要阿爹把那個孽種打了！打了！妳們跟這個人一樣，都不是什麼好東西，下賤胚子！」

祝小郎說這話的時候，一直在胡亂指人，說到「下賤胚子」，更是直接指著晏雉吼的。別說沈家娘子聽著不舒服，就連晏節聽罷都生出火氣來，等聽到這聲「下賤胚子」的時候，晏節上前，毫不客氣地一腳踹在了他的肚子上。

祝小郎「咚」的一聲，摔倒在地上。

「你就是用這張嘴，在後院罵了四娘？」

祝小郎惱羞成怒，抬頭就要罵回去，對上晏節視線的瞬間，僵在了那裡，張著嘴，說不出話來。

沈小郎縮了縮脖子，躲到旁觀的沈家人身後，對在後院挨的那幾下，還心有餘悸。

「丈母。」晏節冷眼道：「這小子方才說了什麼，丈母應該都聽到了。那丈母可知，在後院的時候，四娘之所以會打他，是因為他說了會連累晏、沈兩家被砍頭的話！」

大概是被晏節的這句話給嚇住，沈家娘子的臉色慘白一片。

晏節回身看了看晏雉，卻並不讓她說話，反倒是指了豆蔻，要她將事情複述一遍。

豆蔻跟在晏雉身邊也有幾年了，十幾歲的小丫鬟懂的雖然不多，但勝在忠心。

「小娘子在盪秋千，正和奴婢說話，幾位小郎君就跑過來了，抓著秋千要小娘子下來給他們玩。小娘子問他們是誰，小郎君也不回答，只推推搡搡地要把小娘子從秋千上翻下來。小娘子惱了，跳下秋千的時候，祝小郎君正拉著秋千繩，才被撞倒……後來，後來就說了很不好聽的話……」

「什麼不好聽的話？」

晏節的臉還繃著，牽了晏雉的手就往邊上站了站，順帶著將躲藏起來的沈小郎狠狠瞪了一眼。

豆蔻一板一眼道：「祝小郎說小娘子欺負他，要跟他阿爹告狀，他阿爹是武將，要把小娘子砍了。」

「然後呢？」

「然後小娘子說武將不是陛下，不能隨便砍人。他說……他說他阿爹把陛下砍了，他阿爹就是皇帝了，到時候就把小娘子全家都砍了……」

豆蔻說完話，也不等人再問，趕緊躬身行了一禮，轉個頭就跑到晏雉身後站好，低頭不再說話。

話都已經說到這裡了，沈家人自然明白這事已經說不清楚誰對誰錯了。起碼，在晏府，光憑小丫鬟的這句證詞，和祝小郎剛才的態度，事情就已經可以做下定論。

沈家娘子心頭竄著火，卻又不能在人前再發這莫名其妙的脾氣，索性咬咬牙，服個軟，帶上人灰頭土臉地回家。

人一走，晏暹就坐下捏了捏自己的鼻梁，疲累道：「四娘。」

晏雉聞聲，往前走了兩步。

「今日之事，妳可認錯？」

「女兒沒錯，再說了，那人該打。」

晏暹氣結。「妳好端端地把人打了，怎麼還就有理了？」

晏雉道：「女兒打人是為自保。他一會兒要摔死我，一會兒又出言辱罵，女兒不是泥人，任人打、任人罵；再說，一開始，是他自己被秋千撞倒的，不是我先動的手！」

「強詞奪理倒是長本事了！」晏暹頭疼。他這個女兒，從前管的不多，現在想到要管教了，他恍然發現，自己已經管不住她了。

不願承認這種為人父卻奈何不了子女的挫敗感，晏暹皺了皺眉頭，繃著臉道：「他若是欺負了妳，妳同大人說，難不成我們還不幫妳嗎？」

晏雉在心底冷笑。她還真是覺得大人一定是幫不了自己，與其讓祝小郎這個嘴欠（注）的傢伙先到處告狀哭訴，還不如自己先下手為強，把人揍過再說。

再加上祝小郎嘴裡叫嚷的話，足夠讓沈家人頭疼一陣子了，哪裡還會去吵著要她賠禮道歉。

「聖賢曾說：『少成若天性，習慣如自然』。祝小郎張口閉口都是要別人去死，家裡定然是從小沒教好的，我看，四娘今日打得好。」

晏暹還想說幾句，熊氏出了聲，將女兒招來，仔細打量了一番，見沒受傷，這才放下心來。「下回若是再碰上這種事，可不許再一個人胡鬧了。今次是那幾個小郎君打不贏妳，下回可不一定會有這麼好的運氣。」

晏雉點頭，眼角瞥向被截了話的阿爹，忍住笑，嘴上道：「還是阿娘和大哥疼我。」

她這麼說著，面上雖還掛著委屈，可眼底分明已經起了笑意。熊氏笑得不行，捏了捏女兒如今養得胖乎乎的臉頰。「好了，去找妳大嫂吧。」

晏雉點頭，帶著豆蔻轉身就走。

晏暹想把人叫住，又見熊氏一眼掃了過來，收回手，咳嗽兩聲。「嗯，這事說起來……好吧，這事四娘是沒做錯，可她一個小娘子，別的不說，跟幾個小郎打架，說出去實在是不好聽。」

熊氏笑。「沈家是要臉面的，還不至於把自家的小郎君被我們晏家的小娘子打哭了，這種丟臉的事告訴外人吧。」

大約……是不會的。

更何況，還有個膽大包天的祝小郎在，沒將那惹禍的話再往外抖落，已經是老天保佑了。

晏暹想了想，看一眼年輕漂亮的妻子，看一眼旁邊站著的三個與自己漸漸離心的兒子，再想起自己完全管不了的女兒，莫名覺得自己這些年過得有些悲哀。

沈家的確沒這個臉面把挨打的事說出去。

然而，比自家小郎君被晏雉打了更加沒臉面的是，沈家六娘，沒給人當成填房，甚至因為祝小郎的號哭，連妾都沒做成，那邊那位直接娶了個大戶人家的做續弦，結結實實地下了沈家的面子。

沈家這事在東籬城中，讓人看了不少熱鬧。

這場熱鬧，足足給人圍觀了四個月。

時至八月，沈宜的肚子已經隆起，鄉試的日子也快到了。

神佑七年春，為皇后新誕皇子祈福，皇帝頒布聖旨加開恩科，改元志和。

志和初年八月初八，晏節並一眾兄弟同窗參加鄉試。

八月十五，鄉試結束。

鄉試放榜之時，正值木犀花飄香的時候。

注：嘴欠，說話不假思索，沒有顧忌。

殷氏在後院的金木犀樹下，和豆蔻一起拿著一塊布，接從樹上落下的木犀花。

殷氏一邊忙著調整位置方便接花，一邊又看著站在樹枝上的小小人兒，生怕她腳下一滑，從樹上摔下來。

「小娘子小心一些。」

晏雉抓著一根樹枝，使勁地搖晃。木犀花簌簌地落下，在夕陽的輝映下，小娘子的容貌漂亮得有些令人讚嘆。

「小娘子喲，妳可小心一些，這樹枝可不粗啊。」

「我曉得了。」晏雉鬆開手裡的樹枝，纖細的枝幹彈了一下，又抖落些金黃色的花。

今年的金木犀開得比往年都要盛，只這一會兒，底下人就已經接了滿滿一布兜。

晏雉低頭看了看，又覺得還不夠，抓著一旁的枝幹，站直了身子，尋了根結實一些的樹枝，小心地又往上攀了一步。上頭還有一大簇的花，這一把搖下來，就可以停手了。

晏節扶著沈宜來後院散步，滿院的木犀花香濃郁得讓人心情愉悅。夫妻倆慢慢走到池塘邊，抬頭就瞧見對面長廊邊上的一排金木犀，樹下站著幾個丫鬟、婆子，都正仰著頭往上看。

「樹上的……是四娘？」

他抬頭仔細去看，果真在其中一棵金木犀樹上看到了晏雉的身影。

他們家的小娘子真是越長越活潑了……這爬樹的本事，又是跟誰學的？

沈宜掩唇笑。「你們都去鄉試的時候，四娘拉了松壽先生來吃茶，阿翁同先生喝了些酒，約莫是醉了，就餵了四娘一點。」
「然後四娘醉了？」晏節挑眉。
沈宜笑。「酒量不好，只幾口就醉了。醉了也就罷，這孩子竟然還爬了樹。」
晏節回道：「……四娘酒醒了之後，一定哭壞了。」
「倒是沒哭，只是躲在屋子死活不願出來。你們回來前，四娘這才來找我，紅著臉讓我把這事給瞞下來，不許同你說。」
晏節揚唇，眼底都是笑意。
如果放榜後成了舉人，他明年春就要赴奉元城入太學，待八月參加會試了。如先生所說，四娘一日比一日長大，懂的東西也越來越多，東籬太小了，她的眼界應該跟著學識一起，變大、變廣。
是時候帶四娘去外面走走了。

鄉試放榜那日，一早晏府就使了人去看榜，得了消息的阿桑立馬往晏雉的院子跑，到門前欣喜地喊了一聲。「小娘子，放榜了！大郎成舉人了！」
晏雉正坐在妝檯前，由殷氏梳頭，自然也聽見了阿桑的喊話，鏡子裡那張稚嫩的臉，眉梢眼角都帶著笑。
「大哥中舉了，那二哥、三哥呢，還有學堂裡的其他人都考得怎樣？」
阿桑站在門外，聽到問話，笑說：「除開大郎，咱們學堂裡一共出了三位舉人！」

晏雉正好奇還有誰也得了舉人，外頭又匆匆跑來一人。「小娘子，是解元！大郎中的是解元！」

晏雉聽到這話時，手裡正拿著一只粉盒把玩，一時吃驚，沒能拿穩，粉盒摔在地上，胭脂灑了一地。她愣愣地看著鏡子裡自己的臉，喃喃道：「大哥……中了解元？」

晏雉分明記得，在前一世的時候，兄長的確中舉了，可也只是一個舉人而已。

這一世，是因為她的重生，所以一切都發生改變了嗎？那是不是之後的路，她也將全然摸不透了？

私學那邊此時已然沸騰，所有的學生都圍攏在三個得了舉人的同窗身旁，更時不時地向晏節表示恭喜。

解元乃是鄉試頭籌，東籬不過是州府下轄的一座小城，晏節能在整個州府四百餘人中拔得頭籌，不得不說確有本事。

賀毓秀慢條斯理地走到人前，頃刻間便被學生們圍攏。

「先生，先生！解元是我們學堂出來的，是我們的同窗！」自從上回的事後，晏瑾的膽子漸漸大了起來，就連說話，都不再像從前那樣細聲細氣。

正說著，晏雉的馬車才在門外停下，她便提著裙子跳下車來，匆忙往裡跑，一見晏節正與人說話，大喊了一聲，奔過去，一頭撲進他的懷裡。

她如今漸漸長大，又跟著習武，這一下撲過來，直接撞得晏節後退了幾步。

「怎麼了？」晏節哭笑不得地扶住她的肩膀。

晏雉笑道：「大哥得了解元！」

晏節點頭。「是，大哥得了解元。」他指了指晏筠和晏瑾，又指了人群中正羞澀地與人說話的另一個晏氏旁支。「這是咱們的舉人。去，還不給人道喜。」

晏雉嗯了聲，規規矩矩地走到人前，依次見了禮。

晏瑾紅了臉，有些不好意思地搓了搓手，晏筠笑吟吟地伸手摸了把四妹妹的腦袋，瞧見晏瑾那模樣，樂了，湊過去低聲問：「瞧上四娘了？可惜同姓不成婚，不然四娘那性子，我們還真想給她找個好說話的夫婿。」

他說話還帶著笑，顯然沒注意到晏瑾眼底黯然的神色，笑著一把將晏雉抱了起來。「四娘，大哥、三哥都成舉人了，四娘有什麼賀禮要送給哥哥們？」

有人上門討賞，她自然也該給面子。晏雉瞇著眼笑，伸手捧住晏筠的兩頰，湊過去麻利地「啵」了一口，親在她三哥的臉側，末了，她笑咪咪地又扭過身去朝晏節招手。

晏筠還有些呆愣愣地沒回過神來，那一頭晏節挑著眉走近，俯下身也被她在臉頰上親了一口。

要說七歲不同席，像這種親來親去的更應該免了；可晏雉人小嘛，也就是個小孩子，親兄長們幾口，說實在的也並非什麼大不了的事。就連賀毓秀瞧見了，只是挑了挑眉頭，也不說什麼失禮的話。

「咳，」晏筠回過神來，臉頰發燙得厲害，連帶著感覺手裡的四妹妹有些發沈。「這個就是四娘的賀禮？」

「是呀。」晏雉也不害臊。眼前黑影壓下，她下意識閉了閉眼，鼻子被人給捏住。

「唔……大哥！」她睜眼，捂著鼻子瞪眼。

晏節大笑。「行了，就這個賀禮吧。下來坐好，先生該上課了。」

晏府出了舉人，更出了解元的事，讓晏府熱鬧了好幾日。

等過了十來天後，晏府門前的熱鬧終於停了。

賀毓秀帶著小僮出了趟院門，這幾日學堂放假，晏雉和兄長們一道留在家中。熊氏原打算趁她空閒，帶她在身邊讓她跟著學習如何打理庶務，卻不想，這孩子將自己的時間安排得井井有條，幾乎沒有法子空出半個時辰來跟著熊氏學打理。

這日，雨後空濛，晏雉坐在後院水榭中，身前擺著琴，卻坐在那兒若有所思地看著遠處，神思似乎已經被她放飛了。

豆蔻侍立在旁，看著自家小娘子出神的模樣，只覺得小娘子的神態模樣宛如一株帶露的常夏花，越發地顯出清麗的姿容來。

水榭外，傳來腳步聲。豆蔻回頭，瞧見是晏節，忙行了個萬福。

晏節剛從街上回來。

自從沈宜懷孕後，口味便變得有些刁鑽，酸的、辣的是還好，只是時不時突發奇想，嘴饞想吃一些街坊才會賣的吃食。他這幾日又正好得空陪著，一聽她說想吃什麼，索性就跑上街找。

他方才又去了街上，買回來一小罐醋漬花生，順帶著給晏雉帶了一小籃脂油糕。

「給。」見晏雉還在出神，晏節走上前，伸手將手裡提著的脂油糕往她臉上貼了貼。「四娘在想什麼？」

晏雉回過神。

大概是因為才下過雨，她忍不住就想起了從前的一些事，這才一不小心就發起呆來。

晏節在一旁坐下，見她低頭認真咬了一口脂油糕，伸手撥了下面前的琴。「這幾根弦有些鬆了，怎麼沒送去琴行調試下？」

晏雉嚥下嘴裡的一口糕點，接過旁邊豆蔻遞來的帕子擦了擦手，隨意道：「方才下雨，就忘記了。還能彈呢，等哪日天氣好了，就讓乳娘幫我送去。」

她說著，直起腰，伸出左手去按琴弦。「大哥要聽什麼，四娘給你彈一曲。」

晏節想了想，失笑道：「先生不擅音律，妳一直跟著妳大嫂學，我也不清楚妳會什麼，隨便彈吧。」

有時候，晏節也忍不住在想，是不是老天爺開眼，看四娘得不到爹親娘愛，這才打小就給予她這分天資聰穎。無論是學什麼，四娘都不像一個六、七歲的小娘子，任何東西，在她手上，不消幾日工夫便能學會；甚至是那些在小郎君們看來不大好懂的文章，她也是一學就會，還能寫下文章來。

可是這一分聰穎，究竟會為四娘帶來什麼？晏節不敢想，也實在想像不出。他就那樣坐在一旁，看著晏雉靈巧地彈著琴，心底越發沈重起來。

「四娘。」

晏雉一曲彈罷，聽晏節喊，扭頭去看他。

外頭又開始下雨，風一吹，就有雨絲吹進水榭中。晏雉抬手，將吹亂的鬢髮往耳後捋了捋。

「明年開春，想不想跟大哥一起去奉元城？」

晏雉愣住，呆呆地看著兄長，腦海裡頃刻間全部都是他的那一句「想不想跟大哥一起去奉元城」。

晏節看著她，伸手攏了攏晏雉垂下的髮絲，輕聲問道：「四娘，不願意嗎？到時候妳大嫂應該也生完孩子了，正好可以一起去走一走。」

晏雉沒說話，只是輕輕點了點頭。

晏節柔聲說道：「四娘，奉元是咱們大邯的都城，那裡有皇宮，有很熱鬧的集市，還有許多長得和我們有些不一樣的人。妳現在年紀尚小，可先生說的對，妳那麼聰明，不能把妳一直放在東籬這個小地方。」他頓了頓，似乎下定了決心。「眼下就有這個機會，跟著大哥去奉元城，那裡可以讓妳看到不一樣的世界。」

晏雉仰頭看著他，面上浮起喜色，心底卻有些沒著落。

奉元城她是去過的，那樣繁華富麗的都城，去過一次，就永久地留在了晏雉的記憶中。

晏雉是想去的，可是想到晏家，有些遲疑。「阿爹、阿娘會答應嗎？」

「母親也要一起去呢，咱們把阿爹一人留下怎樣？」

「他才不會一個人，還有管姨娘陪著呢。」

晏節笑。「管姨娘這段日子心情不好，四娘碰著她的時候就避一避；若是她對妳動手，妳就像那天打祝小郎那樣，打回去。」

「阿爹會不會生氣？」其實晏雉更想問的是，打了管姨娘，二哥會不會生氣。

「不會。」晏節篤定道：「誰也不會生氣。」

確實，自放榜以來，得知晏畈名落孫山，管姨娘的心情便一直不大好。她盼著兒子成才，卻沒想到得到的是這個結果。眼見著自己的兒子非但沒覺得丟人，還時常幫著管事算帳，更是氣憤地將人拉到院中假山後，好一陣訓斥。

「你的命不好，投胎在姨娘的肚子裡，你若是不出人頭地，以後姨娘要靠誰？靠你大哥和你三弟不成？還是說靠那個注定要嫁出去的四娘？」

「姨娘莫要胡言亂語。」晏畈皺眉，咬牙道：「姨娘好生侍奉阿爹，還怕日後沒地方養老不成。」

「我要你養啊！」管姨娘惱了。「你要是平日多讀點書，少跟著大郎、三郎到處跑，如今也不會連個舉人都沒考上！」

管姨娘越說越氣，伸手連點晏畈的額頭。「就算會打算盤又怎樣？想去給人家當掌櫃的？這個家裡，你是庶出，是從姨娘肚子裡出來的，不是從她們肚子裡出來的！晏家的家業，你繼承不了，知不知道！」

晏昄皺眉。可百善孝為先，要他甩開管姨娘的手，卻有些不忍，只盼著姨娘心頭的火氣能早些消了，不然他是真的沒臉在人前走動。

「晏家偌大一份基業，就算二哥考不上功名，無心仕途，也足夠子孫吃上幾代人的，姨娘何必咄咄逼人。」

這個聲音太熟悉。

晏昄吃驚地看向遠處，見晏雉揹著手慢慢走過來，身後還跟著熊氏和沈宜，晏昄頓時覺得臊得慌，低頭匆匆向熊氏行了一禮，喊了聲母親。

晏雉往前走了幾步，幾乎是擋到晏昄的身前，抬頭直視管姨娘。「先生常說，為人可得祖先蒙蔭，更須自力更生。無論二哥日後是繼續參加科舉，還是憑藉一己之力，做別的什麼生意，他都是我二哥。」

管姨娘冷笑。「小娘子說的好聽，日後妳是要出嫁的，到那時候這府裡上上下下的事，可都輪不到小娘子插手了；那時候，咱們的晏解元許是已經在奉元城當起大官，晏舉人怕也得了一官半職在外就任，這偌大的基業誰來管？」

「不是有二哥嗎？」

管姨娘震住，遂看了熊氏一眼，壓下心頭狂喜，面上有些遲疑。「小娘子莫說胡話。」

晏雉不以為然，只轉身拉了拉她二哥的手，續道：「二哥，不如這樣。你再參加一次鄉試，若是中了，哥哥們就一起出仕，日後在朝堂上，兄弟齊心，其利斷金；若是仍不行，晏家的基業日後就要靠二哥你來幫著阿爹打理。」

她的話，說著簡單，聽者卻都覺得不可思議。晏晰有些慌張地看了看嫡母，手心一下子全都是汗。

熊氏見他心生懼意，知他心裡到底是對自己庶出的身分有些敏感，遂柔聲安撫道：「這件事，大郎已與你們的阿爹商量過了，他也點了頭。」

「母親……」晏晰喃喃道。

「大郎曾說過，他擅文、擅武，唯獨不擅面對那些生意上的事，想來是沒有經商的天賦，出仕或是經商，他和三郎只能二選其一；若明年會試，他們兄弟兩人皆能上榜，這偌大的基業便該由二郎你承擔起來。」

熊氏緩緩說著，她的聲音，一如小佛堂中裊裊的佛香，輕緩而令人放鬆。

「大郎說，無論二郎是庶出，還是嫡出，你們都是兄弟，你們都冠著同一個姓，只要做兄弟的心裡有彼此，又何懼這份基業是由誰來承擔，總不至於日後這祖宗留下的東西，全被一人貪了去。」

熊氏說著，輕聲問道：「二郎，這是大郎的心意，你願不願意試一試？」

面對大哥的這分心意，晏晰心頭湧過暖意，握緊拳頭，答應放手一搏。

志和元年冬，沈宜半夜陣痛，三個時辰後順利產下一子。因是東籬晏府的嫡長孫，晏氏對其取名一事十分講究，顧不得跟人商議怎麼取名的晏節早已衝進產房，陪著有些力竭的妻子說話。

至於取名，反正晏氏想要慎重對待這嫡系長孫，倒不如先取個小名。

晏雉站在乳娘身旁，踮著腳看她懷中抱著的小姪子。小小的一團，還閉著眼睛，皮膚也紅通通的，像隻紅皮猴子。

晏雉心中歡喜，伸手輕輕戳了戳他的手背，軟軟的，像是一用力就會戳壞了一樣。

「四娘。」沈宜吃了些東西，稍稍恢復了少許的力氣，此刻正靠在晏節的懷裡，溫柔地看著她。「阿家方才來時說了，這孩子小名由我們取，四娘不妨給他起個名。」

晏雉微微頷首，看著乳娘懷裡打了個哈欠的小姪子，想了想，詢問道：「驦兒如何？」

「驦兒。」晏節喃喃，喜上眉梢。「可是驌驦馬的『驦』字？」

見晏雉點頭，晏節隨即摟著沈宜笑道：「羽林孤兒騎上頭，驌驦寶馬吉光裘。雖是馬名，卻也是天下稀有之馬，四娘取了個好名字！」

沈宜淡淡一笑。「這名字好，寓意也好。」

晏雉笑。「名字好與不好，是說不準的。日後驦兒若是肯用功些，有大哥這個做阿爹的在，還怕沒個好前程嗎？」

沈宜笑，垂眼看著被身旁的男子握在掌心的手，眉梢眼角都帶著暖意。「是啊，有妳大哥在，我們母子日後的生活又怎會沒個期盼。」

沈宜要坐月子，晏雉自然而然有些課得暫停了下來，除開去學舍的日子，餘下的時間越發多了起來。熊氏本擔心她又尋了別的事忙，不想卻發覺她似乎格外喜歡孩子，每日總有大把的時間同驦兒的乳娘一塊兒照顧孩子。

最開始的時候，晏雉還不敢抱孩子，生怕自己一個不小心，就把軟乎乎的小孬子傷著了；後來漸漸膽大了起來，又有些得心應手了，這才時常自告奮勇地抱著驪兒玩鬧。

日子便如此一日接著一日過去。

待四月，沈宜的身子已經大好，晏節正式向父親提出了帶著妻妹和嫡母去奉元城的事。

晏暹自然是不肯的。

可長子倔強，又說得出大道理，晏暹有些頭疼。

如今晏府一門雙舉人，若是家中來了賓客，發現當家主母不在，掌事的不過是個姨娘，晏家的臉面將如何是好。

晏節也不緊逼，低頭看了眼陪他一塊兒來談話的妹妹。「四娘，母親是如何說的？」

晏雉如今被教養得很好，雖還是個孩子，卻舉止有度，同人說話的時候，聲音也輕柔地恰到好處，不矯揉、不造作。「阿娘聽聞奉元城外有一凝玄寺，過段日子，寺中會有高僧做法會。阿娘一心向佛，自然盼著能與高僧一見，便是不能拜見，也想聽一聽高僧講經。」

「若是想要聽高僧講經，東籬城外的永寧寺不是有大師嗎，何須遠去奉元？」

「阿爹。」晏雉也不多說，只直直看著他道：「阿娘和女兒都想去奉元城。」

晏暹微怔。

話是想去，可這神情分明是要去。

晏暹閉眼，無力地擺了擺手。「去吧去吧，妳人雖小，卻是個主意大的。阿爹如今也管不了你們了，妳想去哪就跟著妳大哥去……早些回來，別在路上誤了時候。」

當夜，晏暹因著心裡堵著這一口氣，用過晚膳後不發一言，直接去了管姨娘房中。晏雉不語，陪著熊氏在小佛堂坐了一會兒，見夜深了這才回到自己房中，不一會兒，外頭便開始飄起雨來。

沒關緊的窗戶，被風吹得發出響聲。紫珠急忙放下手裡的衣裳，小跑到窗邊，將窗戶關上，回頭的時候，就瞧見自家小娘子已經將剩下的衣物都疊好，仔細放進行囊裡。

「四娘。」紫珠湊過去，笑著問道：「四娘明日就要跟著大郎去奉元城了，可想好要帶誰走？」

晏雉停下手，笑著盯住紫珠。

她院中的丫鬟兩人，豆蔻雖愚鈍了一些，卻勝在忠心，無論是前世還是今生，晏雉都十分喜歡豆蔻，在還沒能見到慈姑前，晏雉自然是要將豆蔻留在身邊重用的。

至於紫珠，晏雉心裡明白，她的心思太過活絡。

並不是說紫珠有異心，晏雉只是單純覺得紫珠不像豆蔻，認真地奉自己為主。這個丫鬟，約莫覺得她家小娘子還是個孩子，這才事事都與管姨娘通報，卻忘記了如今的晏府，管事的大權已然回到了當家主母的手上。

「妳去將豆蔻喊來。」

紫珠一愣，回過神來咬了咬唇。「是。」

豆蔻進屋的時候還有些迷糊，被紫珠狠狠瞪了一眼，越發覺得委屈。

晏雉笑盈盈地看著紫珠臉上不情不願的神色一閃而過，伸手拉過豆蔻，笑問道：「明日妳隨我走可好？」

「四娘……」

「那日沈小郎和祝小郎欺負我時，我瞧得仔細，妳很好，我讓阿娘將妳提作一等丫鬟可好？日後妳就和紫珠一樣，都是我最貼身的丫鬟。」

豆蔻仍舊有些吃驚。

晏雉看著她笑。「妳可是不願？」

豆蔻著實是吃了一驚。她是四娘身邊的二等丫鬟，即便是要提一等，怕也得過上好些年，再加上自知不如紫珠聰明，豆蔻壓根兒沒想過有一日，自己會這麼快成了一等丫鬟。她眼眶頓時微紅，趕緊跪下，給晏雉行了大禮。「奴婢謝過四娘！奴婢日後一定好生服侍四娘！」

晏雉頷首，將人扶起。「嗯。所以，妳趕緊回屋，將東西收拾收拾。唔，不用帶太多，就帶三、四日的換洗衣物即可，等到了奉元城，我再與妳添置些衣物。」

豆蔻紅著眼睛退下，晏雉抬首再看紫珠，見她也是雙眼微紅。晏雉並不言語，走回床邊，不去理睬她。

到了出行當日，晏暹心中終是生出懊悔，可反悔的話還來不及說出口，就見長子已將馬車全部備好，丫鬟、僕從更是將要帶的東西都送上了車。

晏暹不得已將人送至門口，不忘再叮嚀幾句。見妻子眉目舒展，似乎十分嚮往即將到來的行程，晏暹心頭劃過酸澀。「妳身子弱，這一路上若是覺得顛簸了，便讓大郎、三郎放慢行程。到奉元城後，同我寫信，莫要只顧著誦經，又忘了照顧自己。」

熊氏聽了倒也覺得受用，拍了拍他的手，算是應下了。

待上了馬車，晏雉便發覺熊氏臉上的神色變了，絲毫不見方才在晏暹面前的溫柔。

她低頭坐好，良久，方才聽見熊氏吐出一句話來。

「四娘，妳須記得，日後若是成親，定要找一個兩情相悅之人，像妳大哥和大嫂，切莫像阿娘。」

第八章 佛門雪

奉元城外凝玄寺，乃是大邯高祖皇帝生前所修建。原不過是高祖皇帝的一處私宅，後舍宅以為寺，又因身分貴不可言，遂在日後漸漸被工部所改建，時至今日，已經非一般皇家寺廟可比的了。

作為高祖皇帝原先私宅時，這一處院落內，高臺林立，四面各有十餘丈高樓一座，或釣臺，或廊閣，戶牖欒棟之間皆是風起雲湧之氣韻。

凝玄寺內有一五層浮屠寶塔，塔身乳白，塔頂托一承露金盤，簷角的金鐸高懸，做工極其精妙。

晏雉站在浮屠寶塔前，仰頭望著頂上。

「四娘，小心頭暈。」

豆蔻伸手，從背後扶住她的雙肩，輕輕揉了揉晏雉的脖頸。

晏雉低頭，忽就雙手合十，向著寶塔拜了一拜，末了這才回身問道：「什麼時辰了？」

「卯時三刻。」豆蔻頓了頓，提醒道：「前頭的法會許是開始了，四娘要過去嗎？」

晏雉抿了抿嘴。「先回客房吧。」

凝玄寺香火素來昌盛，也有許多久住的香客，光是供香客落腳的住房，就有五百餘間，住房分了男女，以便善男信女們分開居住。

三個月前，晏節一行數人到了奉元城。

因熊氏的關係，兄弟兩人商量了一番，最後並未在城中租宅子暫住，決定女眷住在凝玄寺中，兄弟兩人則依照規矩，住進太學。

這三個月以來，多是晏雉陪著熊氏參加奉元各地寺廟的法會，得空時，她也會跑去太學找兩位兄長，或者難得想起給東籬晏府寫一封家書。

等到熊氏漸漸與常來凝玄寺的婦人們熟絡之後，晏雉更多的時間就變成了跟著兄長們參加一些詩會、茶會。

今日又是一場法會，來講經的僧人是東籬永寧寺的明疏大師。因是相熟的人，熊氏自然不願錯過，寅時便起來洗漱，先是自己做了遍早課，方才簡單地吃了些素粥。

晏雉回到客房，正見熊氏與一頭戴金簪的婦人相談甚歡，遂恭敬地行了行禮。「申大娘安，阿娘安。」

那申氏乃是奉元城中一小吏的妻室，為人和善，成親十年，仍沒能懷上孩子，是以三天兩頭便來這凝玄寺拜一拜，期盼菩薩哪日得閒了，能往她肚子裡塞個娃娃。

大抵是因為無子女的關係，申氏同熊氏相識後，便格外疼愛晏雉，時常將自己做的一些吃食帶來寺中。申氏做得一手好素齋，晏雉吃過幾回，便也有心想要學一學。

申氏也不藏私，親自教了晏雉幾回，便越發將她放在心上，直同熊氏說這孩子靈氣。

見晏雉過來，申氏隨即笑道：「咱們四娘幾日不見，越發漂亮了。」她俯下身，捏了捏晏雉的臉頰。「若非我才懷上，定要將妳訂下，好等孩兒大了，將妳討過門來做媳婦。」

晏雉微愣，見熊氏和一旁的沈宜都在笑，恍然回過神來，驚喜道：「申大娘有喜了？」

申氏笑逐顏開，點了點晏雉的鼻尖。「是呀，菩薩保佑。」

既然有了喜事，熊氏更是要陪著人去菩薩面前拜一拜，順道相攜去聽今日的法會。

熊氏問晏雉可要一道去，晏雉望了望天，卻是搖搖頭。「今日女兒就不陪阿娘去了，只是這天色看著不大好，阿娘若是去聽法會，還是讓雲母帶上雨具，萬一真下了雨，也不至於狼狽。」

熊氏知道女兒聰穎，又跟著松壽先生學了不少本事，許是看天色發覺了異樣這才出言提醒。她點了點頭，命雲母回屋取來雨具，方才和申氏一道去了講經殿。

「四娘可是要去太學？」

留下的沈宜笑盈盈地摸著晏雉的頭。大約是凝玄寺的水土養人，這幾個月，沈宜只覺得四娘長高了許多，想來再長高一些，便不好再這麼摸頭了。

晏雉搖頭。「嫂嫂要去嗎？」

「八月將至，我此刻去，豈不是誤了大郎、三郎讀書。此回只是想進城添置些家用，四娘可有想要的？」

沈宜將她當作孩童，自然認為她會想要城中那些稀奇古怪的小玩意兒。然而晏雉早已過了貪圖有趣的年紀，遂搖了搖頭。「嫂嫂儘管去，我要去趟後山。」

「去後山做什麼？」

凝玄寺後山名木香草多得不可勝數，有些樹木更是天下稀少的品種。可興許是菩薩保佑，進後山的人不在少數，能找著真正有用的花草之人，卻少得可憐，唯獨寺中僧人方能找到一二，久而久之，這後山便似籠罩了一層神秘面紗，進山的人漸漸也就少了。

晏雉笑了笑。「這天氣燥熱，我瞧阿娘夜裡睡得不大好，想進山瞧瞧有沒有合適的花草可用來做香囊安神。」

沈宜擔心她進山出事，卻也知勸阻不了，便將銀朱喊來。「妳跟著四娘一道進山，若是有什麼事，儘早勸四娘回來。」

等沈宜把該叮囑的話都叮囑了一遍，她這才稍稍安心。

將人送出寺廟，晏雉回身仰頭，天色果真如預料的一般，越發暗沈下來。

「四娘，這天色越發不好了，我們還進山嗎？」

豆蔻抱著雨具，有些擔憂地看了看天。

晏雉點頭。「動作快一些，不往後山深處走理當無事。」話罷，直接往後山走去，豆蔻和銀朱兩人趕緊一前一後跟上，生怕一眨眼就找不到小娘子了。

然而這天到底是變得太快。

七月末，暑氣漸重，奉元城卻忽然下起大雪。

雪下得突然，中間還夾雜著拳頭大的雪石子，噼哩啪啦地落在屋簷上，砸得瓦片喀喀作響。

很多人都被迫困在路上，或三五成群在路邊的屋簷下避一避，或撐了把快被雪石子砸爛的傘匆匆往家裡趕。

下了一陣的雪石子，終於只剩下鵝毛大雪，無聲無息，鋪天蓋地。

晏雉不知道阿娘和嫂嫂這會兒如何了，只知道自己是徹底被困在後山的這座涼亭裡。

「四娘，我們回去吧。」銀朱被凍得臉色鐵青。

這大夏天的，所有人都穿著單薄，一眨眼的工夫竟突然下起大雪，這一冷一熱的，別說是銀朱這般年紀的受不了，怕是百姓家中那些年長的老人，一冷一熱地也去了不少。

晏雉自己也凍得有些牙齒打顫。「走……走吧……」她是快撐不住了，現下只想趕緊回寺裡暖一暖身子。

可晏雉才要轉身，卻聽見身後傳來窸窣的聲響。回身一看，只見從林中走來一物，沒走兩步，直接撲倒在地，一旁的樹上簌簌地砸下雪來。

豆蔻自然也是瞧見了，心生懼意。「四娘，我們回去吧，興許……興許是林子裡的猛獸一時間被凍得暈了過去……」

晏雉卻是不信。方才那身形瞧著不似猛獸，倒像是一個人。這天氣驟變，許是進山來尋名木香草的百姓，猝不及防凍壞了，若是不救，在雪地裡躺上幾個時辰，只怕就得一命嗚呼了。

她咬了咬牙，也不猶豫，搓著雙臂就走出亭子，徑直往那樹下走去。

這雪還沒積得太厚，不過才至鞋面的高度，可方才從那樹上砸下來的積雪，卻有些分量。

晏雉踩著雪走了過去，只見得在那樹下雪地上，露出一小片衣角。她蹲下身，咬著唇，哆嗦著將雪扒撥開，終於露出了裡頭那僵臥在地的人來。

扒撥開雪，晏雉這才看清，方才那倒地的，的確是個人，還是個少年，只是披頭散髮，滿身血污，看著像是從哪裡逃出來的一般。

晏雉伸手，吃力地將人翻了個身，果真在他身前也看到了猙獰的傷口。

她抬手擦去對方臉上的霜雪，這時，那人忽然睜開了眼睛！

少年的眸子十分清亮，卻又帶著濃濃的戾氣。晏雉還沒覺得畏懼，他似是力竭，又閉上了眼，身子一軟，這才徹底昏死了過去。

銀朱嚇得都忘了怕冷，臉色慘白。「四娘，這人的眼睛……這人的眼睛是琉璃色的！」

晏雉嗯了一聲，卻是不怕，轉頭對豆蔻道：「快！快來幫我把人扶回寺裡去！」

「這……四娘，這人來歷不明，怎麼可以……」

銀朱還想再勸，晏雉卻冷下臉來，同豆蔻一道，將人扶起，吃力地一步一步往亭子裡拖。

「他還有氣，若是就這麼丟著不管，便是見死不救。活生生的一個人，因此而死，難道我夜裡還能睡得安穩？」

雖膽大救了來路不明的男子，可晏雉實在不敢把人光明正大地帶回凝玄寺裡，只得吩咐銀朱和豆蔻趁後門暫時無人時，將人放進自己所住院子一側的空房內。

空房本是留給來上香的大戶人家下人居住，沈宜和晏雉此番入住，帶的丫鬟不多，倒是空下一間，此時正好用上了。

沈宜是沈家按照大家閨秀的模式教導出來的庶女，為的是日後要利用她攀高枝，因此就連她身邊的丫鬟，也一併受著大戶人家一等丫鬟的要求調教出來。

此刻，銀朱簡直都要哭了。自家娘子命自己看顧好四娘，可怎知四娘竟是個這麼大膽的，將來歷不明的陌生人救回來不說，還偷偷藏進院子裡。她想勸，卻又每每才說了半句話，就被四娘瞪了一眼，最後不得不按著四娘的話來做事。

只是……

銀朱看了眼被晏雉藏在空屋裡的少年，咬了咬牙，到底還是把事情藏在心底，只盼著四娘這一回的大膽，別給自己惹出禍來。

這場雪下得古怪，法會雖按部就班地進行，僧眾往講經殿內擺上了炭火，可在場的眾人仍有不少人心思飄到了外頭。

等到明疏大師提出各自歸家，明日續講的時候，眾人欣然，匆忙起身雙手合十拜了拜，火燒火燎地迎著雪蜂擁而出。

熊氏和沈宜各自匆匆趕回客房，晏雉早已吩咐銀朱，在她們兩人房中也擺上了炭爐。兩人見她做事面面俱到，便回屋暖身子去了。

等人一走，晏雉長舒一口氣，輕手輕腳地往院內一側的空房走去。

因凝玄寺為皇家寺廟，給香客們暫住的客房裡多佈置精巧，即便是無人入住的空房，也是擺設樣樣俱全，畫屏、案桌、憑几、小榻無一缺少，只是略顯清冷。

晏雉將人放在屏風後的小榻上，又尋來被褥蓋好，還在房中點了熏香掩蓋氣味，方才敢讓人進屋說話。

這會兒，她走到屏風後，看著少年昏迷的模樣，心下有些擔心他的傷勢。

先前在後山雪地裡，少年似乎被凍壞了，等她將人撐起的時候，他渾身上下除了血污，便是青紫。

有受傷的瘀痕，也有被凍壞的。

晏雉走近小榻仔細打量。

少年身形修長，四肢看著十分健壯，只是身上傷痕不少，再想起先前他睜眼時看到的那雙琉璃色眼睛，晏雉猜測，興許這人是個逃跑的奴隸。

晏雉輕輕嘆了口氣，覺得少年有些可憐，正欲轉身繞出去，少年忽然睜開眼，定定地看著前方。

晏雉被嚇了一跳，差點叫出聲來，見他有些失神地看著屋頂，方才靜下心。

「你還好嗎？」晏雉輕咳兩聲問道。

「還好。」少年的聲音低沈嘶啞，像是曾經嘶吼過，又像是喉嚨乾渴，聲音聽著發澀。

晏雉舒了口氣。「你等我一會兒，我給你倒杯茶。」

她說罷，急匆匆繞過屏風，倒了杯茶水，又回到小榻前。「你先喝口水。」

少年的目光終於緩緩落在晏雉的臉上，琉璃色的眼珠動了動，像是要將她仔仔細細地映在心頭。

晏雉低頭看了看自己，抬頭笑道：「你別怕，我只是正好遇見你，把你帶回來而已。」豆蔻偷偷摸摸找了個小沙彌過來幫忙。她想了想，走到另一邊，看著豆蔻和小沙彌咬著牙將人抬起，吃力地餵他喝了幾口水。

少年喝了水，又重新躺下，眼睛仍是不離晏雉。

晏雉輕咳兩聲，問道：「你叫什麼名字？怎麼會出現在凝玄寺的後山？你……身上的傷又是怎麼回事？」

少年看著晏雉的臉，許久才答道：「我沒有名字。」

晏雉眨了眨眼，過了許久都不見他繼續往下說，方才覺察到少年不願提起身上所受的這些傷，只好又道：「那你先好好養著。這兒多女眷，我也不知你是誰家的逃奴，萬一被人發現，你就白跑了。」

少年身子一顫，並沒開口說話。

晏雉將茶盞放在榻邊的小几上。「裡頭還有茶水，你若是渴了，就喝兩口；要是有事，就出點動靜，我和丫鬟都在外頭。」

少年「嗯」了一聲，閉上眼，似乎又睡了過去。

晏雉轉身，小沙彌揉了揉有些痠疼的肩膀，見她看來，趕緊雙手合十行了一禮。

晏雉笑笑，回禮道：「此人身上有傷，還要煩勞小師父看顧了。」又仔細叮囑莫要讓外人知曉，等那小沙彌摸著光溜溜的腦袋走掉，晏雉回頭看了眼榻上的少年，眉頭微微蹙起。

繞過屏風，豆蔻和銀朱都已在外候著。

「四娘……」銀朱咬了咬唇，仍有些不大放心。「這人來歷不明，還是讓他早些離開吧，萬一真是逃奴，被人發現了，可是會拖累四娘的……」

晏雉看了她一眼，莞爾道：「這是寺廟，佛祖曾說，救人一命勝造七級浮屠，我如今救了一人性命，便是留了一樁功德，無論是否為逃奴，等他養好了傷，讓他自行離去便是。」

銀朱有些擔心。「可是……」

晏雉道：「好了，妳先回嫂嫂那兒，這事別往外說，不然我自能整治妳。」

銀朱震了震。晏家四娘雖不過還是個孩子，可在東籬卻早已有不得了的名聲，銀朱自然是信她說的話，當即點了頭，匆匆退下，回去服侍沈宜。

人一走，豆蔻吸了吸鼻子，說：「四娘，屋裡的熏香太重，會不會聞著不舒服？」

晏雉擺擺手。「如今也顧不得這麼多，過會兒等雪停了，妳悄悄進城請個大夫回來，我怕他身上的傷若不儘早處理，得爛肉。」

豆蔻福了福身。「是。」她直起身子，臉上寫著好奇。「四娘，這人的眼珠不是黑的，看著不像是咱們漢人。」

「我曾聽先生說過，前朝多征戰，時常有外族被當作奴隸到處販賣，時至今日，奴隸雖已不再盛行，但仍有地方在流通奴隸，有些大戶人家也喜好差使那些外族健奴。」

晏雉頓了頓，回頭看了眼畫屏，垂下眼簾，嘆息道：「我瞧他的容貌，有幾分像咱們，豆蔻，妳說，他會不會是祖上有外族的血統，和漢人通婚後生下的。」

豆蔻想了想。「可能吧。」

「妳去預備些水，等會兒人醒了好讓他洗一洗。」

畫屏外，主僕兩人壓低了聲音，輕聲細語。

畫屏後，小榻上，少年緩緩睜開眼，又閉上，被褥下的手緊緊握拳。

找到妳了……

趁著熊氏和沈宜並未在意她在做什麼，晏雉抄了一會兒經書，又往那屋裡跑。才進門，就聽見畫屏後的動靜，過去一看，見人果真醒了，忙讓豆蔻將浴桶搬進屋子，又提了幾桶熱水進來。

到底男女有別，主僕兩人將浴桶抬到畫屏後頭後，便由著少年自己沐浴，自己從屋子裡退了出去。

少年大約是身上有傷，力氣也還沒復原。晏雉站在門外，清楚地聽到屋子裡傳來一陣混亂的聲音，她愣了愣，到底有些不忍心，又低頭看了看自己小小的手掌，閉一閉眼，還是轉身推開門進屋去了。

畫屏後，少年跌坐在地上，身旁是晏雉偷偷從晏節房裡翻出來的衣物，半截袖子沾了水，面盆扣在地上；再看少年身上，傷口似乎因為碰撞裂開了。

晏雉呆了呆，低頭走過去，抱著他的一隻胳膊，吃力地想將人拉起來。

「你還能動嗎？」

少年點了點頭，抬起一隻手按在榻邊，借著晏雉微弱的力氣，咬牙撐著站了起來。

晏雉看了眼少年下身半濕的褲子，別過頭去，問道：「你……自己能進去嗎？」

「能。」

少年的聲音仍有些嘶啞。

晏雉沒伺候過人，哪怕是上輩子，也因為夫妻感情不睦，從來不曾服侍過熊戊沐浴；此時卻和豆蔻一起，彎著腰給少年擦臉。

少年的臉上本有些血污，晏雉也不避諱，擦得仔細，不一會兒，就將他臉上的污跡擦了乾淨。

「你長得真好看。」晏雉低笑。「幸好臉上沒傷，不然多可惜。」

少年似乎已在方才用盡了力氣，這會兒靠著浴桶實在無力出聲，自然也就由著晏雉在旁邊誇自己好看。

「我大哥長得也好看。那些乾淨的衣服是我大哥的，你等會兒換上，傷好之前可別在寺裡到處走，讓我阿娘和嫂嫂瞧見了，怕是不好。」

少年緩緩點了點頭，又用嘶啞的聲音說道：「妳別怕……不會有人來抓我的……」

晏雉一怔，瞧見正在給他擦頭髮的豆蔻頓了頓手，狀似毫不在意地問了句。「難不成你是殺了那個奴隸主，然後逃出來的？」

她原本也不期待少年給個正確的回答，卻不想她話音才落，少年的聲音就傳了出來。

「是。」

晏雉有些吃驚，旁邊的豆蔻更是嚇得差點扔掉了手裡的布。

少年說不出話來，卻努力抬起手，試圖按上浴桶。

晏雉皺了皺眉頭，忙在心中思量自己救了一個殺人犯到底是對是錯。等到少年的手發著抖，按住浴桶，手背上因為用力，隱隱約約都能見到青筋的時候，晏雉這才回過神來。

少年的模樣有些不大好，晏雉終究還是心軟，微不可聞地嘆了口氣。「我不是東郭先生，也只盼著你別是那頭狼。」

少年閉著眼，似乎想笑，卻聲音沈悶地咳嗽起來，良久，他才沈沈道：「我不是。」

好不容易才找到妳，我又怎麼捨得。

少年洗完澡，晏雉命豆蔻將浴桶搬出去，又讓她拿塊乾淨的帕子，坐在榻邊給少年擦乾頭髮。一邊擦頭，晏雉一邊打量著少年。

少年的年紀看著要比兄長少一些，但身量上卻相差不多，皮膚比兄長要稍黑一點，很健壯。濃眉，高鼻梁，緊閉的眼簾後，晏雉知道那是一雙琉璃色的眼眸。

她想了想，壯著膽子叫他。「喂。」

少年緩緩睜開眼，稍稍側頭看著晏雉，琉璃色的眼睛裡，映著女孩稚嫩的面容。

「你為什麼會成為奴隸？」

晏雉跟著賀毓秀學了那麼久，一雙眼睛更是被養出了識人的本事，雖不及先生看人如神，卻也十之八九不會錯得太離譜。

她看少年周身的氣質，並不像是卑微的奴隸，反倒隱隱有一種上位者的感覺；可看他狼狽不堪，半條命都差點丟掉的模樣，似乎又有些不對。

少年沈默了好一陣子，久到晏雉都以為他不會開口回答了，這才聽得他沈悶嘶啞的聲音，一字一句從口中冒了出來。

「阿娘是奴隸。」

晏雉微愣，見他願意開口說話，趕緊接著問。

「你是哪裡人？」

「阿爹是漢人，阿娘是北夷後人。」

果真是胡漢婚育。晏雉點頭，又問：「你今年多大了？」

少年想了想。「十五了。」

豆蔻收了帕子，幫著人重新躺下，晏雉站在旁邊看了一會兒，又問了句。「為什麼會殺人？為了逃跑？」

「嗯，為了逃跑。」

他閉上眼，不再說話，晏雉便也不再詢問，走上前，幫著掖好被褥，揉了揉被熏香折騰得有些發癢的鼻子，連打了幾個噴嚏，這才從畫屏後繞了出去。

她才走出畫屏，給自己倒了杯茶水，少年的聲音嘶啞沈悶。「妳，叫什麼？」

晏雉低頭，輕啜一口茶，回道：「我姓晏，家中行四，你喊我四娘就成。」

少年睡得一直不大安穩。晏雉一面擔心他的傷勢，一面又怕熊氏和沈宜生疑，也不敢在屋裡待太久，便坐在門外院中看書，耳畔時不時地就能聽到少年的咳嗽聲。

大夫被豆蔻急匆匆請來的時候，少年正好在畫屏後咳得臉色通紅，手背上、脖頸上，青筋畢露。小沙彌人小，為了幫他順背，幾乎是跪坐在榻上的。

咳得這麼厲害，她有些擔心。

「四娘。」豆蔻進院，身後跟著個老大夫。外頭的風雪算不得多大，但老大夫看起來仍像是被吹了一路。

兩人領著老大夫進了屋。小沙彌趕緊下榻，把榻邊的位置讓給老大夫，恭恭敬敬地站在一側，到底心軟，時不時抬頭瞥上一眼。

興許是看晏雉人小，又看著屋子怎麼也不像是小娘子住的，儘管屋子裡有個受傷的少年郎有些怪異，但也算不上是什麼傷風敗俗的事。那老大夫很有眼色地沒去問少年的來歷，也沒說多餘的話，仔細診了脈，開了方子，又對著豆蔻囑咐了幾句煎藥時要注意的事。

晏雉在旁邊也聽著，又聽到少年粗重的呼吸像是在拉風車，不由得擔心。「大夫，他的傷……」

「四娘在嗎？娘子請妳過去說說話。」

晏雉的話被半路截斷，臉色變了變，既不放心少年這邊，又不能不去熊氏那兒，想了想，只得吩咐豆蔻在這兒看顧好，掏了錢袋扔給豆蔻，這才匆匆出了房門，跟著屋外來喊話的雲母過去。

熊氏並沒旁的事，只是湊巧從申氏那兒得了塊開了光的玉，見晏雉過來了，忙喊她到身前，仔細給她戴上。末了，熊氏的臉色有些變了，輕輕嘆了口氣。

「阿娘？」晏雉不解。

「七月降雪，並非吉兆。」熊氏抬手，摸著女兒的後腦勺。「四娘還小，所以不懂。今日這雪一下，奉元城裡怕是要吵嚷上很久了。」

「也許，不一定是什麼壞事。」

「不管怎樣，這幾日，妳別往寺外跑，也少進城。」

晏雉問：「連進城去看大哥、三哥都不可以？」

熊氏道：「儘量別去。而且大郎、三郎就快會試了，少跑去叨擾他們。」

晏雉彎了彎唇角，偎進熊氏懷裡道：「好嘛，那女兒就不去太學找哥哥們，女兒留在寺裡給菩薩抄經書。」

熊氏笑著拍了拍她的手背，說：「行了，要抄經書就趕緊去。等大郎、三郎考完會試，咱們就要回東籬了，在那之前，這經書可得抄好了。」

晏雉有些遲疑，在心底盤算了下餘下日子裡要抄寫的內容，勉勉強強能夠趕在會試結束前抄完。

她正盤算著，忽就聽到熊氏咳了兩聲，心底驀地想起畫屏後的少年。

「阿娘可別是受寒了。」

「已經熬了薑湯，回頭讓雲母送到妳屋裡去，妳也多少喝點，別病了。」

「好。」晏雉點頭。「那女兒先回屋了。」

熊氏擺了擺手。晏雉忙福了福身，匆匆轉身走了。

「大夫怎麼說？」

晏雉一回屋，不見豆蔻和老大夫，只有小沙彌端著空杯走出來，徑直就繞過畫屏，走到榻前。

少年還未睡，正悶聲咳嗽。「大夫說不礙事，吃幾副藥調理調理就好了……」話沒說完，又是幾聲咳嗽。

晏雉聽得心都吊起來了，趕緊倒了杯熱茶過來餵他喝下。

豆蔻提著藥回來，有些緊張地看著晏雉。「四娘……這藥，放哪兒煎？」

自然是不能去寺裡廚房煎的。晏雉想了想，還是讓豆蔻去廚房借了個瓦罐和火爐，主僕倆蹲在屋子裡，開了一點兒窗，慢慢給少年熬藥。

晏雉蹲在地上，手裡拿著一把蒲扇，正對著爐子底下慢慢搧著。少年躺在榻上，一側頭，就能看見她。

她在地上蹲久了，站起來的時候還差點跌倒，索性轉身坐在腳踏上，哭笑不得道：「我從沒給人煎過藥。」她轉頭，看著少年笑。「你是頭一個。」

少年看著她，動了動唇。「我知道……」

晏雉很想問他知道什麼，可瓦罐裡的藥沸騰得厲害，只得趕緊湊過去，掀了蓋子查看。

煎好的藥，晏雉小心地端給他，就站在旁邊，看他似乎完全不知冷熱的，咕嚕咕嚕就將滾燙的藥喝下肚。

大約是吃過東西，又睡一會兒，力氣終於回來些，喝完藥，少年看著晏雉，忽然道：「我殺過人，妳不怕嗎？」

如果是從前，少年的這個問題，晏雉會回答不怕。那時候，她不惜命，無數次想過如果自己結束性命會怎樣。

到了這一世，她毫不猶豫地回答說：「怕。」

少年道：「那夥人做的就是販賣奴隸的生意，不殺了他們，我逃不出來。」

「其他人也跟著你一起逃出來了？」

少年搖頭。「很多人不願意走。」

晏雉接道：「為什麼？」

少年看著晏雉，低聲道：「他們害怕。」

「害怕什麼？」

「害怕活不下去，害怕被人凌辱。」

逃奴的下場有多可怕晏雉是聽說過的，大半都是一個「死」字。那些奴隸大多是自小就生活在別人的掌控下，別的事情什麼都不懂，只要稍加威脅，就是很好操控的人偶。

晏雉看著少年，不作聲了。

豆蔻端來薑湯，晏雉坐在一旁，沈默地喝著。

少年這時開口。「小娘子是善人。」

晏雉抬頭，忍笑。「別誇我，有話直說。」

少年半靠著榻，側頭盯著她，眼底有光微微劃過。「小娘子身邊還缺人嗎？」

八歲的小娘子，身姿模樣，都漸漸有了女兒家的嬌態，少年看著她，眼睛一眨也不眨。

晏雉像是當真仔細想了想。「你會幹什麼？」

少年沈聲。「什麼都會。洗衣做飯，粗活累活都會。」

晏雉下意識地掃了眼他的胳膊，有些動容。

她院子裡，除了乳娘殷氏這般年紀的婦人，就是丫鬟，僕從雖有一二，但不多。

她想了想，問：「會武功嗎？」

她想起之前跟祝小郎打架的事，這個年紀打幾下還能單槍匹馬贏了人家，可再過幾年，男女體力差距就會漸漸拉大，若是再遇上此類的事，身邊沒個打手，實在吃虧。

「會。」

只是……

晏雉抬頭，認認真真地看著少年，問道：「你不想回家？」

少年注視著她，緩緩搖了搖頭。「阿娘是奴隸，十歲的時候被賣到酒肆，十三歲有了我。我六歲的時候，被她賣了。」

晏雉怔住。「對不住，我沒想過會……」

少年搖頭。「日後，我就是小娘子的人，小娘子讓我做什麼，我就做什麼，這條命是小娘子撿回來的，生生死死，都由小娘子做決定。」

突然間一條人命就這樣完完全全交付在自己手上，晏雉說不震驚是假的，可看著少年琉璃色的眼中堅如磐石的神色，她只能將這條人命緊緊握住。

少年的底子並不差，這樣的傷勢不過吃了三副藥，就好得八、九成了。不出四日，少年已經能下床自在地走動。

晏雉回屋，坐在床邊揉著腿。講經殿雖有蒲團，可接連幾日都去那兒一坐幾個時辰，晏雉人小，難免有些吃不消。她抬頭看了眼案前合上的經書，有些犯懶，不願再碰。

豆蔻端著茶點從屋外走來，見晏雉揉腿，幾步走到床邊，跪在她腿邊，伸手將她的一條腿擱在自己的腿上，動作輕重合宜地給她揉捏起小腿肚來。

豆蔻的力道不輕不重，讓她舒服了許多。這一舒服，神思便漸漸去到別處，想起了那個終於有了名字的少年。

相處的時間越長，晏雉就越不能相信少年竟然會是一個奴隸。

試想，誰家的奴隸會有一身上位者的氣度？

可也不會有哪個這個年紀的上位者，渾身傷痕累累地出現在後山。

「之前你說你沒有名字？」

那日去探望他的時候，晏雉順口問道。

少年當時一動不動地看著她，回道：「奴隸在找到買主前，都沒有名字，只有一個稱號。」

「那你的稱號是什麼？」

「三十九。」

晏雉微震。所謂的稱號，竟然只是一個數字。

她看著少年波瀾不驚的面容，心裡有種說不清、道不明的滋味。「佛教傳說中，有一聖地，聖地北面有雪山，名曰『須彌』。凝玄寺在皇都奉元城頗具盛名，我又是在寺廟北面後山的雪地裡撿到你，日後，你就叫須彌如何？」

少年緊緊盯著她，終是起身後退兩步，鄭重地單膝跪下，行了一禮。

「須彌，多謝小娘子賜名。」

那動作，大氣，卻又不卑微，舉手投足間，都是沈甸甸的敬意。

即便是現在回想起來，他的動作，仍舊令晏雉心頭動容，越發覺得這人並非是尋常的奴隸。

可無論如何，她救了這人，佛祖有言，這就是緣。

如果有一天，他要離開，晏雉自然會放手讓人離開；如果不走，晏雉想，她也樂得身邊有這樣一個可用的人在。

除了沐浴更衣不便留他在旁邊服侍，晏雉覺得這人用起來還是十分順手的。

晏雉讀書的時候，他就跪坐在旁邊聽，時而會沏杯茶放到她手邊，時而會拿了蒲扇輕輕搧風。

因為晏雉沒鬆口讓他踏出房門一步，他便當真一直留在屋裡。有人來了，就屏住呼吸避到畫屏後，等人走了這才走出來，繼續服侍她。

如此，晏雉又安穩地過了幾日，會試的日子到了。

沈宜沏了杯茶，放在熊氏手邊，輕聲細語道：「明日就是會試了。聽大郎說，今次的會試，應考者中光是各省的舉人，就比以往的人數翻了一翻。」

晏雉坐在一旁，聞言嚥下口中的素糕，仔細道：「嫂嫂無須擔心，先生說過，這會試錄取是分南北中三地，按比例錄取的。」

她擦了擦手，又道：「以往的會試皆是在春季，今年卻改在了八月，也不知皇上是如何考慮的。」

熊氏笑著瞪了她一眼。「胡鬧！這話哪是妳可以說的。」

晏雉吐了吐舌頭。「好啦，嫂嫂若是還掛心大哥跟三哥，不如就準備準備，等哥哥們考完回來，好好替他們補一補。」

補自然是要補的，更何況這天還在隔三差五地下雪，等兄弟倆回來，即便沒瘦，也該吃些熱呼滋補的東西養養生。

七、八月的奉元，卻已經讓人在屋內擺起了炭爐，就連天上的日頭，似乎也一下跳到了冬季，暖意不多。沈宜抬頭看了眼半開的窗外，小雪紛飛，看著又似要下一整日。

「這幾日我進城，聽到件事，也不知該不該說與阿家聽。」

「妳說便是。」

沈宜拿手絹捂了下鼻子，低聲道：「奉元城中都在傳，說是這雪來得蹊蹺，怕是要出大事。」

若不是知道沈宜並非是那些喜歡搬弄是非的婦人，熊氏早該在聽到這句話時變了臉色。

「阿彌陀佛，菩薩保佑。好端端的，怎麼傳出這種話來？」

沈宜嘆氣。「也不知是從哪兒傳來的。只說是下雪那日，有婦人擊了登聞鼓，說是家中夫婿被人奪了舉人之名，無端慘死。」

熊氏眉頭皺起。「這是有人奪了別人的名，來奉元城參加會試不成？」

「興許吧。我也只是一知半解，阿家若是要聽，我便仔細說說。」

晏雉一聽，頓時來了勁。「嫂嫂快說，我也要聽一聽。」

「胡鬧。」熊氏伸手，敲了敲女兒的腦門。「小娘子就別聽這些了，趕緊回屋去，那本經書怕是還沒抄完吧？」

晏雉噘嘴。「女兒就聽一小會兒。」

「不行。」

「就一小會兒。」

「不行。」

晏雉很想聽那傳說，奈何阿娘不鬆口，嫂嫂自然不敢在她一個八歲的小娘子面前，說那些有的沒的事。

她無奈地回了屋。臨到門前，卻又轉身走到另道門前，門一推開，炭爐的暖意就撲面而來。

「須彌。」

她張口喊了一聲，從畫屏後繞出一人，正是之前撿到的少年。

晏雉無法讓須彌跟晏節站一塊兒比身高，只是這麼看去，隱隱覺得，十五歲的少年竟和兄長差不多高，身材看起來更是比兄長要結實一些。

不過，他要比大哥寡言。

晏雉平日裡能說的上話的人，不外乎是熊氏、沈宜，最多再加上一個憨憨的豆蔻；只是她們都比較喜歡看到乖巧的晏家四娘，即便能說上話，也是將她視作小孩。

須彌傷勢漸好後，晏雉很快發現，他是一個很好的傾訴對象，不單單能認真地聽自己說話，不會出言打斷，甚至也不會質疑她的想法。

晏雉合上門，幾步走到桌邊坐下，一轉身，豆蔻已經沏了一杯茶放在她手邊，須彌則在不遠處跪坐下來。

晏雉將沈宜提到的事情與他說了說，末了似有感慨地嘆息一聲，道：「科舉一事，事關社稷民生，你說，怎麼就有人這麼大膽，拿別人的性命弄虛作假？」

須彌沈默，想了一想，道：「這人的家世顯赫。」

晏雉奇怪地看了他一眼。

「我曾聽聞，赴奉元參加會試前，各州府須對舉人們進行審查，唯有合格者，才有資格會試。」

晏雉睜大眼。「先生曾說過，品行不良者、服喪者、工商雜類者皆算不合格。晏氏因高祖功德，這才得了陛下開恩，准許科舉。」
須彌看著她。「另還有患風疾、眼目之病者，亦不得發解。」
是了。
晏雉撫掌，眼中大亮。
她先前倒是忘了，先生說過，即便過了鄉試，也不是誰都能上會試的。州府這一審查，就能刷下一批人來，而後，禮部貢院那兒還得再核實一輪，最後剩下的才是參加會試的應考者。
那個奪了別人舉人身分，堂而皇之參加應考的人，倘若並無背景，怕也不會直至如今，才因有人擊登聞鼓而露了餡。
晏雉心裡這麼一想，倒是理出一些頭緒來，回神看著須彌，忽地想起一事。「你……從哪兒聽說這事的？」
須彌眼簾一垂。「有些人家喜好識字的奴隸……曾跟著讀過一些書。」
晏雉眼前一亮，正想說什麼，驀地又想起像他這樣的奴隸，即便讀過書，也沒法出仕為官，不由得就替他覺得惋惜。
她看了眼須彌，見他似乎並沒注意到自己的惋惜，鬆了一口氣。「這事既然鬧到了如今地步，想來朝廷也該有人注意到了。明日大哥和三哥就要會試了，也不知這事會否對他們造成影響。」
「小娘子若是不放心，」須彌抬首。「明日，我去城中打探下消息。」

晏雉沒有說話，只搖了搖頭。

須彌道：「小娘子不必擔心，城中應當無人捉拿我。」

「還是小心一些的好。」晏雉微微皺著眉頭。

她年紀小，這兩年又漸漸長出些肉來，臉圓乎乎的，這眉頭一皺，瞧著卻有幾分可愛。

須彌心頭微鬆。「是。」

晏雉在屋內謄寫了大約一章的經書後，豆蔻出去又進了屋。

屋內，她家小娘子坐在案前，低頭認真抄著經書，小娘子撿回來的少年就半跪在案邊，捲著衣袖，在小娘子手邊的硯臺上仔細磨墨。主僕兩人的氣氛，顯得十分祥和。

她想了想，到底還是開了口。「四娘。」

晏雉抬頭。「何事？」

「妳在這間屋裡究竟藏了什麼人？」

這聲音帶著怒氣，晏雉猝不及防地看著從門外大步走進來的熊氏，慌忙起身間，袖口沾了好大一塊墨跡，手一甩，墨汁直接飛到了身側少年的胸前。

「阿娘……」

熊氏走進屋，見四娘驚惶地站在案後，身側果真站著銀朱口中提到的少年，臉色頓時沈下。

熊氏氣結。「這是怎麼回事？」

晏雉低頭不語。

「銀朱說，那日初下雪，妳在後山救回一個逃奴，倘若不是銀朱方才說漏了嘴，妳是不是打算一直瞞著我們？妳以為這事能瞞多久？」

晏雉微微側頭，看了眼身側半跪著的須彌，低聲回道：「阿娘……女兒沒打算瞞多久。」

「那好，四娘今日就好好解釋下這事。」

晏雉老實地把事情的原委說了一遍，低著頭，不敢廢話太多。

熊氏素來好脾氣，這會兒都快被氣笑了。「四娘，松壽先生對妳多有栽培，妳幾個兄長也一直將妳捧在手心上，阿娘以為妳聰明乖巧，不想妳倒是養出了這般膽魄。」

大約是聽熊氏的口氣有些鬆了，晏雉壯起膽子，抿了抿嘴唇。「阿娘，他雖然是逃奴，可懂的事不少。」晏雉頓了頓。「況且，女兒的院子裡缺一個可用的人。」

熊氏沒有點頭，但也沒搖頭，只看著眼前這個健壯的少年，微微皺了皺眉頭。

「四娘，妳跟著松壽先生學了那麼久，先生該是告訴過妳，奴隸叛逃是怎樣的重罪。」

晏雉低頭。「女兒知道。」

沈宜看不得晏雉這副模樣。「阿家，這人雖是個逃奴，可這些日子以來，也沒給四娘招惹出什麼麻煩事來；不如，等會試罷，讓大郎在奉元城中問一問，去府衙弄一張賣身契來，這樣四娘想要留他在身邊，也就不會再出什麼是非來。」

晏雉一聽這話，忙要道謝，熊氏瞪了她一眼，伸手捏了把她的臉頰。「鬼丫頭！」

話說到這裡，須彌勉強算是被留下來。晏雉鬆了口氣。

「將人留下可以，只是往後妳再不可獨自一人在這屋內逗留。」

須彌聽到這話，微微抬頭，看了晏雉一眼。

晏雉正低頭看他，視線冷不丁對上，有些微愣，隨即反應過來。「為什麼？」

沈宜忍笑，伸手點了點晏雉的額頭。「妳糊塗了不成。」

晏雉不解。

「一個小娘子，年紀即便再小，又怎能常常留在一個外男的房中；即便妳要把人留在身邊，總也要顧忌到女兒家的名聲，要是讓外人知道了，如何是好。」

晏雉醒悟。

最初把須彌藏在這間屋內，只是為了不讓人發現，後來他身上的傷好得差不多了，晏雉也因他逃奴的身分，不敢鬆懈，更差了豆蔻上街打聽近來的案子。得知須彌所犯之事，風頭尚未過去，讓他在人前露臉的事還是決定再往後推推。

再加上，自己如今雖然只是個八歲大的小娘子，可內裡到底不是小孩，哪裡還會顧忌到這名聲，這時候被沈宜提醒，晏雉頓時滾燙了臉。

沈宜看了眼須彌，見他從始至終一直沈默，不是低著頭，便是看著四娘，心底有些詫異，卻又覺得此人沈穩，興許的確是個可用的。

「可會武？」沈宜問。

「會。」

少年終於開口，沈宜頷首。「你就暫時住這屋裡，若無召喚，少出房門，別給四娘添麻煩。」

「是。」

熊氏原本胸口還悶著火，覺得女兒是越發膽大了，到這會兒，火氣倒也消去大半；又見須彌看著是個規矩的，也就稍稍放下心來，只是最後又叮囑了女兒一番，這才起身離開。

沈宜跟在熊氏身後，出門前，回頭看了晏雉一眼，見她吐了吐舌頭，忍不住彎了彎唇角，作勢動了動唇。

晏雉看得清楚，她的嘴形說的是「胡鬧」。

熊氏發了話後，須彌總算是過了明路，晏雉心底也落下石頭。

與此同時，會試開考的那一天終於到了。

天濛濛亮，奉元城城門才開，晏雉就已經陪著沈宜一道進了城。

貢院門外，裡三層、外三層擠滿了人。

晏雉想要擠進人群中，看看晏節和晏筠這時候可有進貢院，奈何人小力薄，嘗試了幾次，差點就被人給擠扁了。

她無奈地回到沈宜身旁，有些喪氣，耳畔忽地聽到有人議論的聲音。

「聽說那擊登聞鼓的婦人昨夜死了？」

「真的假的？好端端怎麼就死了？」

「我小舅子是府衙的人，怎麼有假！就是死了，一大早天還沒亮的時候，被倒夜香的人發現死在一個巷子裡了！仵作一摸，硬邦邦的，跟夏天那冰塊似的，應該是昨夜就死了！」

「瞎說！你一個賣餛飩的，知道冰塊有多硬嗎！不過這也太蹊蹺了，不是才敲了登聞鼓沒多久嗎？男人死了，自己也死了，家裡的老老少少這日子可是難過了。」

晏雉聽得仔細，絲毫沒瞧見沈宜不解的神情，直到她伸手推搡了一把，晏雉這才回過神來。

「這是怎麼了？」

晏雉回首看著沈宜，臉色有些古怪。「沒什麼……」她實在不願在這種時候同人談論已經過世的人，更何況那婦人的死，怎麼聽都有些蹊蹺。

沈宜不疑有他，依舊朝應考者中張望，果不其然，她在人群中看到了正站在一處說話的兄弟倆。

「四娘，我實在是有些擔心，也不知會試這幾日，大郎、三郎可能睡好吃好。」

晏雉不語，心裡卻明白，約莫是不能的。

那些供應考者應考兼解決吃喝拉撒睡問題的地方，不過是小小一間試房。聽先生說過，裡頭除開應考用的筆墨紙硯和案几方凳，不過是一張窄榻、一桌一椅，再加上洗漱用的臉盆水桶，就連廁房也在試房內。能在這種環境下睡好吃好的人，一定大有能耐。

只是這會兒，晏雉卻不擔心這些，她反倒是有些掛心那已經死了的婦人。明知不該想，卻還是忍不住要去想，甚至還提著心，憂心那冒名頂替之人在會試上，是不是還會有別的動作。

第九章 欲登科

會試三日，一片太平。

等應考生們從貢院內出來，他們所上呈的試紙早已被禮部收好，所有人的卷頭都是早早就糊上了的，除了筆跡，誰也看不出內裡來。

至於審卷中會出什麼事，已經不是舉人們可以知道的了。

大概晏節和晏筠怎麼也想不到的是，會試一結束，迎接他們兄弟倆的頭一件事，竟是妹妹身邊莫名多了個少年。

看著和自己個頭差不多高大的少年，晏節皺起眉頭。

沈宜輕咳。「這人是四娘從後山撿回來的，名叫須彌。」

沈宜知道，自家夫君將晏雉當作自己眼珠子般疼著，見他皺眉，忙幫著解釋道：「阿家與我瞧著是個可用的，便做主讓四娘留在身邊。四娘一個女兒家，在外行走的時候，萬一碰上什麼事，總不能真讓她自己動手，帶個人在身邊，即便是打架，也有個幫手不是。」

想起從前晏雉在自家後院痛揍祝小郎的事蹟，晏節顯然覺得有些頭疼。

「這人可用？」

「看著可用，待四娘也算忠心。」

晏節仔細打量，見少年一直沈默，伸手就要去捏少年的胳膊。

「大哥，你小心……」

「心」字才剛說出口，晏雉就見須彌忽地抬起手臂，徑直將晏節的手腕格擋開。

晏節一愣，扭頭去看晏雉。

晏雉摸了摸鼻尖。「大哥，我同他說過，別讓人隨便碰。」

晏節挑眉。「別人不能碰，大哥總是可以的。」他說完話，突然伸手抓住須彌胳膊，另一手猛地扣住他手腕。

晏雉還沒回過神來，那兩人已打在一起。

一刻鐘後，晏節渾身是汗。「下回若是再出門，將須彌帶在身邊。」

晏雉發懵，可晏節已經牽著妻子的手，施施然回房沐浴去了。

她回頭去看須彌，少年一身是汗，眼神中卻絲毫不帶倦意，直直地看著她，似乎目光從來都沒有離開過。

沈宜這個做大嫂的，做事一向俐落，當夜便將晏雉撿到人後的事，一五一十地全告訴了晏節。

晏節搖頭，可到底偏疼這個妹妹，第二天一早果真又進城找了府衙，塞了些銀兩，拿下一張賣身契。

但把賣身契給晏雉卻是有要求的。

兄弟倆在太學住了許久，雖時不時就能見到妹妹，可鮮少有空能督導她讀書。晏節讓她將新近看的書背了一遍，又看了謄寫的經書上娟秀端正的字跡，這才滿意地把賣身契給了她。

臨出屋前，晏節望著窗外正老老實實灑掃的須彌，對著晏雉叮囑道：「人可用，卻還得小心一些。」

晏雉連連點頭。

知道她主意大，實際上沒把自己的話放在心上，晏節有些氣惱，伸手捏了把她的臉頰。

「等會試放榜，不管考沒考上，我們也都該回東籬了，妳可想好了，他的事要怎麼同阿爹說？」

晏雉眨眼。「老老實實說便是了。」

會試中榜者的名單，很快就發榜了。

放榜那日是晏筠上街看榜的。

晏雉正坐在屋中謄寫最後一章經書，身旁依舊半跪著須彌，房門開著，豆蔻急匆匆就跑了進來，滿頭大汗。

「四娘！」

豆蔻有些急。

「怎麼了？」晏雉心底一愣，放下筆，忙起身問道。

「大郎、三郎……榜上無名。」

晏雉一驚。「怎麼會？」

豆蔻顯然跑得急了，說話還帶著喘息。「三郎才看完榜回來，臉色煞白煞白的；大郎雖沒說什麼，只是看臉色，也不大好。」

豆蔻才說完話，晏雉已經衝了出去。

她雖沒想過讓兄長們得個好名次，只是沒承想，竟然連殿試的資格都沒有。她隱約覺得不對，下意識想要去問個究竟。

晏雉跑到熊氏那兒，晏節正在安撫晏筠，身旁還站了一人，也正在說著什麼，只是神情有些倨傲。

晏雉徑直衝進屋內，開口便道：「我不信以大哥的才學，竟然會名落孫山！」

她一開口，那人倏然轉身。「四娘這是何意？」

直到這個時候，晏雉才看清，站在晏節身側的人竟是熊戊。她咬了咬牙，問道：「你榜上可有名乎？」

熊戊神采奕奕，眉梢眼底淨是得色，不消說晏雉便也看得出來，他這是上了榜的。

「自然有。」

「以你的才學都能上榜，我大哥、三哥又為何上不得？」

晏雉的話幾乎是脫口而出，讓熊戊臉色一變。晏筠這時候也不甘願地喊道：「我方才回來的路上，聽人說此番科舉有人舞弊！大哥，這事不能這麼算了！」

「你要如何？」熊戊臉色稍緩，似笑非笑地看著他。

晏筠不覺，依舊道：「自然是要查！」

「如何查？」

「請求禮部徹查！」

若說先前晏雉心頭還躥著火，可這時候，理智也已漸漸回籠。

是要查，可怎麼查？

先前已經有了冒名頂替一事，如果真是這冒名頂替之人在會試的時候又動了手腳，誰能指證？

那個婦人的死十分蹊蹺，如果真是那人所為，這背後的勢力有多廣，晏雉光是這麼想一想，已覺得脊背生涼。

晏節到底比晏筠多吃了幾年的飯，皺著眉頭將人安撫下來，卻絲毫沒將晏雉方才對熊戊的無禮放在眼裡。

這人也委實令人生厭。在太學時，便多有倨傲，放榜之後徑直來寺中找他們兄弟兩人；明面上說是來探望他們，實則是炫耀，若是這時候晏雉動手將人揍一頓，晏節也不會多說一句話。

他想著，抬眼一看，在門外看到了那個少年，只是……

他微微瞇眼，察覺少年眼中神色多有寒意，似乎跟熊戊有什麼不快。

「好了，今次的事，便如此放下罷……」

晏節回頭。名落孫山一事，的確出人意料，可科舉舞弊，卻不是他們可以定案的。

他總有些不安，隱隱覺得山雨欲來，可無論怎樣，還是先收拾東西，早些回東籬。

話還沒說完，又有奴僕跌跌撞撞跑了進來。

「大郎！三郎！那會試榜單被陛下派人撕了！」

事情其實是這樣的。

通過會試，有資格參加殿試的卷子，循舊例，是要交予皇帝批閱的。雖往年也有皇帝不批閱，直接發榜的事，可今次是恩科，再加上七月飛雪，民間傳言是有人有冤難申，觸動了老天爺，皇帝自然尤其重視。

更湊巧的是，放榜時，皇帝派了幾個護衛混在看榜的人群中，無意間就聽得了那些關於科舉舞弊的猜測，當即命人將榜單撕了，冷下臉來對著禮部的人喊了句讓禮部尚書進宮。

皇帝一發話，那榜單自然就不作數了。

圍觀的百姓奔走呼告，所有應考者的心又頓時吊了起來。

熊戊臉色變了變，僵著臉，拱手說了幾句預祝的話，轉身就出了門，腳步匆匆，顯然是要先回熊府。

晏雉看著他走出房門，見須彌站在門外，微微有些吃驚。「你幾時跟來的？」

須彌看著她，良久，驀地道：「那人不好。」

晏雉愣了愣，隨即彎了唇。「嗯，我知道。」

她忽地就安下心來，站在須彌身側，回頭看著屋內。

阿娘正在向大哥問話，三哥似有些激動，就連她自己，也盼著那張榜單當真能夠不作數，如此兄長們才有機會進入殿試。

「會好的。」

晏雉有些出神，忽然聽到身側傳來的聲音，微微有些發懵，待發覺是須彌在說話，緩緩點了點頭。

「嗯，會好的。」

大邯開國多年，科舉舞弊一事，也並非從未發生過，只是膽敢在皇帝特地加開的恩科上舞弊，卻還是頭一樁。

皇帝命刑部徹查此案，又親自點了吏部和禮部從旁協助，誓要在五天內將與此案相關的人員全部揪出來。

全奉元城的人，無論男女老少，還是從各州趕來應考的舉人們此時都將目光緊緊地盯在皇宮城門上。

所有人都在等最後的結果。

然而，結果還沒出來，東籬卻來了信。

晏節與晏筠看完信，見晏雉匆匆進屋，便又將信給她。「阿爹寄來的信。」

晏雉展開信看。

信上沒說別的，只是提及一事，說是管姨娘有身子了，奉元城中若無別的重要的事，令他們幾人早些歸家。

信裡語氣平淡，似乎只是太久沒見著妻兒，想讓他們早早回家；可字裡行間流露出來的催促之意，仍舊讓晏雉覺得心下浮躁。

她抬頭看了眼晏節。
「看完了？」
「看完了。」
晏節喝口茶。「母親並不在意。」他這話是回答晏雉的。她雖然沒問出口，面上神色卻已經顯露出來。「母親若是在意管姨娘，當初就不會跟我們一起來奉元城。」
晏雉點頭。「管姨娘能為阿爹開枝散葉是好事，母親自然不會在意。」
晏雉把信摺好放到桌上。
晏筠在旁哼了一聲。「不過是個姨娘懷孕，阿爹就寫信過來催我們回東籬，這要是管姨娘再給阿爹生個兒子，我們兄妹三人是不是還要備上厚禮？」
晏節不置可否地笑了笑。
家裡雖有個不省心的姨娘，可好在他們兄妹四人感情和睦，又有個知書達禮的嫡母，這便足夠了。阿爹即便會因為這么子偏疼管姨娘，日後也得遵照族規，一視同仁。
晏雉有些不情願。「科舉舞弊一案還沒調查出結果來，就這麼回去了，萬一殿試……」
「晏瑾他們還留在這兒，一旦有什麼消息，自然會送回東籬。」
既然晏節和晏筠都對科舉的事放下了心，晏雉也不再多想，回屋就要收拾行囊。
自從過了明路，須彌只要晏雉一招呼，便會寸步不離地跟在左右，回屋後見她吩咐豆蔻將先前所帶的行李都拿出來收拾，便上前搭了把手。
晏雉坐下，抬頭看著沈默地在房中收拾東西的少年。「明日我們就得回家了。須彌，你去過東籬嗎？」

少年身子一頓，緩緩搖頭。

晏雉托腮。「東籬三面環山，一面靠海，地方挺好的，不比這奉元城差多少。你去了那兒，我帶你出海，東籬有很多魚蝦，乳娘她最擅做魚，等回東籬，我讓乳娘做一次全魚宴給你嚐嚐鮮。」

少年背對著她收拾東西，聞言嗯了聲。

晏雉看著他，想起夜裡無意間撞見他在院中赤著上身，以水澆頭的模樣。

須彌人高，看著瘦，實際上卻是健壯。那日在後山初相見的時候，他渾身是血，橫七豎八的傷也不見少，如今大多痊癒，倒是留了不少的疤痕。

晏雉從前也曾在熊戊身上見過。只是熊戊雖行過軍，卻頗有些小打小鬧的意思，熊昊對這個兒子十分小心，生怕斷了香火，便很快就將他調回城中任了文職。也因此，熊戊身上的傷，至多不過是皮外傷，有的還是因為負傷時未節制，才沒能祛疤。

她其實不知道，怎麼突然就拿熊戊跟須彌做比較，他們是兩個完全不同的人，一個倨傲，一個寡言。前者她相處了二、三十年，心底從來都填滿了厭惡；而後者，明明不過才相處些許日子，卻遠比熊戊讓她覺得安心。

「須彌。」晏雉輕輕嘆了口氣。「你願意跟我回東籬嗎？」

他當初敢殺人做逃奴，為的一定不是成為別人的奴隸，而今晏雉手裡有了他的賣身契，只要將契書燒了，他便是自由身，天大地大，哪裡都能走。

須彌終於轉了個身。

豆蔻不在，屋子裡只有晏雉和他兩人。

他垂下眼簾，往前走了一步，屈膝跪在桌前。

「我這條命是小娘子救的，小娘子去哪，我就去哪。」

須彌在服侍自己的時候從來都是半跪，晏雉簡直要被他現在的舉動嚇出事來，臉色變了變。「你不要自由嗎？」

須彌搖頭。「小娘子很好。」

他跪在那裡，臉色不變，眼中的神色也依舊如常。

「我把賣身契給你。」晏雉握了握拳頭。「若是有一日，你想走，就把賣身契燒了，臨走前記得同我告個別。」

大概是因為晏雉這般年紀的小娘子臉上，露出了並不相符的神色，須彌忽地笑了笑，低聲道：「我不會走的。」

那是這段日子以來，頭一回看見須彌笑，晏雉有些發懵，竟沒能聽見他方才的那一句話。

這人一貫板著臉，又沈默寡言，忽然笑開，竟也是俊朗無比。晏雉低咳兩聲，別過頭去。

這一路從奉元城回東籬，隨行的人裡多了個須彌，不知該讓他上哪一輛馬車。最後還是晏節定了主意，將沈宜與晏筠換了換，又調了銀朱到他們車上伺候，這才將人塞進中間的那輛馬車裡。

馬車裡坐著晏雉和豆蔻，加上一個晏筠，倒是比方才空上一些，可再塞一個須彌，就又顯得有些擠了。

晏筠往角落坐了坐，盯著須彌打量了一眼，嘆道：「你是吃什麼長大的，怎麼長這麼大個？」

須彌沈默，依舊坐得筆直，好像根本沒聽見晏筠的揶揄。

「三哥你別欺負他。」晏雉伸手，在晏筠胳膊上捏了把。「你先前不是說沒睡夠嗎，窄榻給你留著，趕緊睡回籠覺。」

晏筠吃痛。「哎喲，四娘妳輕些，疼！」他揉揉胳膊，當真往車內一側的窄榻上躺。

「行了，我先瞇會兒，妳要是睏了，就喊我起來換妳睡。」

晏雉胡亂應了幾聲，翻了本書出來，靠著豆蔻就看起書來。

窄榻上的晏筠不一會兒就睡了過去，呼嚕聲不重，倒有些催眠。

晏雉打了聲哈欠，到底是禁不住這一聲聲催人入眠的呼嚕，靠著車牆慢慢地也開始小雞啄米，睡了。

睡到中途，隱隱覺得有人在說話，而後她換了個姿勢，背後暖烘烘的，倒是不熱。她下意識地挪了挪，繼續睡。

車子風塵僕僕行了一路，終於駛入東籬境內。

時近傍晚，晏府門內兩個小僮正低頭灑掃，遠遠瞧見掛著晏府銘牌的馬車過來，忙扔下掃帚，跑去通報。

三輛馬車在晏府門前依次停下，通報的小僮跟在晏暹身後，從門內走了出來。

「阿爹。」

兄妹三人一下馬車，當即便向晏暹行了禮。沈宜扶著熊氏走來，福了福身。「阿翁。」

晏暹頷首，見熊氏臉色紅潤，便知她此番離開東籬，在奉元城外的那座寺廟裡過得不錯，心下有些悵然。「都回來了。」

熊氏抿唇。「回來了。」

一行人進門，沿路的丫鬟、僕從無一不是拱袖行禮。熊氏看了一眼，道：「怎麼看著，似乎換了人？」

兄妹三人聞聲，當下就看了眼周圍的下人，確有些眼生。

熊氏沒問怎地突然又換了下人，那一頭慢吞吞地走來一人。

「娘子回來了。奉元城好吧，娘子住在那裡日子看起來挺舒坦的，臉色真好。」

管姨娘一手摸著後腰，一手讓青玉扶著，慢吞吞走到人前，眼眉一挑，笑道：「聽說這次會試，出舞弊案了，大郎、三郎沒受影響吧？」

晏雉笑了一聲。「姨娘肚子還好嗎？」

她把話題一轉，管姨娘的臉色就變了變，可說到肚子，哪能沒好臉色。

「我這年紀了，懷個孩子可不容易的。阿郎怕我累著，什麼苦的、累的活都不許我做。

我呀，就好好養著，給阿郎再生個小子。」管姨娘笑呵呵地看著熊氏。

論年紀，熊氏要比管姨娘年紀小。

可晏雉明白，阿娘的身子不好，當初懷她一個，就已經夠吃力了，這些年又一直吃齋唸佛，身無二兩肉，再懷一次，說不定就過不了閻王爺那一關。好在阿娘也清楚這點，加上跟大哥、三哥感情不錯，也就沒想過要自己生個兒子日後好傍身。

「姨娘好生養胎便是了。」晏雉笑道：「阿娘回來了，家裡的庶務有阿娘做主，姨娘在屋裡躺著，別到處走。」

管姨娘看著她，勉強笑了笑。「四娘真懂事。」

晏雉笑。

管姨娘心中窩著一團火，卻苦於無處發洩，見晏雉身邊站了一人，當即出聲呵斥道：「這人看著不像是我們漢人，郎君、小娘子們別是從奉元帶回來個來歷不明的胡人！」

大邯開國至今，風調雨順，國運昌隆，哪裡還會將漢人、胡人分得那麼清；遠的邊關胡漢通婚已成民俗不說，近的就說東籬，也有胡人在當地謀生的。

管姨娘張口就是一句「來歷不明」，瞞應誰也瞞應不到晏家人的頭上，只是若讓有心人聽見了，怕會揪著那「來歷不明」四個字做出一番文章來，到時候，往府衙那兒這樣那樣的一說，指不定會有什麼麻煩。

晏雉臉色一沈，問：「須彌是我的人。」

管姨娘要開口再說，卻被自己口中的胡人看了一眼，當即怔住。

晏雉也當即帶著須彌往院子走，絲毫不願在這兒糾纏下去。

許是這一路到底累著了，還未走到院子，晏雉的臉色刷得變白，額頭上更是沁出冷汗。

「四娘可是不舒服？」豆蔻有些緊張。

晏雉想搖頭，奈何頭昏腦脹得厲害，正要說話，身子一軟差點就要跌倒。不想身後有人輕輕推了一掌，待晏雉回過神來，已經被豆蔻穩穩扶住，回身再看，正對上了那雙琉璃色的眼睛。

「扶四娘回屋。」須彌的聲音依舊低沈，豆蔻低頭，見小娘子臉色果真不大好，當下在前頭帶路，領著人穿過長廊，一路往小娘子的院子走。

晏暹是個商人，雖有些附庸風雅，卻在內宅之事上從來風雅不起來，幾個子女的院子也都沒題個字，平日裡不過都是喊著大郎的院子、四娘的院子這般。

晏雉被豆蔻扶了一路，快到自己院子的時候，正瞧見紫珠急匆匆地從院子裡迎了出來。

「四……」紫珠剛要開口，瞧見晏雉的模樣，頓時怔住，呆了呆，還是聽見殷氏匆匆趕來的聲音，這才鎮靜下來福身道：「四娘回來了！」

晏雉知道自己此刻的臉色並不好看，也實在是覺得有些不舒服，靠在豆蔻肩頭緩緩搖了搖頭，連話也不願多說。

須彌看著豆蔻話不多說，直接扶著人進了屋子，也徑直跟了進去。

等豆蔻出來想要打盆水給晏雉擦擦臉，卻被紫珠一把拉住胳膊。

「哎，這人是誰？」

「四娘帶回來的奴隸。」

豆蔻把話一扔，直接端著盆子去了水房。

屋裡的陳設依舊，晏雉被放在床上，此刻額上已經發燙。殷氏伸手一摸，嚇了一跳，忙要差人去請大夫。

豆蔻打了水回來，見才擦完臉，四娘又出了一頭的汗，當即有些慌了手腳；紫珠也不知跑去哪裡，院子其他下人這時候大多在下人房裡。殷氏一跺腳，說著就要自己跑去請，卻有人先一步攔在自己身前。

殷氏認出是方才跟著晏雉進屋的人，正皺眉要他別礙事，那人開了口。「銀子給我，我去請。」

殷氏一愣。

豆蔻擦了把汗，急道：「這裡不是奉元城，你認得路嗎？」

須彌也不說認得還是不認得，只伸手拿了豆蔻遞來的錢，轉身走了。

殷氏有些不放心，這萬一要是拿了錢就跑了怎麼辦，可聽到晏雉有氣無力地喊了聲「渴」，當下把別的事就扔到了腦後，趕緊倒了杯水，小心地餵她喝下。

晏雉是真覺得渾身不舒服，須彌之前說的話，她迷迷糊糊聽了一些，知道是去請大夫了，可心下止不住地擔心他人生地不熟摸錯了方向，想讓豆蔻追上去，奈何又說不出完整的話來，昏昏沈沈的，一不小心睡了過去。

等晏雉迷迷糊糊醒過來的時候，手腕上正被老大夫搭著脈。

她微微側頭，殷氏和豆蔻都一臉急切地站在床邊，她往旁邊看了看，須彌也站在一側，此時正緊緊盯著自己。

又是這種說不清、道不明的感覺。

晏雉閉了閉眼。須彌每次看自己的時候，她都有種古怪的感覺，卻又說不上來是什麼。

「也不是什麼大毛病。」老大夫收了手。「小娘子的身子骨兒本來就不大好，看脈象這些年像是養得好了一些。這是才從外面回東籬，水土不服了，加上一時急火攻心，這才病的。」

殷氏急忙奉茶，麻煩老大夫開方子。

晏雉這時候已經稍稍清醒了一些，裹在被子裡翻了個身，啞著喉嚨說了句話。「藥太苦，能開藥丸子嗎？」

「小娘子怕苦，就吃點果脯甜甜嘴，便偷偷摸摸把藥倒了就成。」老大夫笑道。開了藥方子，老大夫看了屋裡三人一眼，問：「來個人跟我回去抓藥，早些把藥煎了吃了，這病才好得快一些。」

晏雉還是有些不舒服，殷氏扶著她，和豆蔻兩人先一點一點餵了幾口粥，這抓藥的活計就交給了須彌。

須彌同老大夫走出晏府，熟門熟路地往前，甚至為了能快一些，還抄了幾條近道。

老大夫在東籬當地住了幾十年，對這裡的人不說每一張臉都記得清清楚楚，也能一眼在人群中挑出陌生人來，見狀，問道：「郎君看著不像是東籬本地人？」

須彌嗯了一聲。「我是四娘從奉元城帶回來的。」

老大夫點頭。「你家小娘子身子骨兒這些年才好了點，多勸勸，別讓她這一病不注意些又折騰壞了身子。」

須彌答應了聲。

老大夫又唏噓道：「聽說你家小娘子會些拳腳功夫，怎麼還這麼不結實。」

須彌的眼睛暗了暗。此刻已經回到了老大夫的藥堂，抓了藥，須彌轉身要走，忽然又想起什麼，回到老大夫身前，問道：「小娘子的身子骨兒，大夫可能調理？」

翌日清早，晏雉醒了。

窗子半開著，外頭的太陽照進屋來，落在地上，一片亮堂。

她側頭去看，豆蔻趴在桌上睡著，大約是照顧了一夜，有些撐不住了，這會兒看著似乎睡得有些沈。

晏雉動了動，手臂撐著，自己坐了起來。屋外傳來說話聲。

「你大清早地站在四娘門外做什麼？」

「悶葫蘆一個，也不會說句話。掃帚給你，把門前的地掃一掃，下回別一大早就站四娘門外，教人看見了不好。」

「唉，你這人還真是……怎麼一句話都不說，四娘怎麼就把你帶回來了。」

聽著聲音，晏雉便知，乳娘這是不高興了。她忍笑，輕咳兩聲，喚道：「乳娘。」

「哎，四娘醒了？」

殷氏推門而入，掀開簾子走進內室，見晏雉坐在床上，豆蔻卻還趴在桌上睡得香甜，嘴角抽了抽，一記胳膊肘子撞過去，趕緊走到晏雉床邊伺候她起身。

大抵是給人做乳娘的，都偏愛念叨。

伺候著晏雉洗漱更衣的同時，殷氏壓根兒就沒把對須彌的不滿落下，從頭到腳將人結結實實地數落了一頓。

晏雉無奈，側頭看了眼窗外筆直站在門前的少年，笑道：「乳娘，他很好的，妳別淨說他這裡不好、那裡不好。」

這一路過來，晏雉看得清楚。須彌這人雖然成天板著臉，話也不多，可心善，對她也十分好，時常讓她有一種這個人的一切都是自己的感覺。

殷氏給她梳了個頭，說：「昨日四娘才回來就病倒了，大郎跟三郎來了好幾回，二郎才一下課，就匆匆跑回來，還給妳帶了最喜歡吃的點心。」

她頓了頓，見四娘臉上並無不喜的神色，又道：「四娘多珍惜些自己。這奴隸，奴婢瞧他那模樣，凶神惡煞的，怕是沾過血。」

晏雉這回不再說話，有些事，多說無益，她只管自己知曉須彌的好便足夠了。

殷氏見自家小娘子閉了眼不願說話，心知自個兒話裡估計哪兒惹得她不快了，趕緊閉了嘴。

待梳洗罷，晏雉望著窗外天光，靜下心來。「須彌。」她喊了一聲，少年轉過身來走到身前。

晏雉抬頭看著他的眼，說：「隨我去給阿爹請安，然後再跟我去私學。」

這睡一覺，病好了大半，晏雉心裡盤算著要早些回私學。她心裡頭還有團火，雖然蟄伏著，可指不定在家裡待久了，再被阿爹或是管姨娘說兩句話刺激到，可能就炸了。

給晏暹請安的時候晏雉果然又被好生說了一頓，好在須彌一直沈默地站在晏雉的後頭。大概逃奴的事，昨日晏節他們都已經同晏暹說了。晏雉瞧得仔細，她阿爹的眼裡頗有幾分忌憚，故而也說不出什麼厲害的話來。

也是，須彌雖不過才長了她七歲，可是因漢胡混血，五官輪廓分明，那雙琉璃色的眸子尤其深邃，加上個子高，不說話也確有幾分嚇唬人的本事。

瞧見她阿爹一副想發作，又怕惹惱人的模樣，晏雉心底直發冷笑。

她從上輩子就知道，她阿爹是怎樣一副德行。晏氏的當家，說出去，那都是面子。

晏氏到他手裡，也並不是說有多好，但起碼一池春水，無波無瀾的，也挺好，日子過得下去，能溫飽，偶爾能賺一筆大的，對在晏氏做工的人來說足夠了。

可這人在外頭留了好名聲，回家卻是個渾的。阿娘不願打理庶務，他便連家帶人都讓一個姨娘掌管得服服帖帖；若不是二哥是個好的，怕這個家早被他拱手讓給了管姨娘。

只是這事，晏雉心裡清楚，怨不得太多，是阿娘那時一心向佛，不問俗事留的禍端。

「妳病還沒好全，去什麼私學。」晏暹緊著嗓子說。

晏雉微低著頭，行了個禮。「女兒在奉元城多日，落下了不少功課，想早些回先生那兒繼續讀書。」

晏暹咳嗽一聲。「妳又不考科舉，學那些作甚……」見晏雉身後的少年忽然抬首打量自己，晏暹差點咬住舌頭，忙改口。「罷了罷了，我也管不了妳了，自己掂量著身子，別太累著，要去就去吧。」說完，又接了句。「妳別把這個奴隸帶去，小心嚇著先生。」

他說著，又看了眼須彌，到底是有些忌憚，後面的話再想說，也不敢當面說出口了。

晏雉笑笑，不願再留著說話，一轉身，帶上人，直接出了房門。門外撞上管姨娘，正端著早膳過來服侍男人。

晏雉垂下眼簾，看了一眼她微微隆起的肚子，笑道：「姨娘好生照顧好這一胎，我阿爹還等著老來得子呢。」

管姨娘神色一變，下意識後退一步。

晏雉哼了一聲，徑直從她身側走過。

晏府只有三子一女，上輩子直到她死，阿娘也好，管姨娘也罷，都未能為阿爹再生下一個孩子。

管姨娘肚子裡的這一胎，她記得清楚，八個月的時候掉了，是個已經長得差不多了的女胎；至於為什麼會掉，晏雉記不得了，只知道自那以後，管姨娘就再不能生養。

賀毓秀對自個兒收的兩個徒弟，一向十分用心。看見晏節歸來，稍稍問了下奉元城的事與科舉舞弊一事後，便感嘆他那小徒弟太無能，才回東籬就病倒了。

晏節嘴角抽了抽，想說你那小徒弟膽大包天，救了個逃奴不說，還硬生生跟他求了賣身契，整日把那逃奴帶在身邊。想了想，他到底還是忍下了。

師徒兩人在院中交談，小僮急匆匆跑來大喊。「四娘把祝小郎給打了！」

賀毓秀一口茶才剛喝進嘴裡，沒能嚥下去，已經噴了出來。

他那小徒弟，這是才剛回來，就先送了份大禮吶……

對於被晏、沈兩家求著塞進學堂的祝小郎，賀毓秀其實秉著多個人多份束脩的心態，將人收下後轉首就沒再理睬過；可人在他這兒，被誰打，那都是小郎君之間的事，唯獨讓晏雉打了，賀毓秀覺得頭又疼了。

第十章　怒生錯

進門前，晏雉正與須彌在說話，儘管這人話不多，但會適當的嗯一聲，表示在聽，晏雉也就毫不在意他是接話還是不接話了。

進了門，沒聽到朗朗讀書聲，晏雉卻聽見了喧鬧的叫喊，而後就見一群小郎君們你追我趕，一腳將一蹴鞠徑直朝她這邊踢了過來。

晏雉還沒來得及往旁邊避開，身後的須彌已經先一步轉身將人擋在胸前，拿自己的後背接了這一踢。晏雉愣了愣，扭頭去看在地上滾了幾滾的蹴鞠。

其實蹴鞠分量不重，一腳的力道，可大可小，只是聽砸在須彌背上的那一下聲音，晏雉就知道，力道可不輕。

「誰准你們在學堂裡踢蹴鞠的？」

晏雉冷下臉來，走到人前。

晏家四娘的名字，在私學是有積威的，不光因為得松壽先生寵愛，更是因了熊家兄妹事件，以及上一回在晏府將幾個小郎暴打的事。

她許久沒回私學，可不代表私學的小郎君們會忘了這事，尤其是，這事裡還有位主角，如今也在私學裡上課。

眾人默然，卻有人偷偷拿眼睛看了看人群中的正主。

方才那一腳，晏雉其實看得仔細，分明是有人故意朝她這邊踢過來的，那人，說實在的，還分外眼熟。

她往人群中掃了一眼，一回頭道：「蹴鞠給我。」

須彌沈默抬手，將蹴鞠遞了過去。晏雉拿過球，看著眾人，忽地一笑。「好玩嗎？」

不好玩……

有晏氏旁支心底發怵，低頭作勢要往兩邊躲一躲。

晏雉心裡頭憋著火呢，這一下是徹底地炸了。「問你們好不好玩！」她抓著球，重重地往人群中砸。

人群頓時爆發出驚恐的叫聲，眾人四下逃竄，有一人被砸中後腦勺，當場就抱著頭蹲在地上喊疼。

晏雉走過去，一腳踹在那人屁股上。「祝佑之，蹴鞠好玩嗎？」

沒錯，又是祝小郎。

晏雉是不知道這人怎麼就混進私學的，想想興許是她去奉元城的這段日子裡，沈家又跑來說話，然後讓阿爹說服了賀毓秀收他。

看到這個手下敗將，晏雉實在沒有好心情。

「妳居然敢踢我！」

祝小郎抱著腦袋，跳起來吼了一聲；再瞧晏四娘看自己的那眼神，就跟看個不懂事的小鬼一樣，心高氣傲的祝小郎也火了。

論身高，他高了晏四娘一頭，沒道理一次挨打，就次次挨打。剛才看到許久不見的仇敵進門，他接到球下意識就往人身上踢，說實話不過是想嚇唬嚇唬她，可這會兒，被人當著那麼多人面前下了面子，祝小郎不能忍。

晏雉眉頭微微一動。「我不過是腿一抖，不小心踹了你一腳，你嚷嚷什麼？」

祝小郎作勢要掄拳頭打人，眼前忽地一黑，竟然被人直接揪住衣襟，高高地舉了起來。陽光刺得眼睛疼，他瞇了瞇眼，只看見一雙琉璃色的眼睛，眼眸深邃，嚇得他身子一抖，差點尿了。

賀毓秀跟晏節匆匆趕來的時候，學生們都已經躲了起來。賀毓秀遠遠就看見祝小郎被人揪著衣襟，高高舉著，似乎是嚇壞了，竟然一動也不動。

「這是做什麼？」賀毓秀快走幾步上前呵斥。

「四娘，讓須彌將人放下。」晏節瞧見自家妹妹臉色難看，知道她心頭窩著火，低聲呵道。

須彌看了晏雉一眼，見她頷首，遂將人放到了地上。本來在周圍躲著的祝家下人這會兒全都圍了上來，又是扶著，又是在旁搧風，又是給擦汗的，生怕祝小郎回過神來一二三四五六把他們訓上一頓。

晏雉看著祝小郎被人圍在中間，一副冷汗淋漓的模樣，不由得心情大好，樂呵地瞇了瞇眼睛。

「四娘，」賀毓秀道：「妳隨我來。」

晏雉乖巧地應了聲是，帶著須彌，徑直跟在賀毓秀身後，往後院去了。

沒有變化的後院裡，賀毓秀揹著手，低頭打量身前的小徒弟，又看了眼站在徒弟身後的少年。

「四娘，」賀毓秀嘆了口氣，有些頭疼。「方才為何忍不下這一口氣？」

晏雉抬頭，眼睛睜得滾圓。「祝小郎他見我進門，拿蹴鞠往我身上踢，如果不是須彌替我擋下，方才先生和大哥瞧見的，就會是躺倒在地上的我了！」

賀毓秀被噎了下。「所以妳動手把人打了？」

晏雉搖頭。「我沒動手。」就動了下腳。「他臉上、身上乾淨著呢，上回我把人打了，他哭著、喊著讓人來討回公道，我這一回沒在他身上留痕跡。」

賀毓秀心道，這腦子轉得倒是快，罷了罷了，左右不過是小孩子之間打打鬧鬧，沒留把柄，他沈家、祝家也沒上門吵鬧的理由。

重回私學讀書，晏雉在賀毓秀的要求之下，先是抽驗了一遍過去所學，又琴棋書畫樣樣做了一遍，方才得了賀毓秀的點頭。

其間，須彌一直站在離晏雉不過三、五步遠的距離。賀毓秀的小僮本也該站在那兒，可抬頭看了看他的長相，低下頭，悄悄的、悄悄的往旁邊挪了兩步，最後索性貼著賀毓秀站。

臨下學的時候，賀毓秀終於對晏雉談起了須彌的事。

「四娘，妳長大了些，該懂的事，先生知道妳心裡門兒清。」賀毓秀說著，注意到了晏雉看過來的目光，和氣道：「妳既要留著他用，就莫要再像今日這般，把他遣在前頭。妳將祝小郎打了，至多不過是沈家人代祝家上門吵嚷吵嚷；若是妳讓他將人打了，沈家必然是要妳拿他……」

話沒說完，在前面上課的先生，慌裡慌張地跑進後院，口中大喊。「祝小郎帶著人闖進來了！」

沈家之所以又跟祝小郎扯上關係，歸根究底，還是因了沈六娘。

那年，祝小郎被晏雉打得親生爹娘都不認得了，又氣急敗壞說了好些不該說的話，連帶著令沈六娘續弦的美夢破滅。之後沈家想方設法，也不過是讓祝將軍念在沈六娘已經身懷六甲的分上，收她當了外室。

撈不到一點好處的沈六娘怎麼可能認命。

沈家費了好大的功夫，終於讓祝將軍鬆了口，只是人家提出一個交換條件——只要能讓松壽先生收下祝小郎，沈六娘就能進將軍府當個貴妾。

話雖如此，可要松壽先生收人，卻不是那麼輕易就能辦到的。

沈家人先是想走沈宜的路子，結果人去了奉元城；又轉向私學裡其他幾位先生的路子，可大約是書生意氣，沒人敢鬆這個口。

到最後，沈家當家沈谷秋被女兒纏得心煩意亂，帶了厚禮親自登門拜託晏暹。

事情到這一步，最後的壓力也聚集到賀毓秀的肩頭。

他不願再收徒，被鬧得頭疼了，這才鬆口允許進私學，和晏氏的旁支一道讀書；反正當初能送進來熊氏兄妹，也能送進來別的人，不學好，扔出去也罷。

為了沈六娘，沈家也算是辛苦了。

從沒見過誰家小娘子給人做妾，做到全家都要求著的地步，沈家偏生就這樣了，著實在東籬城中闖出了新的名氣來。

祝小郎如今住在沈家，所有人護著、捧著，這一聽說祝小郎又挨了打，沈、祝兩家派給他的那些僕從、護衛哪裡還忍得了，咬著牙說什麼都要松壽先生給個說法。

什麼說法？

賀毓秀自然閉口不談。打人是不對，可要是沒祝小郎自己先招惹人，晏雉也不會動這個手。

祝家跟來的那些人可不這麼想。

自家小郎君被晏家的小娘子打一次也就算了，這又打了一次，怎麼著也不能把氣給嚥下。

祝小郎帶著人，氣沖沖地跑到後院，抬手指著一直筆直站著的須彌，吼了一聲。「就是這個人欺負我！」

晏雉眉頭一挑，回了他一個大大的笑容。

祝小郎有些急躁，見她居然衝自己笑，幾乎是咬著牙吼了一聲。「妳不給我道歉，我就要打死他！」

「憑什麼？」

祝小郎哼了兩聲，以為把晏雉給震住了，抬著下巴，冷道：「就憑他剛才把小爺我舉起來了！」

看著跟前小雞仔一樣的祝小郎，再看自家人高馬大的須彌，晏雉忍不住咧著嘴，笑了。「不要，我可捨不得。」

明明是個和自己年紀差不多大的小娘子，偏生說話時，一個眼神，一個動作，都激得祝小郎喉間堵著一口氣，上不去也下不來。憋得狠了，他轉了個身，衝過去，朝著給自己氣受的少年腿上，狠狠就是一腳，嘴裡同時吼了一聲。「你就是一條狗，憑什麼不能打死你！」

「放肆！」

那一聲喊，裹著濃濃的怒意。

在場所有人身子一震，祝小郎更是被嚇了一跳。

須彌扭頭，眉頭微微擰起，目光深邃地看著那個因為一句辱罵他的話，而突然暴怒的小娘子。那是他努力了多少年，都只能看著背影的人，如今就那樣站在他身前，為他說話，為他動怒。

晏家四娘又把祝小郎打了！

這一回，祝小郎是被打得鼻青臉腫，躺在擔架上，被人抬回沈家的。

為什麼沒人攔著？

有哇。祝小郎是帶著七、八個僕從、護衛跑到後院找晏四娘討公道的，但是祝小郎被晏四娘摁倒在地上揍的時候，那七、八個護衛被晏四娘從奉元城帶回來的奴隸攔住了。

怎麼知道的？

哎喲，祝小郎被人從松壽先生的別宅抬出來的時候，可是一路號哭啊，那小臉打得親爹、親娘都認不出來咯。

這一次的事，顯然鬧得比當初那回大太多。

晏家兄弟三人本還想幫四娘說兩句話，起碼讓晏暹消消火，但這一回，不光是晏暹，連帶著熊氏都發了脾氣，竟讓晏雉跪在前院，當眾行了家法。

晏府是有家法的，饒是晏節和晏畈，在小的時候也曾調皮搗蛋，惹惱了晏暹，當眾挨過家法。

看到粗使婆子低著頭拿了一張長凳子過來，再看婆子手裡握著的毛竹板子，沈宜簡直都要閉上眼，趕緊扭頭看著晏節，要他給說兩句好話，別讓四娘受這份罪。

可晏節今日也是有苦說不出。

其實拿毛竹板子也就是輕的了，他們兄弟三人小時候淘氣，那是直接上竹棍。拳頭那麼粗的棍子，往人身上招呼的時候，那是真的疼到骨子裡。

再者，就連他也認為，四娘今日的所作所為，過了。

在他眼裡，須彌不過是個奴隸，這樣的下人，若是晏雉想要，他作兄長的自然能為她找來更多；可為了這樣一個奴隸，將祝小郎打成那副模樣，任誰都不會覺得四娘有理。

她性子越來越強，只盼今日之事，能得個教訓。

晏雉脹紅了臉，被架著趴在長凳子上。

拿板子的婆子跟殷氏交好，有些不忍心，上前時低聲和同伴說了句「輕些」，不料卻被晏暹聽見，當即換了人上前。

換上去的兩個僕從哪裡敢對小娘子下手，可不打又害怕被阿郎罵，不得已，咬咬牙，朝著晏雉打了下去。

那一板子下去，晏雉悶哼了一聲。再下去一板子，晏雉咬住了嘴唇。

晏暹看了熊氏一眼，見她雖然臉色有些發白，卻握著手，閉口不言，心底的火氣稍稍散了一些，又怕壓不下這個小女兒的脾氣，鐵青著臉，問道：「妳可知錯了？」

晏雉眼前已經一片水光，可咬著牙，仍舊搖了搖頭。

晏暹怒極反笑，猛一拍桌子。「繼續打！」

晏雉低頭忍著，就是不肯認錯。她和沈六娘有舊怨，跟祝小郎有新仇。她不樂意向沈家低頭，更別說祝小郎挨揍是活該。

重生一回，晏雉早已想明白，她如今所走的每一步，都已經和上輩子截然不同，既然不同，又為何要忍氣吞聲。

更何況，須彌的命是她的，憑什麼祝小郎要就給他！

大約打了有七、八下，後頭有僕從急匆匆地趕了過來，湊到晏暹身前低聲說了句什麼話。晏暹僵了僵，再看趴在長凳上的晏雉，心中陡然生出無力感。

「把四娘帶下去，讓她在列祖列宗面前好生跪著。」

晏氏的祠堂在東籬郊區，晏府內亦單獨闢出一間屋子，供奉的是本家列祖列宗的牌位。這間屋子，同時也是晏氏本家子孫，闖禍受家法的時候用來面壁思過的地方。

大戶人家的規矩，女眷是不得隨意進祠堂的，可也有破例的時候。

晏雉被兩個婆子帶到祠堂裡，身後的門輕輕關上的時候，似乎也帶走了祠堂中最後的一束光亮。

碩大廣闊的祠堂，暗沈沈的，唯有兩側高牆上開著兩扇透氣的小窗，還能透進些微的光亮。祠堂裡有燭臺，只是晏雉不清楚屋裡有沒有火石。她站在香檯前，抬著頭，看著微弱光亮下，灰灰的祖宗牌位。

兩世為人，這還是她頭一回進祠堂。

祠堂每日都有人進行擦拭清掃，雖然沒亮起燭光，卻點著檀香，幽幽檀香味，在屋內環繞。

「四娘。」

門外有人在喊。「阿郎請四娘在祠堂裡好好想一想，今日之事究竟錯在哪裡。」

錯在哪裡？

晏雉後退一步，踩到地上的蒲團，挪開腳，跪下。

阿爹要人將她關在祠堂的意思，她明白，不外乎是想在這個漆黑的地方嚇唬嚇唬她，想她在列祖列宗的牌位前好生反省。只是……她無錯。

「列祖列宗在上，四娘自覺無錯。」

她的聲音，很輕很輕，隔著門，誰也聽不到她說話。
晏雉跪在蒲團上，看著微弱的光亮照在最高、最正中的一塊牌位上——成信侯文雍公。
那是高祖成信侯的牌位。
兩世她都聽兄長們說起過高祖的事蹟，每一回聽，她都能看到兄長眼中的光芒。晏氏到如今，她想，只能看著兄長再為晏家掙一回榮光了；至於她阿爹……晏雉閉眼，俯身磕了一個頭。
晏雉不知道自己在祠堂裡待了多久，直到透進祠堂的微弱光亮漸漸沒了，她才緩緩回過神來。
好在那兩個婆子在打板子的時候，並不是十分用力，也沒打幾下，不然，她這會兒怕是連坐都坐不住，哪裡還能發那麼久的呆。
黑漆漆的祠堂，其實有些嚇人，如果是一個正常的八、九歲小娘子關在這裡，怕早已哭得不行；可她小小年紀的軀殼裡，裝的是一副成年人的魂魄，她不怕這些，卻耐不住肚子有些餓了。
晏雉哭笑不得地低頭，摸了摸發出咕嚕叫的肚子，微微嘆口氣，心底的陰霾掃去一層。
她現在有些想知道須彌怎樣了。
阿爹既然連家法都拿了出來，必然不會輕易放過須彌。
她垂下眼，想起那個少年每每注視著自己時那沈甸甸的目光，她就忍不住想要拿手將那雙琉璃色的眼睛遮住。

「須彌。」晏雉輕咬嘴唇。「阿爹若是要打殺你，你可別受著，逃得越遠越好。」

她好不容易救回來的人，怎麼能被旁人隨隨便便打殺了。

「四娘，妳就認個錯吧，別倔了。」

「小娘子，阿郎脾氣軟，妳認個錯，點個頭，阿郎就會把妳放出來了。」

陸陸續續來了幾波人，從熊氏身邊的雲母、玉髓，到沈宜身邊的丹砂、銀朱，還有她自己院裡的乳娘跟豆蔻，全都過來勸過，可晏雉依舊不聲不響地跪在祠堂裡。

當最後一絲光亮都透不進窗子的時候，門外又來了人。

祠堂鎖著，晏暹不鬆口，沒人能得了鑰匙把門打開；然而，門外那人顯然是有鑰匙的，鎖眼被人搗鼓的聲音，晏雉聽得清楚。

「小娘子，阿郎說了，只要小娘子能認個錯，這就放小娘子出來。」那人一邊動鎖，一邊說著。「奴婢這裡給小娘子端了吃的來，小娘子吃了之後就跟奴婢去給阿郎認錯吧。」

晏雉抿了抿嘴唇，沒應話。

那人似乎也不急，開鎖的動作緩了下來，換上淡淡的語氣。「小娘子人不大，脾氣倒是倔。那個叫須彌的胡人奴隸，說起來不過就是條賤命，小娘子當初救他，為了小娘子好，他也理當把這條命拿出來才是，小娘子何必為他省著……」

說話之人的聲音，晏雉認得，是管姨娘身邊的水晶。

就連管姨娘的人都出來勸話了，看樣子，沈家和祝家這一回是真的急了。

晏雉抬頭，瞇著眼睛，想起祝小郎被人抬走前最後的模樣。

嗯，鼻青臉腫，大半張臉被她揍得已經腫得跟發酵的麵團似的，脫了衣服，估計也能在身上找到不少青紫的地方。

這一回動手，晏雉是真沒手下留情。

祠堂外的水晶似乎長久沒聽到回答，等得有些不耐煩了，故意又抓著門鎖動了動，發出聲響，催促道：「小娘子這是在想什麼？這黑漆漆的祠堂難不成比屋裡的軟榻要好，讓小娘子在裡頭睡著了不成？」

晏雉哼了一聲，並不回答。

水晶有些急躁。「小娘子，妳……」

如今她家主子正懷著身子，若是再生一個小郎君下來，即便是庶出，本著么子這個特殊的存在，日後勢必也是十分得寵的。可四娘這一鬧，阿郎的心情壞了，甚至還把火氣撒到了主子身上，這萬一要是動了胎氣……

水晶越想越急，只差拿手捶在門上，正要張口再喊，身後忽然有風。她下意識轉身，看見來人，還未張口說話，後頸猛地一疼，眼前瞬間一黑，轟然倒地。

門外的動靜，晏雉自然能夠聽到。她愣了愣，那倒下的聲音她聽得仔細，下一刻就又聽到了擺弄門鎖的聲音，可那人似乎始終不得要領。晏雉轉身，往前走了一步，心底卜意識地有一張臉漸漸冒了出來。

門鎖最後是被人扳斷的。

硬生生地被人扳斷。

祠堂外，已經入夜，那人推開門，高大的身影擋住並不亮的月光。熟悉的面孔上，是那人一貫不苟言笑的表情，可饒是如此，她還是從那雙琉璃色的眼睛裡，看到了藏在深處的擔憂。

晏雉看著他，忽然就想哭了。

須彌將水晶打暈，又將人綁起來扔到祠堂外一處假山後，方才進了屋。他將祠堂的門輕輕關上，也關掉了好不容易才照進來的最後一點光亮。

暗沈沈的祠堂內，只有兩個人的呼吸，一輕一緩。

晏雉站在原地，然後，香檯兩側的黃銅燭臺被人點亮了。燭光有些暗淡，她微微瞇了瞇眼，看著正將手中的火石重新藏回身上的須彌。

原先在門口的時候，因為光亮不足，她沒能仔細看上一眼，這回燭光一亮，晏雉的臉色就白了。

「你身上這些傷是怎麼回事？」

原來，在晏雉被押著受家法的時候，須彌早已被關在柴房裡。

門外站著四個家丁，一個個也都是人高馬大，卻都繃著神經，不敢鬆懈一刻。

當從前面傳來消息說四娘在受家法的時候，柴房的門被人「砰」地一下，踹開了。

門後的少年，眼神冰冷肅殺，明明沒有哪裡沾著血，卻在一瞬間，讓人聞到撲面而來的血氣。

少年只說了一句話。「棍棒我受，別為難四娘。」

反應最快的一個家丁，是連滾帶爬地從柴房外站起來跑走。

而後，四娘就被送進了祠堂。

阿郎帶著家丁，拿著拳頭那麼粗的棍子，走到了柴房。

二十棍打在身上，這個少年一聲都不吭，背上、腰上甚至都打出血來了，他依舊一言不發地跪著。

從他醒來的第一眼開始，晏雉就知道，這個人從來不是個多話的人。那二十棍，他輕描淡寫一筆帶過，可晏雉看著他身上的傷，心底明白，阿爹這是下了重手的。

晏雉被打，沒哭，可此刻眼底卻紅了，眼前一片水氣。須彌的手伸到面前，似乎想要幫她擦去眼淚，卻又頓了頓，收了回去。晏雉抬頭，似乎毫不在意作為奴隸，這個人方才的動作有多失禮。

「你不疼嗎？」

她啞著聲音問。

須彌搖頭。「不疼。」比這二十棍疼上百倍的事，他都曾經受過，又怎麼會在意這點不足為懼的傷。

晏雉眼神直勾勾地看著他，直到水氣又一次將視線模糊，她終於忍不住，抓著他的衣袖，哇哇大哭。

眼淚淅瀝嘩啦，流了她滿臉。

大抵是因為再活一世的關係，晏雉這幾年一直不怎麼在人前哭過，可這會兒明明只是抓著須彌的衣袖，哭得卻十分厲害。

須彌伸手，想將人攬住，最後還是握緊了拳頭放下。靠著身後的佛龕，靜靜地看著她，不說話。

晏雉哭得有些凶，大概是沒力氣了，到後來只剩抽泣，等情緒稍平緩一些，便只是嗚咽，緊緊抓著須彌衣袖不肯放手，低著頭，抽著鼻子。

在看到須彌的那一瞬，晏雉心底五味雜陳，只知道那一刻，原本藏在深處的不安，瞬間湧了出來，幾乎是下意識地想要把這人抓住，只是不願再獨自一人留在這裡。

昏黃的燭光中，晏雉抽著鼻子，終於鬆開手，稍稍直起身子，紅著眼睛盯著須彌看。

「你為什麼……不逃走？」

他們主僕兩人，前腳才踏進晏府的門檻，後腳便從四面跑來好些個五大三粗的家丁，當著她的面，將分明已經束手就擒的須彌反手綁了起來。她看得仔細，還有人乘機在他的腿上重重地踹了幾腳。

既然他有能耐把祠堂外的門鎖扳斷，自然也是有能耐從這四面高牆的宅院裡逃走的，可是為什麼……

須彌沒有回答。兩個人面對面默默看著彼此，半晌無言。晏雉垂下眼簾，抬手想擦下眼睛，眼睛卻碰到一雙炙熱的手，她震了震，猛地抬眼，卻見那人飛快地壓下眼中一晃而過的神采。

她方才哭得淚流滿面，睫毛上都掛著晶瑩的淚珠，看著比平日都顯得嬌氣。

須彌背靠著佛龕，如一口鐘，站得筆直穩當，昏黃的燭光下，他那雙眼睛裡的神色深不可測。「四娘。」

晏雉看著他。

須彌道：「我逃走的話，妳要怎麼辦？」他從不在晏雉面前自稱奴，可晏雉從來不在意。

晏雉緊了緊手。「至多在祠堂裡多關幾日，哥哥們捨不得我吃苦，阿娘又是容易心軟的人，很快我就能出去了。」

她張了張嘴，看著須彌身上的傷，再看著他疲憊的神色，到底有些不忍心。「你快些走，阿爹是要樹威的，你不走，明日沈家、祝家的人上門，你便走不了了。」

「那就走不了吧。」

須彌還是一貫的寡言少語，只是晏雉這一刻，卻定下心來。

「嗯。」她頷首，藉著燭光瞧見他臉上的冷汗，恍然想起這人先前還受了二十棍，趕緊要拉他找個地方坐下。

他拉住晏雉的衣袖。「不必，席地而坐便是了。」

晏雉搖頭。「我去拿蒲團，你身上有傷，別坐地上。」

等人鬆了手，她從旁邊拿了地上擺著的兩個蒲團，擺在門前，一人一個靠著門坐下。

須彌一直沒有說話。祠堂內，一片安靜，唯獨有燭火，偶爾發出一絲輕若未聞的聲響。

他抬頭看了看昏黃燭光下的晏氏列祖列宗，垂下眼，握緊了拳頭。

身側漸漸靠過來一具溫暖的身體。須彌側頭，大概是之前挨了幾板，又一個人在祠堂裡待得太久，繃緊的神經在得到鬆懈後不久，她竟靠著門睡了過去。

睡著的人沒能看到他彎起的唇角，只覺得身側的氣息熟悉地能令人安心。

須彌抬手，想要將人重新攬進懷中，又怕驚擾她的睡夢，只好藉著燭光注視著她熟睡的面容。最後，到底忍不住，低頭輕輕吻了吻她的唇。

翌日，高牆上的小窗透進些許陽光。

須彌早已醒來，目光沈沈地看著香檯後的牌位，喉嚨突然一癢，他側過頭，握拳抵在嘴上，悶咳了一聲。身體的震動，讓靠在肩側的小娘子，睜開眼醒來。

須彌側頭。「睡吧，還早。」

祠堂的門關著，其實外頭已經是什麼時辰了，他倆誰也不知道。

晏雉嗯了一聲，調整下姿勢，靠在門上，閉上眼試圖再瞇一會兒。

可她一閉上眼睛，耳畔就聽到了外頭吵嚷的聲音。

晏雉愣了愣。「是水晶？」

須彌看了晏雉的表情，就知道她在想什麼。「嗯，暈了一晚上，早該醒了。」

晏雉咳嗽一聲，坐起身來，低聲問：「天亮了，估計又該有人來勸我認錯，她……」

須彌沒應聲，只依舊保持原先的姿勢坐得筆直，晏雉摸摸鼻子，重新靠回門上，閉著眼，無意識地將他的衣角拽在手心裡。

最早發現人被綁了扔在假山後的，是起早來祠堂門前灑掃的婆子，聽到假山後有嗚嗚聲的動靜，壯著膽子往後頭探。管姨娘當初在府中隻手遮天的時候，誰不認得她身邊的兩個丫鬟。一看是水晶，趕緊和人一道把她從假山後扶了起來。

婆子不知道她招惹了誰，把她嘴裡咬著的東西先給拿了下來。

堵了一晚上的嘴，好不容易得了閒，醞在口中的涎水差點流了一地。水晶狼狽地叫人解開身上的繩子，跺了跺腳，轉身就要哭著跑走，實在是四肢無力，才走兩步，就要往地上摔。

婆子們嚇了一跳，趕緊把人扶起來往管姨娘那兒送。

屋外的動靜，祠堂裡的主僕兩人自然聽得一清二楚。

晏雉睜開眼，抬頭看著須彌。

剛撿到須彌的時候，他的臉有些消瘦，而今終於長出些許肉來，只是因為時常板著臉，看起來比同齡人要嚴肅上很多；但再嚴肅又怎樣，她見到的少年，長得好，又靠得住。

晏雉看著他，突然發現須彌的唇角彎了彎，晏雉一愣，再抬眼，便對上須彌微微帶笑的雙眼。

晏雉像是偷窺被抓的少年郎，脹紅了臉，十指曲起，拽著須彌的衣襟，惡狠狠道：「你是我的人！」

「嗯。」

依舊還是那樣波瀾不驚的聲音，晏雉咬唇，耳畔已經傳來急促的腳步聲，可身前的少年，依舊平心靜氣。

「你是我救回來的人，誰也帶不走你……」

「好。」他低沈的嗓音，輕輕應和，下一刻，摟著她的腰，陡然起身，踢開身下蒲團，轉身站到香檯前，然後鬆開手，抬首望著緊閉的門扉。

門，霍然打開。

之後的事，似乎脫離了主僕兩人所有的預想。

祝將軍的續弦是個厲害角色，三言兩語，將原本躲在別院，一心盼著事成之後搬進將軍府的沈六娘，發賣到了不知名的山溝裡。祝將軍一聲不吭，絲毫不在意。

至於祝將軍原配所出的祝小郎，和包含沈六娘所出的庶女在內一干的庶出，一併都養在新夫人膝下。用新夫人對祝將軍的姬妾說的話便是，嫡出、庶出一視同仁，待及冠後，庶出子女中，若有出挑者便開祠堂，計入宗譜，認為嫡出。

新夫人雷厲風行的手段，顯然令祝將軍放了一百個心，派人將暫住在沈家的祝小郎帶了回去。

沈家慌了，想找回沈六娘，卻已經什麼消息都沒有，更別提要幫祝小郎在晏家找回什麼公道。

如此之後，倒有很長一段時間，再沒什麼風波了。

原該是在五天內出結果的科舉舞弊一案，在拖了五天無果後，龍顏大怒，當庭將禮部、吏部幾名大臣削官，之後再查，卻是翻出一樁又一樁的案子來。

志和三年春，恩科舞弊一案終於水落石出——

之前擊登聞鼓的婦人之夫遭人奪了舉人之名，奪名之人家中顯貴，會試前為能登科收買了參與閱卷的官員，是以在會試之中得了一個絕佳的名次。

不想形跡敗露，不光將一眾官員拖下水，更是被調查發現身帶命案。

皇帝在震怒之餘，親自列下殿試榜單，其中便有晏節、晏筠並旁支的晏瑾。

志和三年春末，殿試。

狀元、探花、榜眼陸續賜下。

晏節、晏筠、晏瑾等十三人，賜進士出身。

熊戊等十人，賜同進士出身。

次年，幼太子體弱，不幸過世。皇帝改國號嘉佑。

嘉佑初年二月，任命晏節為蘄州司戶參軍，責令不日赴任。

蘄州自古物產豐饒，又因地理位置，但凡有戰事，此地必然遭波及。有江，名掣江，貫穿蘄州全境，又分數條支流，灌溉蘄州全境的土地。

大邯承前制，以州制，又在州前設十五道，分管九府三百六十州。東籬為縣，處明州，明州又歸臨安府管轄。蘄州則歸河間府，兩地相距甚遠，單是快馬加鞭一路趕路，便須十餘日方能從東籬縣趕到靳州赴任。

因到任日子還遠著，晏節一行人一路走走停停，終於到了河間府，還須過河間府一日有餘，方能到達靳州。

二月下旬的河間府，迎面而來的都是寒意。往常這個時候，東籬城中已是翠拂春曉，柳撒長堤了，隨處在城中走，抬眼便能見著滿城青碧，間或還能瞧見幾株桃樹，三兩桃花開在枝頭。

服帖地垂著的桃花暖簾教人從裡頭掀開一角，一個婦人向外頭張望了一眼，放下簾子，回頭輕聲道：「就要進河間府了，怕是明日方能到靳州。」

十來歲模樣的小丫鬟坐在一角打盹，腦袋一點一點的，聽到婦人突然說話，頓時向前衝了一下，沒承想，馬車也正好顛了下，她徑直就撲倒在婦人跟前。

「輕些，小娘子正睡著呢。」婦人一把將人拉起，嗔怪道。

小丫鬟摸了摸鼻子，轉頭要去看，車內另一邊坐著一個青年，雙目微合，一手握拳放在跪坐的腿上，一手小心護著身側床榻上鼓起的一件氅衣。氅衣動了動，而後，青年睜開了眼睛，低頭道：「還沒到河間府。」

小丫鬟見狀，忙躬身過去。「四娘，先吃些點心墊墊肚子，就要進河間府了。」

晏雉也是睡得差不多了，迷迷糊糊地揉了揉眼睛，從氅衣中露出臉來，而後坐直身子。

「幾時了？」

「黃昏了。四娘再睡，夜裡就要睡不著了。」殷氏倒了杯茶水，晏雉就著她的手喝了一口。

說話間，馬車已在河間府驛站門前停下。

晏節如今的獨子小名為驪，晏節替小兒向賀毓秀求名時，松壽先生一揮手，直言「驪」字取得絕妙，遂定下大名晏驪。

此番赴任蘄州，晏暹本是不同意他將沈宜帶在身邊，認為兒子赴任，兒媳理當留在家中服侍老人；然而晏節不光不同意將妻兒留在東籬，更提出要帶晏雉一道走。

雖然在祝小郎一事上，他們兄弟三人和熊氏的意思，都是想借此抑一抑她的脾氣；可等到第二日，看著霍然打開的祠堂內，怯怯地躲在須彌身後的晏雉，他們心底都忽然疼了。四娘會有這樣的性情，實際上不也是他們寵出來的？可最後，想要打壓她的人，卻也是他們；甚至，連她最有可能掉眼淚、最需要人關心的時候，陪在她身邊的仍是那個她一時心善從雪地裡救回來的逃奴。

晏暹氣惱嫡長子的偏執，幾乎要動怒行家法，被晏畈幾次攔下，三子在門前跪了兩個多時辰，終於是跪得晏暹徹底沒了脾氣；而熊氏，只問了晏節一個問題。

「她一個女兒家，你要帶著她赴任，令她自由，日後年歲稍長，性情難改了，婚姻大事又要如何自處？」

如何自處？

晏節轉首，看著被須彌從馬車上扶下來的晏雉，心底笑道。

自那年受家法一事後，他便真的放手了，四娘脾氣太倔，認定了人和事，便低著頭一路走到底，作兄長的，能做的也只剩下在旁邊時不時看顧她一下，免得受傷。其餘的事，還是由她晏四娘自己看，自己想罷。

河間府驛站的驛將姓朱，驛站的人都喊他老朱，這些年也見過不少往來赴任的官員。大多都是帶著通房或者嬌滴滴的小妾赴任的，也見過帶著妻兒赴任的，倒是頭一回瞧見，赴任的隊伍裡還帶著嫡親妹妹的人。

老朱不由得往那小娘子身上多瞧了幾眼，立刻就被小娘子身側的青年盯住了。

老朱咳嗽兩聲，移開視線。

當夜，河間府一帶下起大雨。

雨水打在窗戶上，啪啪作響。晏雉有些睡不著，在床上翻了幾個來回，到底還是掀開被褥下了床。

屋內的衣架上掛了披風，晏雉裹上，沒穿襪子，踩著鞋子就推開了門。

河間府的驛站廂房連成一排，又東西兩側相對，看著像個凹字。晏雉走出房門，一抬頭，就看到了站在東側廂房轉角廊下的須彌。

大雨嘩嘩的往下落，晏雉看著須彌筆直站在廊下，目光沈沈地望著雨夜，而後似乎是注意到她了，又將目光轉向她。

然後，向她這邊走來。

看著越走越近的須彌，晏雉心底只能生出感嘆。

今年她十歲，須彌已經十七歲。從少年到青年，他越發顯得沈默，依舊是那張不苟言笑的臉孔，除了在她面前說話，不論乳娘也好，豆蔻也好，就連在兄長們面前，他也一貫是沈默不語的。

晏雉抬頭，看著已經走到身前的須彌，問道：「怎麼在那兒？」

為了方便夜裡喊人，在驛站住下的時候，晏節並未讓下人們住得太靠後的位置，須彌和阿桑、阿羿擠一間屋子，就睡在離晏雉一間屋子不遠的地方。

「巡夜。」

須彌低下頭，瞧見她赤著腳踩著鞋子站在身前，眉頭微微蹙起。「河間府比別地涼，小心凍著。」

晏雉低頭，看到自己的腳背，唇邊浮起笑意。「還好呢。」她抬起頭。「車上睡多了，我睡不著。」

須彌像是嘆了口氣，靠著門前一側的圓柱站好，視線沈沈地看著她。「好，我陪妳。」

須彌的長相放在東籬，其實十分俊俏，可說俊俏，卻又有些不對。

旁人說的俊俏，多是指那些清秀的郎君。須彌不清秀，反倒是因為那幾年的奴隸生活，顯得有些硬朗，從頭到腳，似乎沒有一處能和俊俏搭上邊。

可晏雉卻覺得，他長得好，無論是板著臉說話，還是偶爾露出的笑容，她都覺得很有味道。尤其是，當那雙琉璃色的眼睛，就那樣看著自己的時候，晏雉總是覺得十分深邃，像是藏著什麼欲說還休的秘密。

「明日應當就能到蘄州了，你去過蘄州嗎？」晏雉仰著頭看他。
須彌唇角彎了彎，沒有笑，眼底的神色卻有些暖意。「去過。」
「那你熟悉那裡的路嗎，等安頓好了，你帶我熟悉熟悉？」
「我已經不大記得。」看晏雉像是有些失望，須彌伸手，攏了攏她身上的披風。「等安頓好了，我陪妳走走。」他說著，下意識地似乎是想摸一摸晏雉的頭，手掌愣在半空，到底還是收了回來，眼底有悲愴劃過。「不早了，妳放心去睡，我在門外守著。」
晏雉點頭，轉身回屋，反手合上門的時候，只看見他精立在門前，長眉，直挺的鼻子，緊抿的嘴唇，還有努力壓下的滿身威儀……她越好奇須彌的身世，卻越不敢張口去問。
隔壁屋子的門，吱呀一聲響了。晏雉愣了愣，下意識地便將門關上，那道落在自己身上的視線，也就此消失。
須彌側頭，看了眼半身站在門外的晏節，背過身去，一雙眸子，定定地望著陰沈沈的雨幕，一言不發。
「怎麼了？」
屋內傳來沈宜輕柔的問話，然後是晏節關門時的應答。
「沒事，睡吧。」

第十一章 仕途始

司戶參軍，說來不過是個地方上芝麻綠豆大的小官，至多也只是個正七品。

然而，大邯的州府是由功、倉、戶、兵、法、士六曹多職組成，六曹為其主體，負責落實朝廷對各州府的所有旨意。其中，司戶參軍乃六曹中職責最為繁重的要官，掌戶籍、計帳、姻媾等事。

晏節以二十五歲之齡，任蘄州司戶參軍，消息甫一到達蘄州，便令其餘五曹吃了一驚。

蘄州司戶參軍一職，空缺已有半年，原先那一位司戶因喪母丁憂，蘄州刺史原打算提拔一人頂替司戶參軍一職，不想，朝廷聖旨下得極快，定了晏節。

蘄州刺史姓李名栝，年過半百，素來倨傲，當下心生不滿。這會兒，得守城衛兵來稟，說有一行人手持赴任司戶參軍的通關文書進了城，李栝當即冷哼一聲，看了看外頭的大色，擺手道：「知道了，退下吧。」

他隨即又轉身喊來小吏，得知給這位新上任的司戶參軍準備的宅子已經收拾妥當了，頷首道：「你去前頭給我盯著，要是有人在門口遞了拜帖，就說天色已晚，明日再來。」

那小吏趕緊稱是，低著頭，匆匆就往刺史府門前跑。

晏節一行的馬車進城後，很快就到了衙署。

大邯素來是官舍合一，晏節在黎焉縣的宅子就在衙署內。原先那位司戶參軍已在半月前搬離了衙署，如今內衙留下的大多是一些小吏，也留著幾個丫鬟、婆子並家丁。

內衙中，一應家居雜物皆換了新的，廂房大多都已經收拾乾淨了，至多不過是需要再添置一些東西。晏節分了廂房，便尋了張桌子，命阿桑備好文房四寶，提筆寫下拜帖。

「大哥要出門？」

晏節起身，抬手摸了摸晏雉的髮頂。「既然已經到了治所，理該去拜見上司。」

晏雉頷首，抬頭看了看天色。「大哥早去早回，嫂嫂說廚房裡沒多少東西，今夜只能先將就一晚。明早起了，就讓管事去買些菜回來。」

晏節點了點頭，拿著拜帖，又仔細吩咐衙署內留下的管事照拂好家人，這才帶著阿桑、阿羿出了門。

晏雉挑中的屋子擺設簡單，她一進屋，後頭豆蔻就端了一盆熱水過來，絞了毛巾要伺候她洗把臉。

一路風塵僕僕的，這一把毛巾放到臉上，晏雉頓時舒爽了些，說：「我瞧這衙署倒是不大。」

豆蔻抿了抿唇，有些心疼。「這宅子，前頭是大郎往後做事的地方，後頭才是內衙，瞧著倒不如阿郎贈予松壽先生的宅子大。」

晏雉哼了兩聲，笑道：「這兒是黎焉城，可不是咱們東籬，哪兒能相提並論了。」她說著，往外張望兩眼。「須彌呢？」

豆蔻頓了頓，神情古怪地看著自家娘子。「除了四娘，他幾乎不同旁人說話的，奴婢自然也不知他去了哪裡，總之左右不會離了四娘的。」

晏雉笑笑，擦了臉，便又往外頭走。

衙署確如豆蔻說的不大，內衙雖然被收拾得很乾淨，卻仍舊有地方看著有些雜亂，此刻從東籬帶來的僕從正仔細打掃，瞧見晏雉從旁邊經過，便趕緊行了一禮。

前院是晏節辦公的地方，這會兒也有小吏在，晏雉並不打算過去看，只在內衙晃蕩。

衙署比晏府贈予賀毓秀的宅子要小上一些，因為前頭是辦公處，故而特別造有一牆，將前後隔開，又設有東西兩扇門，供人前後通行。

內衙分東、西、北三個小院，正中的院子歸晏節、沈宜夫妻兩人，東面的小院歸晏雉，西面則分列廚房、柴房、庫房及下人的住處。晏節又命人在正中的地方設了一小塊操練場，專門用來做兄妹兩人練拳習射時用。

晏雉晃過去的時候，西面的小院已經全都安置好了，有小吏瞧見她，認出是新來的晏司戶的妹妹，趕緊上前行了一禮。「小娘子怎地來了這兒，可是有事？」

晏雉往院子裡探了一眼，問道：「可有見一人，身長大約八尺，十分健壯，不怎麼說笑的？」

不光是黎焉縣，便是整個蘄州一帶，男子的身高都只是中等，跟著晏司戶過來的人裡，那一個身長八尺的青年委實有些鶴立雞群。因此，晏雉只是稍一比劃，那小吏當即便知曉問的是誰。

「小娘子說的那位方才去了後院，小的這就帶小娘子過去。」

那小吏滿臉殷勤，晏雉擺了擺手。「你同我指個路便是。」

小吏隨即應了一聲，將後院的方向指了指。

廂房再往後走，是個後院，種了不少花木，還設有水榭長廊跟九曲橋。晏雉從西院離開，才踏進後院，一抬眼，就看見站在九曲橋那頭兩層小樓下的須彌。

內衙的後院也不大，整體看起來倒是還算合適。九曲橋過去便是一座兩層高的小樓，樓上開著四面軒窗，從東籬跟來的丫鬟、僕從，這會兒正上上下下地將主子的書往上搬，瞧著是打算做書房用。小樓左側有個月洞門，往前頭走，右側是道長廊，廊後遍植花木，長廊盡頭轉角又有一個月洞門，門後似有小院。

須彌就站在小樓前的一棵樹下，仰著頭在向上打量。

「這是……銀杏？」

晏雉走近了才發覺，這棵幾乎將二樓擋了一半的大樹，是一棵高大的銀杏。

「嗯。」須彌應聲。

「我將衙內四處查探過了，家丁照從前在東籬時巡夜便夠。」須彌收回視線。「四娘若是不放心，可再看下。」

這兩年須彌跟在晏雉身邊，除了服侍她以外，做最多的便是護衛，以至於離了東籬城，晏節便將一路上的護衛工作全權交由他來安排。底下的僕從原有因他奴隸的身分表示不服的，最後卻都敗在須彌拳腳之下。

晏雉點頭。「你做事，我從來都是放心的。」說罷，又道：「我院中東廂住了乳娘跟豆蔻，還空著西廂，我讓人將你的東西都搬了過去，往後你就住我那兒。」

須彌眼中神色沈了沈，道：「我住西院便好。」

晏雉卻搖頭。「大哥已經同意了，你就住西廂，從前在東籬，你也是住我那院的，實在不須來了蘄州就避這個嫌。你若是要避嫌，就住我院中最偏的那屋。」末了，又想起一事，抬頭道：「這內衙原先留下的小吏，你幫著探探，可都能用？大哥既是來當這個蘄州司戶參軍的，身邊總得有些可用之人。」

「好。」

卻說另一邊，晏節到了刺史府，門後早有小吏候著，見了這一主二僕十分面生，又聽晏節在門外同衛兵說起自己的身分，明白這位便是新上任的司戶參軍，忙從門後走了出來。

晏節面色不變，將拜帖呈上。那小吏接過拜帖，直說這就回稟，而後轉身就走，晏節便與阿桑、阿羿一道，在刺史府門前等候。

他雖是頭一回當官，卻在離開東籬前，得賀毓秀的叮囑，知曉到蘄州治所黎焉縣內，須先拜會蘄州刺史，而後再依次拜會當地士族。拜帖先遞上，至於何時能真正見面，卻都不是晏節可以做主的。

果不其然，那小吏很快又跑了回來，向晏節拱了拱手。「我家阿郎今日實在不便，不如明日晏司戶再來拜會。」

晏節心下明瞭，當即點頭告辭。

那小吏等人一走，忙又回到內衙。

刺史李栝正與妻子同坐吃茶，眼也不抬，聽見腳步聲，便問：「人走了？」

「回阿郎，走了。」

李刺史悠悠地道：「這人面相如何？」

小吏笑。「晏司戶看著年紀頗輕，長得倒是不差，瞧著應當是個好說話的。」

李刺史嗤笑。「二十出頭歲的司戶參軍，略年輕了一些，別是個愣頭青便好。」

李栝的妻子趙氏原是奉元士族之女，這些年在蘄州，也算是出盡風頭，更是擅長交際，時常設宴款待黎焉城中士族之女。趙氏聽聞新上任的司戶遞了拜帖，便知這是要設酒宴了。

「明日酒宴，可要女樂？」

「嗯，安排吧。總得看一看，這位新司戶參軍身上有什麼好拿捏的地方才是。酒色財氣，先探出一樣，便足夠了。」

晏雉睡了一晚，翌日清晨聽聞窗外鳥鳴聲，揉著惺忪睡眼起來，豆蔻進屋服侍時將窗子打開了小半扇，從外頭吹來的風帶了暖意。

晏雉知道，蘄州總算是開春了。

洗漱罷，換上輕便的衣裳，晏雉推開門就要往院子裡走，正巧月洞門外，須彌一腳踏了進來，手裡還提著一袋東西。

「這是什麼?」

剛擦過臉，晏雉臉頰微紅，一雙眼睛清亮地像蘊著晨露，須彌看了她一眼，垂下眼簾。

「黎焉城中的特產糕點。」

「你起早就上街了?」

須彌應聲。「廚房少些食材，不夠做早膳，我同管事上街買些東西回來。」

晏雉聞言，唇角微揚。「正好我也餓了。」她一手接過糕點，一手拉過須彌的手，徑直往院中石桌走去。

殷氏端來薄粥，也一併放在石桌上。晏雉就著薄粥，吃了幾塊糕點，又拿起一塊，扭頭遞到須彌嘴邊。「這糕點同東籬的不一樣，不會太甜，你也嚐嚐。」

須彌愣了愣，垂下眼，張口咬住。

蘄州的糕點，他從前嚐過，興許是用料的關係，口感其實遠不如江南一帶。他方才在街上，恰好經過糕點鋪子，瞧見新鮮出爐的糕點，不知為何就想起晏雉身邊從不少這些吃的，便摸出錢囊，買了一些回來。

這一口糕點吃進嘴裡，有些甜膩，嚥入喉中，又覺得那一股甜，順著喉嚨，一直延伸到了心口。

刺史李栝在府中設宴款待晏節，一併也請了其餘五曹和黎焉縣縣令盧檀。

宴席罷，自刺史府離開的晏節壓下心頭的不悅，打馬回到衙署。

天已黑透，他回到房中，沈宜正在燭燈下縫補衣物，見他回來，問道：「可是喝了酒？」她扭頭喚來丹砂。「去廚房將醒酒茶暖一暖端來。」

晏節坐下。「這縫補之事，讓丹砂、銀朱做便是了，小心別傷了眼睛。」

沈宜笑道：「才剛安頓下，內衙裡還有好些事沒弄好，她倆有那點空閒，不如去搭把手；再說，這針線活，我又不是頭回做。」她低頭，一綹烏髮垂在臉側。「咱們才到黎焉縣，日子得計較著過，這衣服破了，能縫補的就縫補，如今不是在晏府，錢財得省著點用才是。」

晏節心疼道：「跟我來赴任，辛苦妳了。」

見沈宜眼下微微黑影，晏節嘆道：「這一路舟車勞頓，妳與四娘從不喊苦，可我心裡知道，妳們都受累了。」

「只要我們夫妻能相伴左右，我甘之如飴。」

「日後，這內衙上下之事，全都靠妳一人打理，若實在忙碌，就讓四娘搭把手。」

沈宜抹抹眼角，笑道：「你這話說得晚了。四娘可從一下車，就將事情安排妥當，今日教驪兒識了幾個字後，更是幫著我把內衙的下人都召集起來打點了一番。」

晏節道：「她如今是一時尋不到能做的事，等她在黎焉混熟了，找著事了，內衙的庶務還是得由妳一人打理。」

沈宜掩唇低笑。「她那性子，最是坐不住，可不就是你們兄弟三人寵出來的。」

晏節彎了彎唇角。「先生寵得才厲害。」

待酒醒得差不多了，晏節又去了晏雉的東院。

燭燈下，她正伏案寫著什麼，案桌旁站著一貫神情冷漠的青年，骨節分明的手指捏著墨條，在硯臺上來回研磨，偶爾與她交談著。

「四娘。」晏節喊了一聲。

晏雉抬起頭來，瞧見晏節進屋，忙擱下筆，站起身來。「大哥回來了。」

晏節頷首，走到案桌前，低頭去看她方才在寫的東西。

原本以為晏雉是在練字，走近看了才知道，案桌上擺了一本名冊，冊上寫的是此番從晏府帶出來的僕人姓名和出身。名冊旁則另外攤著一本冊子，也同樣寫著人名，他仔細看了看，是原先那位司戶走後，留在衙署的小吏、僕人名字。

「這是做什麼？」

「咱們才到黎焉縣，人生地不熟的，總是得先把身邊人摸透了才行。」晏雉也不遮掩，解釋道：「這些人是原先那一位留下的，都說人心隔肚皮，大哥身邊若是有那幾個偷雞摸狗之徒，不說是大禍患，便是對大哥的名聲而言，也不是什麼好事。」

晏節意味深長地看了她一眼。「這是誰教妳的？」

在晏府的時候，熊氏並不會當著晏雉的面，命身邊的婆子、丫鬟去排查府裡的下人，而賀毓秀更不會教她這些事。

晏雉摸了摸鼻尖。「這事總歸是要查的。嫂嫂心善，這等事讓她來做，指不定就被底下人矇騙了去。」

晏節看她。

「倒不是說咱們帶來的人裡有不好的，只是難免因了一些蠅頭小利幫著欺瞞主子的。我這幾日也沒旁的事，就先幫嫂嫂排查一遍，要是可用的，就往大哥身邊放，不可用的，就另行安排。」

晏節抬手，在自家妹妹的頭上揉了揉，也不理會她有些羞惱的神情。「妳自小主意大，能為了妳嫂嫂想出這招來，大哥還要同妳說聲謝謝。只是，這黎焉城不比我們東籬，士族之間盤根錯節，妳新來乍到，有些事別做得太過。」

晏雉神情一下繃起。「大哥知道這些人裡有不安分的。」

自然是知道的。晏節再度掃了眼名冊，想起方才酒宴上李栝的試探和五曹的話裡有話，不免有些頭疼。

「大哥方才吃酒，可是被人刁難了？」

不等晏節說話，晏雉追問了句。

晏節見晏雉這樣問，擺了擺手。「刁難倒是不曾。李刺史不過是想試探我，大約是覺得我突然出現，打亂了他原先的安排。」

「那別的人呢？」

「五曹皆是刺史的人，蘄州地產富饒，想來他們跟著李刺史在這兒做太平官，錢囊裝得滿滿的。」

晏節想了想，又道：「倒是那位黎焉縣縣令，從始至終，不動聲色，實在不知其深淺。」

晏雉樂了，屈指在案桌上彈了兩下，又回頭看了眼須彌。「這還不簡單，大哥就等著我的好消息吧，過幾日，定然幫著大哥理出頭緒來。」

晏節並不清楚晏雉說的「理出頭緒來」是怎樣一回事，更不知自那晚之後，晏雉幾乎日日帶著須彌上街。茶樓、市集……哪兒人多，她便往哪兒鑽，很快便打聽到了一些重要的事。

蘄州境內掣江貫穿全境，又分數條支流，其中有一條支流名叫吞雲，流經黎焉縣。黎焉城內西門外便有個碼頭，專供船隻來往。

黎焉縣每月月中，皆會在碼頭前設有市集，從集市的這頭走到那頭，足足有一里路，兩側的攤子賣的大多都是從別處運來的新奇貨物，有時候也有船隻特地趁這個時候停靠在碼頭，只為從市集上帶一些價廉物美的黎焉特產回去販賣。

晏雉在市集上才站沒一會兒，就被擠得幾次沒能站穩，還是須彌在旁邊時不時撈她一把，才沒讓她被人潮擠散了。

「這兒的熱鬧同東籬城的差不多。」實在是被擠怕了，晏雉索性抓著須彌的胳膊，兩人一道在人潮中走。

須彌點點頭。

晏雉又道：「一個縣，百姓能安居樂業，足以見得縣令有多成功。只是，隱戶是什麼？」她這幾日在城中奔來跑去，聽到最多的就是這個詞——隱戶。

須彌沒有出聲，晏雉自己續道：「隱戶大多是些逃奴或者是家中遭難，不得已從老家離開的人家，因為窮，或者為了躲避賦稅，很多人到了新的地方之後，往往就成了隱戶。」她微微嘆氣。「隱戶一旦多了，對當地的執政來說，並不是件好事；既然如此，為何黎焉縣內有這麼多的隱戶，這些當官的卻從來不去處理？反倒是讓他們成了黎焉百姓的心頭大患？難道是不知道？」

「嗯。」須彌終於開了口。「顯然，他們是知道的，只是沒有處理罷了。」

晏雉臉色稍變，再看市集人潮時，神色有些不同。

她這些年跟著賀毓秀讀書，天文地理，時政律例，該學的、不該學的書，她都看了。她不是那些躲在深宅，眼睛只能看到內宅紛爭的小娘子，隱戶究竟會造成怎樣的危害，她是知道的，即便不曾親身經歷過，也從過去的案例中看到過。

晏雉的思緒已經飄遠了，直到髮頂被人輕輕地揉了揉，這才回過神來。她抬起頭，看著身側的須彌，緩緩問：「你說，大哥他會不會被人欺負？」

「不會，他很厲害。」

須彌說話時的語氣，依舊是波瀾不驚，只是這一回，話語中多了一絲篤定。晏雉看著他，張口想說話，身後有人急著趕路，一時不察把她給狠狠撞了一下。

她還沒來得及反應，被人直接撞到身前一具溫熱的胸膛上，而後視線飛轉，她低呼一聲，下意識將人脖子摟住，定神再看的時候，視線已經落在身側來來往往的人潮頭頂。

「你……」

須彌抬眼看她，表情如常。「還要去哪裡，去做什麼？」

晏雉的臉上有點紅，垂下眼，想了想，搖頭。「其餘的我去問大哥便是。回去吧，人太多了，有些悶。」

須彌應了一聲，將人抱在手上，在人潮中輕鬆地穿過。

從碼頭前的市集出來，主僕兩人在路上，又聽到不少對新來的司戶的議論，說來說去，不外乎是一個隱戶。

晏雉越發覺得，這並非是什麼民風，根本是刺史府的那些人獨大慣了，覺得這種議論不過是小事而已。

她越發擔心兄長，迫不及待地要回衙署。

然而回了衙署，想見晏節卻不是件輕易的事。

這衙署本就分內外，內指的就是內衙，是住所，也是女眷可以活動的地方，外指的是辦公的地方。晏雉想去見晏節，卻被管事攔下，只說阿郎在前頭辦公，小娘子有什麼事晚些再說。

晏雉有些急。

上輩子的兄長，無功無過，直到三十幾歲才成了一縣之令，到了四十多，才憑藉拚出的軍功，得了四品官職。

這一世，她的重生，已經帶得好多事同記憶中的不一樣，例如說任這蘄州司戶一職；如果因此，其中出了什麼岔子……她實在不敢往下細想。

沈宜不知晏雉到底在擔心什麼，勸了幾句，見她不聽，有些嘆氣。「妳大哥不是孩子，做事總歸是有分寸的。妳從外頭回來，究竟聽到了些什麼風聲，怎地就急成這副模樣？」

晏雉咬咬牙。「刺史府那邊對大哥不懷好意，我是怕……」

沈宜看她。「妳要是真的擔心，就讓須彌過去看看，他總歸比妳方便。」

晏雉愣了愣，回頭去看須彌。

這幾年，她從沒將須彌派去做過別的事，離得最遠的事，大概也就是她在讀書或者瞌睡的時候，須彌獨自一人出府去給她買新鮮的糕點。其他時候，只要她一轉身，總能瞧見他就站在不遠處。

大約是聽到她們姑嫂兩人說話間提到自己的名字，晏雉分明感覺到須彌的視線往這邊掃了掃。

晏雉沒說話，沈宜有些疑惑。「他是妳救回來的人，既然留了賣身契，就是妳的奴隸，做主子的難不成還差遣不動他了？」說笑間，讓銀朱把須彌叫到身前。「女眷到底不便去到前面，你去看看，若是郎君得空，便請他先過來一趟，就說四娘打聽到一些事，心裡著急，想趕緊同他說。」

須彌輕描淡寫地點了點頭，說：「知道了。」

他人一走，沈宜便又笑了。「這幾年，須彌在妳身邊如何，我們都看在眼裡，就連妳大哥私下也常說，當初在奉元城，誰都以為妳撿到的是個麻煩，卻原來是塊寶。」

晏雉抬頭看她。「嫂嫂，妳會不會覺得，我讓他一直只當個下人跟在身邊，不大好。」

沈宜有些不明白。「他是妳撿回來的奴隸，一切由妳說了算。」

晏雉輕輕應了一聲，低頭不再說話。

如果不是活過一世，想來她自己也是看不出須彌身上隱約可見的威儀。每每看到他站在不遠處，神情肅穆，晏雉都會覺得這個人理該站在更高的地方，俯瞰周圍的一切，而非站在她伸手就可觸及的位置，做一個甚至被人看不起的奴隸。

二十幾歲的司戶，其實並非年輕得不能令人接受，只是因了私心，刺史府眾人顯然對於晏節的赴任，做了兩面功夫。

李栝對晏節本有輕視，在洗塵酒宴上隱約可以窺探出，這人並不像其餘五曹那樣好拉攏。可李栝轉念一想，晏節才初有功名，自然胸懷抱負，這常在河邊走哪有不濕鞋，不多久，他這副清高的姿態怕就能被自己踩在地上。

再聯想到他的身世，不過一個商賈之後，李栝難免又對晏節輕視了幾分。

五曹向來唯李栝的命是從，見他輕視晏節，自然對這位新來的同僚也帶了鄙夷。

晏節上任第一日，柳司法帶著小吏，將一整疊的舊案擱在晏節的案頭。也不說別的，只道是州中有積年舊案數百道，為能早日上手這州中之事，不如就先從這些舊案開始著手。

晏節也不多言，召來幾個書吏，筆墨伺候，埋頭斷案。

須彌到時，他正斷完一案，命小吏將筆墨暫收，靠著椅背，長長舒了口氣。

「怎地來這裡了，四娘呢？」

沒在須彌身旁瞧見晏雉，晏節多少有些吃驚。
這幾年，這主僕兩人簡直焦不離孟、孟不離焦，學堂裡的晏氏旁支甚至還打趣，問須彌是不是晏雉撿回來打算留著招婿用的。每每遇到這種時候，晏雉就哼上一聲，隔日便拿文章劈頭蓋臉將人嘲諷一遍，鬧到後來，學堂裡再無人敢拿她主僕兩人說笑。
須彌微微皺著眉頭。「這些事，本不該由司戶做。」
晏節手一頓，扭頭看他。「這幾年，我一直在想，你究竟是何人？」
須彌不語。
晏節踱步走到他身前。「你的確是個逃奴不假，可你又不該只是個逃奴。你的身上……血氣太重。你究竟是誰？」
須彌道：「我殺過人，自然有血氣。」
晏節說：「你當我是四娘不成。我隱而不發，不過是看你這些年盡心盡力服侍四娘，但凡你只要冒出一絲不軌的念頭來，我定要你死在當下。」
「在四娘救我前，我無名無姓。」須彌道：「須彌兩字，是四娘給取的名字，除此之外，我並無姓氏。」
晏節咬牙。「要是當真如此便好。四娘雖早慧，可到底不過是個孩子，你若要在她身邊興風作浪，我不會饒了你。」他一甩手，背對著須彌，長長呼了口氣。「說吧，究竟有何事？」
「四娘在城中聽到了關於黎焉城隱戶的事，擔心郎君毫無防備，遭人陷害。」

和沈宜一樣，須彌其實也並不知晏雉究竟在憂心忡忡什麼，只是晏雉所掛心的事，他也會掛在心上，她所想做卻難做的事，他早有準備隨時替她出手。

他說完話，看著仍舊背對著自己的晏節，續道：「郎君新上任，必然要接收先前的司戶留下來的工作。隱戶一事，郎君躲不過的。」

大約是須彌的話做了提醒。之後接連三日，晏節除了斷那一堆積年舊案外，便是從晏雉整理好的名冊中，挑出可用之人，命其著手調查隱戶一事。

與此同時，晏節和黎焉縣令盧檀的接觸也越來越多。

盧檀此人在黎焉縣做這個縣令已經六年，明年或許就要得到調任，或者升遷，或者調往別處繼續當個芝麻大小的縣官。因為為官清廉，平日不鋪張、不奢靡，倒一直在黎焉縣百姓中口碑不錯。

與之接觸了一段時間後，晏節與盧檀也算有了默契。眼看著隱戶一事迫在眉睫，兩人一合計，終於決定聯手處理黎焉縣中過萬隱戶一事。

然而，前腳他兩人才去了當地一戶茶商家中，後腳便有人凶神惡煞地將帶著人上街的晏雉攔了下來。

那領頭之人長得五大三粗，一條胳膊有晏雉半個腰身這麼粗，肌肉鼓鼓的，像是　拳捶在案桌上，就能將木頭砸得四分五裂。

「晏四娘是吧，回去告訴妳大哥，要想在縣城裡安安分分當這個司戶的，就叫他別多管閒事，不然吃不了兜著走。」

那人說完話，一挑下巴，像是十分看不起晏雉身旁帶著的須彌，轉身就要走。晏雉也不怕，不慌不忙問道：「郎君若是想長久富貴，倒不如聽我大哥一言，隱戶一事必查，無他，只為黎焉各地百姓太平爾。」

「小娘子口氣倒是狂妄。」

晏雉笑道：「不曾。」

那人反身走回到晏雉身前，兩側行人見此情狀，紛紛退避三舍，生怕無辜受累。

「我屠三在黎焉城裡也混了十幾二十年了，倒是頭回見著小娘子這樣性子的人。小娘子膽子不小，可有的事，用命換，不值得。」

他話音才落，須彌已上前一步，將晏雉擋在身後。屠三愣了愣，將人上下打量了一番，再看著晏雉，撫掌大笑。「有趣，當真有趣！」

晏雉歪著頭看他。「命郎君來此攔我的，定然不止一人。還望郎君回去同諸位說一說，朝廷如今也在清算隱戶，早晚要算到靳州，躲一時，躲不過永世。」

晏雉在路上被人攔下威脅的事，很快就傳到了晏節和盧檀耳裡。

「那屠三是什麼人？」

命人退下後，晏節轉首向盧檀詢問道。

盧檀捋著鬍子，嘆道：「那屠三是個厲害角色，原是綠林中人，前幾年朝廷下令剿匪，屠三的那幫兄弟不得已全都歇了手，後來就被城裡一些大戶雇傭當起打手。」

一想到四娘方才遇見的是這樣一個人，饒是晏節再怎麼鎮定，這時候也嚇出一身冷汗。

見晏節臉色不好，似是掛心家人，盧檀眉眼一彎，安撫道：「這屠三別的沒什麼，倒是有一點好，便是從不欺辱女子。」

聽盧檀如此說，晏節稍稍放下心來。

「他既是代他背後的主子來說話的，我等自然要接了這張戰帖，不然浪費了他們一片心意。」

盧檀點頭稱是。兩人遂又朝著名冊上的下一家大戶去了。

黎焉縣境內的隱戶，沒有上萬，也有八千。說來也的確身世可憐，畢竟大多的隱戶都是因老家蒙難，這才不得已遠赴他鄉，也有些為逃避賦稅從家鄉偷跑出來的。

總而言之，那些早就被盧檀記錄在案的隱戶，大多一見縣令和司戶上門，都哭著希望能放他們一馬。

論大邯律法，像隱戶這種在當地沒有戶籍的人，被官府知道後，是可以抓人打一頓板子，然後遣送回原籍的；如果沒有原籍，便只有被流放到陣前或蠻荒之地做苦役的下場。

也有運氣好的，被人瞞著官府偷偷收留，有時官府也會睜一隻眼、閉一隻眼，譬如從前黎焉縣官府對隱戶的態度便是如此。

只是，當一個地方的隱戶人數達到一定數量的時候，它所帶來的問題，就不僅僅是人口暴增，更多的是與民生有關。

盧檀說，這幾年，隱戶與當地百姓的矛盾日益激增，只怕有一日，會爆出事端來。

盧檀的顧慮並非是杞人憂天，前朝便有無數次因隱戶過多，造成階級矛盾激增，從而爆發出的起義。縱觀大邯前後幾位皇帝，除了高祖皇帝曾大赦天下，許「天下浮逃人者皆無罪」外，再無哪位皇帝陛下開過這個恩惠。而今，朝野內外，無人不知隱戶一事，又該定時清算了。

這幾日，晏節和盧檀兩人除卻處理政務的時間外，便一同在所轄村莊、茶園查訪。那些小茶園倒是好遊說，沒幾日，便將園中收留的隱戶在官府的名冊上備了案；然而那些背後勢力盤根錯節的大茶莊，卻始終大門緊閉，即便有樂意開門的，也是扮豬吃老虎，幾杯茶喝完，始終繞著圈子不願將話題回到隱戶問題上。

李栝得知他兩人聯手徹查隱戶一事後，也曾命五曹暗中與晏節勸上一勸，不想，個個都碰了一鼻子灰。李栝冷笑，甩袖道：「那就讓他去查，仔細地查，我倒要看看，是他的脖子硬，還是命硬！」

五曹齊聲奉承，連聲說那晏節是不知好歹，最後定會落得個淒慘的下場。

此時，晏雉喬裝打扮，又是一副小郎君模樣，騎著馬出了城，身側依舊只跟了須彌一人。

她也沒去別處，只做一個尋覓風景的小郎君，騎著馬，慢悠悠地在城外閒逛。到得一處村莊，遠遠的她就瞧見村子入口立了塊石頭，上頭歪歪扭扭地鑿了幾個字，是為「裘家村」。

村前幾個瘦弱的小孩正抽著鼻子，拾起掉在地上的菜葉。葉子有些泛黃，想來並不是新鮮剛摘下的。

晏雉勒住馬頭，翻身下馬。身後的須彌上前，牽過馬，跟在身後。

最先注意到晏雉走近的，是一個乾瘦的女孩，蠟黃的臉，看來便是身子不好，見到陌生的小郎君，有些怯怯地站起身來，卻將身旁幾個年紀較小的孩子擋在身後。

晏雉有些不大自在地看著女孩。

無論是上輩子，還是重生後，她雖覺得自己活得苦悶，卻也是生在富裕人家，吃穿用度，從不曾有人短過自己一分。稱不上穿金戴玉，但也綾羅綢緞、珠玉翡翠抬手便得。

眼下，看著身前這個乾瘦、衣著單薄的女孩，還有從女孩身後探出頭來打量自己的小孩們，晏雉忍不住問自己，她能為這些孩子做些什麼？

她忍下差點奪眶而出的眼淚，握了握拳頭，笑問道：「妳能帶我去見一見里正嗎？」

那女孩生得瘦弱，卻尤其聰明，緊緊盯著晏雉。「小郎君為何要見里正？」

晏雉一愣，再看女孩，竟隱隱透著三分眼熟來。

「妳叫什麼名字？」

晏雉下意識地問道。

那女孩的神情一下子緊張起來，轉身便對身後的幾個小孩喊了聲「去找里正」。

晏雉哭笑不得地看著她，明白自己這是被當作壞人了。

現下，她能做的，只有在村子口，等著里正被人喊過來。

那裘家村的里正很快就跟在方才跑走的小孩身後趕了過來，一道來的還有幾個莊稼漢，手裡抓著棍子，跑得有些喘氣，想來是以為村裡的小丫頭在村口碰上了登徒子。等他們跑到村口，定睛一看，哪裡是什麼不懷好意的登徒子，分明是個做了男孩裝扮的小娘子。

「您就是裘家村的里正？」晏雉見人來到村口，拱手行了一禮。

里正看她衣飾，曉得是城裡出來的小娘子，又看了須彌一眼，見兩人神色鎮靜，不像是心懷歹意之人，方才放下心來。「我是。請教您來咱們裘家村，是要做什麼？」

里正的語氣裡透著疑問。

裘家村在黎焉縣算得上是出了名的貧困，每年糧食產量都不多，除了種地，村子裡的土地沒有別的用處，旁邊還有一條吞雲江的支流，年年都會發生秋汛。今年黎焉縣內的降雨難得不比往年，尚且不知入秋後，是否又會發生秋汛。

「確有一事，可否與里正詳談。」

里正有些遲疑，但見晏雉神色清明，心下忽然一鬆，轉身在前領路。

到了里正家，眾人有些犯難。

是守在里正家裡看著，還是各自散去？地裡的活做了一半，是得趕緊回去繼續，可他們走開了，誰知道那小娘子身後跟著的青年，會不會對里正動粗。

裘家村的里正已經有六十多歲，方才跑到村口花了不少力氣，這會兒回到家裡難免氣喘。他曉得村民的意思，擺了擺手，讓人各自散了，這才將晏雉請進屋內。

窮苦人家喝不起外頭那些茶，里正的婆娘在廚房裡翻了半天，這才翻出一包茶葉梗來泡茶，就連喝茶的碗，也是好不容易才翻出來的新碗。
晏雉毫不在意地端起茶碗，喝了口茶。
「小娘子來咱們裘家村，究竟為了何事？」
嚥下喉間苦澀的茶水，晏雉起身，朝著里正恭敬地行了一禮。「小女子姓晏，明州東籬人，隨兄嫂赴任蘄州，家兄正是新上任的蘄州司戶。」
裘家村有隱戶共一百餘人。
這個村子，距離黎焉縣縣城最近，卻因為貧瘠的土地和年年秋汛，使得他們成為黎焉縣中最為貧困的一座村莊。
而村裡的隱戶，在盧檀上任前，不過才十餘人。里正心善，看不得這些人吃不飽、穿不暖，便做主將人偷偷留下，又勻了幾畝荒地給他們開墾。
又過幾年，村子裡漸漸聚集了越來越多的隱戶，到如今，竟已有百餘人。村子裡的荒地早已不夠分，於是有不少隱戶躲進村外的深山裡，日子久了，生活的困難就越發明顯。
糧食不夠吃，山上的野物也漸漸被打得差不多了，再繼續下去，只怕裘家村的人都要餓死，可是要把這些隱戶交出去，里正卻有些不忍心。
「家兄曾與我說起，盧縣令是個好人，為官多年，心繫百姓，知曉黎焉縣境內好些村子收成常年不好，便向李刺史多次提出減免賦稅。」
晏雉說著，若有所思地看著里正。
「可是賦稅減免了，收成卻因隱戶人口一日多過一日，反倒比減免前收益更低，盧縣令即便再心善，也無力遮掩這項缺口。里正應該知道，再這樣下去，無論是對黎焉本地的百姓，還是那些外來的隱戶，這都不是一樁好事。」

她說話輕聲細語，里正聽著表情有些微妙。

晏雉的話其實說的在理。如今的袠家村，已經到了自己人都吃不飽的地步，更別提還有那些隱戶；只是……都是可憐人，能幫一把就幫一把，就這樣把人交出去，實在說不過去。

里正正要說話，晏雉忽地話題一轉，問起別的事來。「方才我瞧見村子口的那幾個孩子，似乎太瘦了一些，可是吃不飽？」

里正點點頭，重重嘆了口氣。「那個年紀稍大一些的女孩就是隱戶出身，是個可憐的。她娘難產，一屍兩命。去年秋汛，她爹為了救人，被捲進吞雲江，再沒救上來。」里正嘆氣。「平日裡，那孩子就吃百家飯，今天這家吃點地瓜，明天村尾吃口糙麵，面黃肌瘦的，哪裡像是十來歲的小娘子。」

「那女孩叫什麼？」

「姓譚，叫慈姑。」

第十二章　舊人來

在晏雉的記憶中，慈姑是在她十一歲那年安置到身邊的。

時隔那麼多年，她能記住一些事，卻也忘記了很多早年的事情。

晏雉只記得，慈姑並非家生子，但勝在為人忠心體貼，後來晏雉出嫁，慈姑和豆蔻兩人也是作為陪嫁一道去了熊家。

自重生後，晏雉就一直在等，等慈姑重新出現在身邊，到那時候，她對自己說，她要好好回報慈姑，回報那些年她片刻不離的照顧。

想到這裡，晏雉忙向里正詢問慈姑的住處。

里正有些疑惑，生怕是慈姑那丫頭做了不好的事招惹了小娘子，忙問：「小娘子怎地要見她？」

「我才跟著兄嫂來黎焉，身邊只有乳娘和一個丫鬟服侍，想說再添一個。我瞧著與她有緣，她又是個可憐的，不如就跟我走。」

里正聞言，頓時笑了。「小娘子心善，那孩子能被小娘子瞧中，是她的福氣。我這就讓人把那孩子喊過來……」

「別，帶我過去找她便是。」

里正心裡歡喜，隱戶的事轉首就拋在腦後，忙領著晏雉出門。門外守著好些村民，見里正出來，身後還跟著那陌生的小娘子，一個個都緊張起來。

「都別再守著了，」里正吆喝一聲，樂道：「看到譚家丫頭了沒？」有個漢子往外指了指。「剛還瞧見跟著人下地抓田雞去了。」

里正有些遲疑。「這地裡不大乾淨，要麼，還是把那孩子叫過來吧……」

晏雉忙不迭擺手，直言去就是了。

等到了田邊，看著泥濘的田地裡，幾個半大小子這一個、那一個彎著腰在稻叢中翻找。里正在田埂上站定，朝著那些小子們吆喝。「譚家丫頭！」

小子們聞聲都直起腰來，又朝遠處喊了幾聲，晏雉這才瞧見田地的最那頭，站起來一個女孩。

里正把人喊過來，晏雉看慈姑還在田地，一步一個腳印走來，有些心急地邁開步子，就要下田走過去接她。

肩膀被人一把按住，晏雉愣了愣，回頭對上須彌琉璃色的眼睛。

「妳別動，我過去。」

見慈姑動作有些慢，里正正要催她，身側有人幾步走過，他愣了愣，定睛一看，竟是方才跟著小娘子過來的那個青年。肩膀寬厚，身材高大，一看就是個厲害的。

慈姑是被須彌拎小雞一般，從田地裡拎到了晏雉身前。

慈姑大概還記得之前在村門口的情景，知道是自己誤會了小娘子，這會兒見人站在身前，不由得臉紅起來，但因為面黃肌瘦，看著反倒膚色好看了不少。

里正見她呆呆的不知道說話，忙咳嗽兩聲。「還不給小娘子請安，小娘子這會兒是特地來找妳的。」

里正這時候已經又想起晏雉提到的隱戶一事，礙於旁邊還圍了許多村民，其中正有這些年遷來的隱戶，不得已便改口說人是特地來找慈姑的。

圍觀的村民譁然。慈姑顯然也有些發愣，見里正使了幾個眼色，這才後知後覺回過神來，上前行了一禮。

比起重生前，眼前的女孩行禮的姿勢並不標準。晏雉眼眶微熱，別過臉吸了吸鼻子，這才和顏悅色道：「妳願不願意跟我回去？」

慈姑有些懵，倒是旁邊的村民，伸手推了她一把，興奮道：「小娘子這是要帶妳回去享福咧！」

像裘家村這樣的窮村莊，每年都會有牙婆過來收人，男娃、女娃只要身上沒什麼缺陷的，四肢健全，五官也端正的，都會寫個契書，把人帶走。

帶去哪兒？自然是帶去調教，等大戶人家要添丫鬟、小廝了，就帶著人上門，一排站開，由著主人家像是挑賣豬肉一樣，從頭打量到腳，然後決定日後的命運。

儘管這樣的事情聽著像是毫無尊嚴，可對這些老實本分的莊稼人來說，自家孩子如果能被大戶人家挑走，就算是當個丫鬟、小廝，那也比在田裡摸吃的好。

晏雉要帶走慈姑，裘家村的人多少是有些羨慕的。只是看著女孩到底可憐，家裡爹娘都沒了，吃著百家飯，面黃肌瘦，瘦巴巴的，別說以後能不能生養，就是還能活幾年都成了問題。於是，心底的小酸澀一下子就過去了，倒是不少村民爭先恐後地勸起慈姑，讓她趕緊答應，別讓小娘子變卦了。

晏雉在問出那句話後，就一直沈默不語，只偶爾側頭同身後的須彌說兩句話。

良久，晏雉才聽見慈姑囁嚅問道：「小娘子要我做什麼？」她娘死得早，沒教她什麼莊稼人的本事，實在不知這個看著十分矜貴的小娘子要她做什麼。

晏雉笑。「我身邊缺個人，妳來填補那空位。」

慈姑最後點頭答應了，晏雉擺手讓她先回家收拾行囊，等會兒就在村口等著。

之後，晏雉轉身，恭敬地朝里正揖了一揖。

里正明白，這是有正事要說了，忙讓周圍的村民各自散了。

「隱戶的事，並非是說不能有，當初朝廷也曾睜一隻眼、閉一隻眼，只是如今上行下效地有些過了。」晏雉仰著頭，目光沈沈地看著里正，面上是和年紀不相符的沈穩。「里正方才也瞧見了，裘家村裡有一個譚慈姑，可實際上，又並非只有一個這樣的孩子；更別說放眼整個黎焉縣，甚至放眼蘄州，放眼全大邯。」

她把話說到這一步，再明白不過了，可之後的事，卻不是晏雉能夠做主的，得看里正自己的想法。

晏雉心裡明白，她一個十歲的小娘子，即便是在黎焉縣內再闖出個女神童的名號來，也不是光憑一張嘴就能幫兄長解決隱戶一事的。

她不強求，只盼著能遊說遊說，也算是幫上一個忙。

該說的話都說了，里正將人送到村子口。晏雉抬眼便瞧見已經在村口站著的慈姑，瘦弱得彷彿一陣風就能颳走。

須彌牽著馬過來，看了看只到馬脖子高的慈姑，回頭去看晏雉。

晏雉問：「會騎馬嗎？」

慈姑搖頭。

晏雉翻身上馬，伸手就要去拉她。

慈姑愣了愣，到底還是聽話地踩著馬鐙，被晏雉拉上馬背，小心翼翼地抓著她的腰身，輕輕支吾道：「我……我坐好了。」

晏雉頷首，扭頭就要與里正道別，卻一下子愣在原地。

兩鬢斑白的里正，抬起雙臂，朝她長長一揖。

慈姑被晏雉帶回衙署，沈宜將她叫到身前，才一眼，就紅了眼眶，心疼地直嘆氣。殷氏心裡也難受，忙牽了慈姑的手，下去給她燒水沐浴。

等人收拾乾淨了再上來，沈宜抹了眼淚，滿意地點了點頭。「按理妳成了我家的丫鬟，就該讓主子給妳改個名。」她見慈姑身子僵了僵，知道是不願意的，便又接著道：「只是，四娘性子好，方才也同我說了，不改名。妳來時叫何名，往後便叫何名。」

如此算是把人正式留下了，晏雉的身邊又多了一人。

慈姑倒也聰慧，從一開始的手忙腳亂，到後來能跟著殷氏和豆蔻得心應手地服侍晏雉，用了不長的時間。

而此時，黎焉的盛夏到了。

黎焉縣的夏天，比東籬熱多了，偏偏天氣悶熱得厲害，卻始終不見下一場雨。

晏雉站在田埂上，看著田地裡正在除雜草的莊稼漢。她一連往這個裘家村跑了五天，從剛開始連村子口都不讓進，到現在許她在村子裡四處走動，晏雉覺得離說動裘家村里正已經不遠了。

「小娘子，該吃飯了。」慈姑提著菜籃子，急匆匆趕來，晏雉這幾日曬得有些黑了，卻偏偏依舊往外頭跑。

晏雉點了點頭，卻朝著田裡的莊稼漢，喊了一聲。「日頭不早了，里正，吃點東西再繼續吧。」

那地裡頭的莊稼漢直起身來，擦了把汗，走到田埂上，皺著眉頭。「日頭這麼曬，小娘子何必在這兒守著。」

慈姑將飯菜在田埂上一字排開，又盛了滿滿一大碗飯遞給里正。

里正也不客氣，接過飯碗，當即大口吃了起來。晏雉也不在意，坐在一旁，細嚼慢嚥地吃著。

「妳個小娘子也是奇怪。」里正邊吃邊說：「別人家的小娘子這日頭，都躲在屋子裡，屋裡放上幾塊冰，涼快得很，哪裡會想到站在太陽底下曬。」

晏雉笑道：「里正是曉得我的意思的。」

里正扒完一碗飯，又咕嚕咕嚕灌下一大碗水，一抹嘴，說：「行了，日頭大，小娘子早些回去，等我這塊地弄乾淨了，這就去城裡，把人給晏司戶、盧縣令說一說。」

晏雉笑著應了聲好，正要起身回去。

剛下了地的里正又將她喊住。

「小娘子這幾日還是當心些好。小娘子雖然成日裡都是往我們這種窮苦的村子跑，可到底還是礙了有些人的路，安全起見，小娘子還是好生待在衙署內，別再出來了。」

裘家村里正的好意，晏雉領了。

這幾日，她的確覺得心下不安，自從知道她每日外出是在做什麼後，兄長更是在她身邊安排了僕從，就連須彌，也一連幾日白天在外奔波，夜裡便守在門外直到天明。

可是晏雉有時四顧，周圍的人卻都看起來那麼普通，然而落在身上那尖銳的目光，卻似乎哪裡都存在。

入夜的涼風吹拂在身，晏雉躺在竹蓆上，迷糊地翻了個身。腳踏上的豆蔻起身看了看，伸手將薄被拉過，遮住她翻來覆去時露出的一小節雪白的肚皮。

遙遠處，有更伕敲著鑼走過，吆喝著「小心火燭」。

床上的晏雉睡得迷糊了，說了兩句夢話，左右不離隱戶。豆蔻哭笑不得地彎了彎唇角，將窗子合上，只留了一小條縫。

她往腳踏上坐下，順手摸過扇子，靠著床沿給晏雉搧風，等床上的人徹底睡沈了，她自己也撐不住，搭著床沿睡了過去。

大概是白日裡累著了，晏雉睡得有些不踏實，豆蔻的扇子一停，不一會兒工夫，晏雉便自己睜開了眼睛。

她小心翼翼翻了個身，打算再閉上眼睡下，不想這一側身，從那露著一條縫的窗外，竟看到了詭異的紅光，映著半邊天際，有人呼喊著從遠處跑近。

「走水啦！走——水——啦——！」

晏雉幾乎是在那一瞬間，翻身下床。豆蔻被呼喊聲驚醒，再看屋內，已是人去樓空。

晏雉披著外裳直接奔出院子。

著火的是西院一處下人房，漫天紅霞中，內衙混亂喧囂的聲響到處傳來。受到驚嚇的僕從在院中呼喊，有人滿身是火地從房裡逃出來，半身衣裳已被燒得沒了，皮肉灼燒的熱度撲面襲來。

沈宜急匆匆趕到的時候，晏雉正在西院指揮救火、救人。

「牛二，命今夜當值的家丁全部堅守崗位，除了我身邊的人，不准放任何人進出！」

「豆蔻，去請大夫！」

「阿羿，你帶這些沒受傷的人，全部接力倒水救火！」

「管事，帶人嚴陣以待，如果火勢蔓延，立刻撲滅！」

「剩下的人將受傷的人全部抬進東院！」

十歲的小娘子，披著衣裳站在沖天火光前，額角沁出汗珠，神情卻依舊鎮定，眉頭緊鎖，眼神如鷹般尖銳地看著每一個人。

扶著沈宜趕來的銀朱，被眼前的情景所震懾，耳畔忽地傳來自家娘子的喃喃。「惜乎女子……」

火光中，晏雉仰頭望著籠罩著房子，囂張吞吐著赤焰的大火，鼻尖是濃烈的焦土煙火味。

救火的人提著水桶，從她身旁急匆匆跑過，牛二夾在其中，火燒火燎地奔到晏雉身旁。「小娘子，門外來了望火樓的官兵，可是讓人進來？」

晏雉點頭應了，眉心卻緊緊皺著，並未舒展開。沈宜握著她的手，低聲問道：「我知妳想將門防住，方便稍後抓人，可是這場火瞞不過望火樓，有他們在，更能快些救火不是？」

煙灰漫天飛捲，晏雉閉了閉眼。「他們來得太慢了，更像是故意拖延時間……」

沈宜微怔，從身後急匆匆跑過一隊官兵，手裡拿著救火的器具，一站定就撲向了火場。

晏雉一直站在原地看著他們，身邊很快就多出幾具焦黑的軀殼，並排躺著，像是剛被人從修羅煉獄中拉出來一般，皮肉焦捲著，彷彿靜下心來聽，還能聽到皮肉在滋滋作響。

沈宜只看了一眼，便猛然扭頭，嚇得臉色慘白，如果不是銀朱還在旁邊扶著，只怕她已經當場腿軟坐到地上了。

「四娘，」沈宜稍稍側臉。「妳還是回……」

想要說的話，沒來得及說出口，她看著晏雉臉色煞白，卻神情肅穆，目光緊緊盯著火場，心頭一顫，終是嚥下差點脫口而出的話。

大火在天將明的時候，終於熄滅了。

晏雉披著衣服，站在焦黑的廢墟前。蟬鳴躁動，日光漸明。她看著灰頭土臉的僕從拿著搜羅出來的白布，將屍體蓋上。

殷氏掩著口鼻匆匆趕來。「四娘……」

晏雉輕輕應了一聲。

殷氏道：「大夫已經給傷者都看過了，有幾個傷得重一些，皮肉都開了，就算傷好了，日後怕也再難往人前露面。傷勢輕一些的敷點藥，再喝幾帖壓驚茶就好。」

「大娘在哪？」

「大娘在東院，和丫鬟一起在照顧傷者。」

晏雉頷首，忽地又問：「管事可在？」

管事在後頭趕緊跑上前。「小的在，請小娘子吩咐。」

「你將名冊拿來，仔細把人記錄下，哪些受了傷，傷者，依傷勢輕重，分撥銀子，安撫他們好生養傷；至於不幸遇難的，是本地的，就將家人請來，若是從東籬跟來的，就派人去東籬晏府道個信。」晏雉長嘆了口氣。「總不能讓他們客死異鄉。」

管事忙不迭應了聲是，轉身急忙回屋拿名冊，依言將傷者登記在冊。

另一頭，晏雉心中雖知那縱火之人許是趁著望火樓的官兵進出的時候，渾水摸魚逃走了；可依舊命牛二等人，將整個衙署嚴加看守起來，命阿羿帶著人守在廢墟周圍，生怕有火星還未熄滅，一不小心再度復燃。

等一切都面面俱到，天光已經大亮。

晏雉撐了一夜，沈宜和殷氏都勸著要她回屋歇會兒。晏雉推拒不過，心頭疲累不堪，只好回屋。

她其實已經累得有些脫力了。雖然她從頭到尾都沒做什麼事，只是站在火場前，強壓下心頭的噁心和惱怒，咬著牙，指揮眾人。這會兒鬆懈下來，很快就昏睡了過去。

這一覺睡得格外悠長，醒來的時候，窗外的蟬鳴聲正盛，屋裡擺了一盆冰，悶熱的暑氣被驅散開。她躺在床上，眨了眨眼，稍稍側頭，便瞧見了坐在床尾小墩子上的高大青年。

青年風塵僕僕，顯然回來後還沒洗漱，便直接來了她屋子。

殷氏掀開簾子往內室走，抬眼瞧見晏雉從床上坐起來眼睛一直看著須彌，皺了皺眉，到底還是拉著身後的慈姑一道走了出去。

「幾時回來的？」

「不久。」

須彌起身走到腳踏前坐下。「管事將府裡起火的事都與我說了，四娘可是覺得不對勁？」

晏雉神色一斂，靠在床頭，握了握拳。「我擔心是有人故意為之。」

她眼下還有倦色，須彌皺了皺眉。「明日起，我就回來。」他這幾日一直聽晏雉的話，守在晏節左右，現下見晏雉要說話，他忙搶先道：「這人既然能趁著大郎不在時，往府裡縱火，就能趁人不備的時候，對你們下手。」

晏雉笑了笑，眼底夾著冷光。「我不信這火是無緣故自己燒起來的。夜半三更，該熄的燭火都熄了，也不會是有人失手打翻燭火釀起大禍。」

「西院那屋子後被人擺了一排灑了油的乾柴！」

人未至聲先到，晏雉和須彌扭頭去看，珠簾被人一把從外頭掀開，晏節邁著步子，徑直走了進來。

須彌起身，行了一禮，復又回腳踏坐下。

晏節看他一眼，在床尾的小墩子上坐下。「我讓人查了，這火確實是有人故意為之。西院著火的那屋子後頭擺的是澆了油的乾柴，所以火勢起得快，也難撲滅。」他頓了頓，道：「大約是趁著夜色摸黑幹的，所以，那縱火之人並未察覺油水滴了一路。」

晏雉略一想，道：「那油水一直滴到哪兒？」

「角門。」

晏雉抬頭。「大哥可是查過昨夜角門當值的是誰？」

說到此處，晏節看著晏雉的目光中，帶了濃濃的讚揚。「我曾一度在想，讓妳跟著來黎焉究竟對不對，誰人家的小娘子這個年紀不是纏著爹娘撒嬌的時候。妳來黎焉後，除了內衙的庶務，更是為了隱戶之事，成日往那些村子跑，若是讓母親知道了，怕是要狠狠責怪於我。」

他說著，卻又笑了笑，笑過後，正色道：「昨夜妳做得很對。每一項安排都十分妥當，管事已將名冊交予我，昨夜各處當值的家丁也都核對過了，確實少了幾人。」

說來的確驚險。他與須彌天還沒亮就已經等在城門外，城門大開的時候，守城的衛兵一見是他，忙指著衙署的方向說起火了。

街上人煙稀少，他倆縱馬狂奔，剛至街口，果真就見衙署上空有濃煙正被風吹開，街頭巷尾處有一隊望火樓的官兵跑過，還有相識的街坊鄰居看見他倆，忙呼喊說府裡走水了。

晏節心急如焚，須彌更是快他一步，騎著馬直衝大門，也顧不上門口的家丁奉命不許人進出，直接縱馬衝了進去。

等到了內衙才知，起火的是西院的下人房，四娘在這兒緊盯了一夜，方才被人勸著睡下。

晏節心裡頭是想趕緊去安撫妻兒，再去探望下晏雉的，可看著底下管事捧了名冊，一臉正色地上前，他眉頭一皺，揮手讓須彌先回東院，自己接過名冊，處理起這場無名之火來。

等接手的時候，晏節才明白，起火的這一夜，晏雉一人究竟做了多少安排。

她就像是一個堅強的盾牌，擋在眾人身前，令因為這場無名大火而慌亂的內衙，在極短的時間內重新按部就班；她將安撫人心的事，交給了沈宜，自己則堅定地站在火場，緊鑼密鼓、雷厲風行地指揮著每一個在火場周圍的人。

晏節一直知道自家這個妹妹有多特別，卻在今日，才真正意識到，四娘已經越來越與眾不同。她不會是那些嬌弱的小娘子，遇事哭哭啼啼，心慌意亂地到處尋求幫助，她會像個男兒一般，撐起所有。

可是等晏節見過妻兒後來東院找晏雉，心裡又一下子對她疼惜了起來。

「我既回來了，後頭的事便由我來打理，妳自在東院歇息。」
晏節說著，伸手拍了拍晏雉的髮頂。「這幾日，辛苦妳了。」
晏雉抿了抿唇角。「名冊上少了的人，可是昨夜當值的？」
「正是。」晏節眉頭微蹙。「角門處當值的六人少了三人。依照妳先前整理的名冊來看，這三人本是先前那位司戶留下的舊人。」
「他們的家人可還在黎焉縣內？」
「無家無口，赤條條一人。」
晏雉道：「那人挑的好幫手。」
晏節冷哼。「興許不是挑的，而是拋出條件，願者上鈎。」
兄妹倆一搭一唱，倒是將這場無名火的起因分析了個頭頭是道。
須彌沈默半晌，終於出了聲。「可是有懷疑的人？」
被兄妹倆懷疑的對象不是別人，正是當初當街攔過晏雉的屠三。只是自那日之後，晏雉即便再在路上與此人偶遇，不過是得他一二嘲諷的笑臉，卻從未再有過別的接觸。
然而，明面上看不出此人與這場大火有什麼關聯，往細裡查，卻依舊能找出一些蛛絲馬跡。
在大火過後的第三天，原本藏匿在城中，準備偷偷帶了報酬的金銀逃跑的三個家丁，被須彌捆綁著扔到了縣衙。
晏司戶的衙署遭人縱火一事，是報了官的，盧縣令十分重視，更是張貼了告示，掛了這三人的畫像在城中各處，這三人被抓只是早晚的事。

人一抓來，盧檀還沒上刑，底下人已經害怕地哭著把知道的事全都招了。

不外乎是說這場火的確是有人讓他們放的，一人給了幾顆金豆子，還幫著找了事後可以藏身的地方；但是質問是誰找他們的，卻又不敢說，只反覆把事情往黎焉縣中那幾個最大的茶商身上推。

盧檀將手一揮，便有小吏抬上長凳，依次排開，將三人壓住手腳捆在凳上。

一張凳子左右兩側各站一人，手執拳頭粗的棍子，只聽得縣令一聲令下，棍子啪的就落在屁股上。

板子打完，將那三個鬼哭狼嚎的叛主之徒押下牢去，晏雉方才從後頭繞了出來。

堂中還落了一些血跡，她瞇著眼看著那些血，耳畔響起的依舊是那夜沖天火光中，被困在火海漸漸落下的哭喊聲。

盧檀看了眼晏節。

他其實並不大能理解晏司戶的作法。雖說起火那夜的事，他已從晏節口中得知，那一晚晏家四娘做了多少尋常女子不定能做出來的事；可饒是如此，在他心中，女子終歸是女子，怎能拋頭露面，試圖與男子混在一處做事。

想到這裡，盧檀忍不住問：「晏司戶，此事你怎麼看？」

晏節不語，只扭頭看著晏雉。

「明知叛主之罪不能輕饒，還是冒險做了，如今被抓回來，嚴刑逼供都不須，直接交代了事情的原委，這三人做事，倒也痛快。」

晏雉的話，聽著讓人不明所以，晏節卻似乎聽出了其中深意，略一思索，頷首道：「是有些痛快了。」

他兄妹兩人似是在打著什麼啞謎，盧檀一時問不出所以然來，便不由自主地掃了眼立在一旁，從頭至尾不曾開口說過一句話的青年。

只見青年繃著臉，一言不發，目光只追著晏四娘移動，盧檀越發不知要說些什麼，遂閉了嘴，只等著晏節好心將話與他說清楚。

隱戶的事，查了七七八八，最後死咬著不願鬆口的，便只剩下幾戶大的茶商；往細裡查，便又能從他們查到蘄州刺史李梧和五曹的貪贓枉法。

自那夜大火燒了內衙下人房後，李梧與五曹但凡有狀似好心地詢問起這事，晏節一律沈著臉回了句「冤有頭，債有主」，話罷便若有所思地盯著他們瞧。

李梧私下將五曹罵了個狗血淋頭，直說他們不會做事，竟讓那三個放火的人活了下來，末了又冷笑說要讓人給晏節一家好看。

可不等他叮囑手下人動手，那一頭有人連跌帶爬地跑了回來，撲通就跪倒在地上，打著哆嗦說晏節往奉元城遞了奏摺。

奏摺上的內容是什麼，李梧無從得知，可這個消息，就好似青天白日一道旱雷，直接就砸在他的鞋尖前。李梧嚇了一大跳，臉色頓時煞白。

下一刻，靳州刺史當即命五曹趕緊將手頭的事都放下，盡快通知名下那些茶莊，將那些隱戶看管起來，別讓晏節找準了機會，一把揪出來，到那時，就是拔出蘿蔔帶著泥。

然而，與李栝他們所想不同的是，晏節的確是向奉元城遞了奏摺，且這份奏摺也已經送到皇帝的案頭；可他所稟告的，並非是靳州之中有人以權謀私，私藏隱戶，巧立名目，苛捐雜稅，他所寫的那封奏摺上，白底黑字寫著「造堰」兩字。

時近秋汛，掣江江水日漸洶湧，流經黎焉縣的吞雲江，可是漸漸露出了凶殘的面目。

晏節在查訪隱戶一事時，便發覺江水的問題，又從盧檀和百姓口中得知，黎焉縣幾乎年年都會因為秋汛，損失部分秋收，有時甚至連稅收都難以上繳。

他問過盧檀，為何不造堰以控江水。盧檀搖頭，直說李栝和五曹總有千般理由將造堰一事推諉掉。

於是，晏節也不往李栝處遞摺子，直接命人將摺子送到奉元城中太學恩師手中。那一位雖身在太學，卻心繫百姓，當即將奏摺呈給了皇帝，因而才有了李栝和五曹後知後覺的驚惶。

皇帝對靳州一事，多少也是心知肚明，當下就給了批覆。等到聖旨快馬加鞭從奉元城送回黎焉縣的時候，晏節早已率眾開始測量吞雲江，開挖江岸，準備造堰了。

李栝試圖阻攔，卻因晏節早已將諸事一一安排好，竟有些無從下手。

五曹出主意說，從前衙的事著手，李栝尋思可行。

前衙的事，說穿了，還是隱戶一事。

晏節自任靳州司戶以來，從前積年舊案也好，近年的計帳、婚媾等事，他無一不是處理得妥妥當當，任人挑不出一絲毛病來。儘管五曹為了阿諛奉承，多次搗亂，卻大多被他避了過去。時至今日，李栝細看下來，竟發覺除了隱戶一事，還當真找不出其他可以說的公事來。

「人手？」

晏節抬頭，命人繼續將圖紙畫出，自己繞過案桌走到李栝身前。「刺史這是何意？」

李栝咳嗽兩聲。「造堰不說，光說你這圖紙規劃，挖渠引水，沒個百人，怎可能趕在秋汛前便完工。」

晏節拱了拱手。「刺史所言極是，故而下官以為，不如張貼告示，從城中招攬工匠。」

像造堰這種招攬工匠的事情，乃徵徭役，此事須由官府出面，晏節只須與盧檀說上一說，自然便可在黎焉縣中徵召工匠；只是，他原本就另有打算。

「這人力、物力、財力，要花費不少錢……晏司戶何必如此勞民傷財。」

晏節心裡清楚，造堰雖是個浩大的工程，可一旦完工，對子孫後代來說，那都是福澤千秋的工程。他才冒出這個念頭，在內衙隨口說了，晏雉反應最快，當場就幫他想了個一舉兩得的主意。

「人力、物力、財力是耗費頗多。」晏節說：「可一旦成功，不光是黎焉縣日後是風調雨順，整個靳州，乃至靳州周邊的幾個州牧，皆會從中受益。為官者，為民，李刺史想來也是盼著能做出一份百年之後會被人載入史冊的功績的。」

李栝噎了噎。

晏節又道：「這人力、財力，並非難事，只消各家各戶出些青壯郎君，再每家每戶按人頭先上繳一定錢財，由百姓親自督造工程，想來無論是想偷工減料，還是有人試圖從中中飽私囊，都躲不過滿滿黎焉城百姓之眼。」

「不成。」李栝忙道：「假若按人頭支取錢財，這萬一要是家裡藏……」

後頭的話，堵在喉嚨裡，李栝咳嗽兩聲，不再往下說了。

晏節看著李栝這個反應，心底暗笑。

原本，晏節是打算從李栝手上借調一部分司兵管轄下的蘄州士兵，還是晏雉提醒，說不如趁勢逼那些大戶將私藏的隱戶吐出來，這才想了這麼個主意。

「那不如這樣，誰家出的青壯郎君多，須繳納的錢財便少一些；若是有隱戶自願出力的，等工程結束後，下官再向陛下上一道摺子，給那些有功的隱戶造下戶籍，日後他們便算是蘄州百姓，再不必躲躲藏藏。」

李栝還想再說，那頭皇帝的聖旨已快馬加鞭送到了衙署。

皇帝的聖旨內容，差點沒讓李栝咬著自己的舌頭——命蘄州刺史李栝，全力配合蘄州司戶晏節造堰，又同時贊同了晏節所提出，各家各戶以人頭出錢出力的提議。

因此，李栝再怎麼心生不滿，也不敢明著與皇帝作對，只好打落牙齒和血吞，任憑五曹再怎麼勸慰，他的臉色依舊鐵青。

告示貼出來的那一天，城中各個告示牌前人聲鼎沸，盧檀更是親自將黎焉縣所轄的幾個村子的里正請到衙署內，與晏節兩人將告示上所指之事，仔仔細細再說了一遍。

等到第二日，各村子口都來了幾個小吏，笑盈盈地說是晏司戶和盧縣令的吩咐，過來登記報名的。

到第三日，各家各戶的青壯郎君們都已登記在冊。那些大戶人家更是為了能少給些銀錢，將私藏的青壯隱戶全都推了出來，那些隱戶中也有識字的，看過告示，得知幹得好還能入籍，當場就簽字畫押。

十天後，吞雲江流經裘家村一段，挖開了半條水渠。

李栝中間去過一次裘家村，面上說是督察工程，實際上，不過是想看看哪裡能下了晏節和盧檀的面子。

誰知去了裘家村才曉得，在這個村子裡，真正能說得上話的，是晏節那個成日裡拋頭露面，年紀小小，卻時常出謀劃策幫著晏節處理內衙、前衙庶務的妹妹。

李栝心下氣惱，又不願讓晏節和盧檀就這麼順順利利地將隱戶全部找了出來，便差人想從中使壞。

哪知，晏節早有防備。

每家每戶按人頭上繳了一定的銀兩，總共算起來，整個黎焉縣上繳了兩萬五千兩白銀。但是這些銀子，絕對不夠造堰，晏節也不急，另外寫了一道奏摺，又命人快馬加鞭送回奉元城。

李栝派去的人，想在城門外試圖攔截信使，不想，卻被人一記手刀打昏過去，醒來的時候，已經被剝光了衣服，吊在城外的小樹林裡。

慈姑尷尬地望著笑倒在床榻上的晏雉，偷偷打量了眼坐在床邊小墩子上的青年，低頭從屋子裡退出去，關門的時候還能聽到屋子裡小娘子笑得不行的聲音。

「你倒是壞。」晏雉笑著坐起身。「瞧著正正經經的，哪裡來的壞主意。」

須彌雖然臉色如常，唇角卻微微地彎著，想來見她在笑，心情也是不壞的。

「既然都是使絆子，讓他堵心總是要的。」

晏雉點頭。「大哥一心為民，好在皇帝陛下本就有意整頓蕲州，不然頂上壓著這麼一位刺史，怕是在蕲州一輩子，大哥也難以做出什麼實務來。」

須彌看著她，略一思忖，說道：「四娘這幾日，別出門。」

晏雉聞言點了點頭。「他沒能對付大哥，勢必要拿嫂嫂或是我下手。這幾日大郎正病著，嫂嫂也不會出門，最容易下手的便是我了。

「我沒那麼笨。」晏雉情不自禁笑道：「自那日大火後，內衙的守衛就比從前嚴實許多，除非我出門，他的人想拿我下手，很難。」

晏雉從不在意在須彌面前表露自己的沈穩，主僕兩人說話時，更像是兩個年齡相仿的朋友，一樣的心態，一樣的年紀。晏節初始並不願看見他兩人這般親近，可到後來，便也習以為常，由著他兩人去了。

「小心無過錯。」須彌蹙眉道。

晏雉笑。「是，我曉得。」

她說完話，抬頭去看窗外。

半開的窗戶外，天色灰暗，零星有小雨飄飄。屋外院子裡吵吵鬧鬧，西院被燒，那些下人一時間只能擠在東院。晏雉聽到有人從門前跑過，喊著「下雨了」。

而後，那零星小雨轉瞬間瓢潑而下，晏雉愣了愣，須彌已經起身走到窗邊，抬手將窗戶關上，擋住斜打進屋裡的雨水。

「怎麼就下雨了……」晏雉有些微愣。

須彌回身走到桌邊，斟茶，說：「很久沒下雨了，悶了好幾日，是得下了。」

他走回到床邊，將茶盞遞給晏雉。「只是不知道，這場雨，要下多久。」

第十三章　天災降

這場大雨，一直接連不斷地下，雨珠大得就好似斷了線的珍珠，一顆一顆往下墜落。晏雉站在簷下，望著雨幕中來來往往的丫鬟。

大雨下了整整七天，造堰的工程不得已只能暫時停下。宮裡來了旨意，說是造堰的款項將有人專門護送至河間府。晏節算了算日子，知道押車的隊伍這幾日便該到河間府了，便與盧檀打了招呼，帶著人馬，親自前往河間府相迎。

臨行前，他在吞雲江畔冒雨走了個來回，擔心雨勢過大，造成秋汛提早到來，特地命人做好防汛。

晏雉本想讓須彌跟著他一道走，但無論是晏節還是須彌，都不敢再將這姑嫂兩人毫無保護地留在家中，生怕再發生一次縱火事件。

晏雉雖有些無奈，可心知兄長是因上一回的事怕了；加之，縱火之事，雖彼此心知肚明，但苦於證據不足，並不能將人拿下。兄長也是擔心在他離府的這幾日，那些人又乘機在衙署內引起騷亂。

因此，這幾日無論是從內衙走到前衙，還是三更起夜的時候，晏雉總是能輕易地找到守在身邊不遠處的須彌。一連幾日相安無事，她漸漸放下心來。

想到此，晏雉從雨幕中收回視線，低頭算了算。

距離兄長前去河間府已過去三日，看這大雨的苗頭，最近是不會停了。她不由得有些擔心，皺著眉頭，在簷下走了個來回。

時近傍晚，須彌洗漱畢，帶著一身水氣，從自己那屋走了出來，一轉身，就瞧見在簷下不住來回走動的晏雉。

不管是在從前的晏府，還是如今的衙署，在須彌看來，他只為眼前的小娘子而存在的。他從來都是晏雉說東他便東，說西那便西，唯獨此番，他說什麼也不願再離遠。

那日縱火之人，心狠手辣，出手即是傷人。那場火，燒死了好些人，可說到底，卻只是警告。用人命作警告，這樣的對手藏在暗處，不得不令須彌提高警覺。

晏雉耳朵靈得很，才聽到關門聲，便知是須彌出來了，趕緊上前，急切道：「明日與我沿著吞雲江走一道。」

「出了何事？」

晏雉搖頭。「只是有些放心不下。這雨太大，我問過城中的老工匠，掣江水流一向很大，往年的秋汛都集中在十月中、下旬，我看這幾日雨勢，擔心吞雲江受不住。」

須彌看她，見她神色緊張，知道是真的擔心，當下便點了頭。「妳若是不放心，我現在就去看看。」他說完，當真就要轉身去拿蓑衣。

晏雉慌忙抓著須彌的胳膊，連連搖頭。「你別去，天色不早了，你這時候去，萬一出事怎麼辦？等明日天亮，我們早些出發。」

「好。」須彌頷首，摸了摸她的頭，目光卻看向雨幕，眉頭漸漸皺了起來。

這雨，的確太大了。

睡到夜半，有人跑來敲門。

晏雉在床上翻了個身，奈何敲門聲實在太吵，她不由得坐了起來，而後聽到門外傳來須彌的問話。「何事？」

來人大聲道：「發大水了！吞雲江一帶江水上漲得太厲害，已經沖上岸了！裘家村起蛟（注），泥石隨水流出平地！」

晏雉幾乎是在瞬間，掀開被褥跳下床開門問道：「怎麼回事?!」

來人趕緊跪下，低頭急道：「雨勢過大，吞雲江大水，山中水湧，村中……村中多死傷者！」

慌張趕來的殷氏，聞言臉色嚇得煞白，當即轉身去找沈宜。

待沈宜匆忙趕來，晏雉已隨手將頭髮綁了綁，穿上衣裳，奔出東院。

「四娘！」沈宜追上大喊。「回來！」

晏雉沒有回答，帶著一直守在房門外並未睡下的須彌和幾個家丁、小吏，徑直出門往縣衙去。

縣衙燈火通明，盧檀正緊張地吩咐小吏，命人趕緊將城門大開，讓受災的百姓能夠馬上進城避難。見晏雉來了，盧檀顯然一愣，當下也顧不上什麼，喊道：「小娘子來這做什麼？」

注：起蛟，民間傳說蛟精翻身或移動會帶來洪水，故稱洪災為起蛟、走蛟。

晏雉也不氣惱，當即問道：「縣令可已通知李刺史和五曹？城中兵馬可有佈置？吞雲江沿岸可有疏散百姓？裘家村情況如何？」

如同連珠炮一般丟出的問題，砸得盧檀頭昏眼花。他也是才被人砸門吵醒，一聽說起蛟了，震得當場就清醒了，連忙奔到前衙開始處理接踵而來的各項請示。

「已經命人去找司兵了……」

盧檀話音還未落下，那被派遣去找人的小吏火燒火燎地跑了回來，看見人直接撲倒就跪地道：「柳司法昨夜納妾，幾位郎君都在府上留宿，至今酒醉未醒！」

「胡鬧！」盧檀臉色大變，急忙又問：「李刺史呢？」

「李刺史昨日去了河間府！」

盧檀臉色煞白。無令不可調兵，他這一下徹底懵了。

「我去找他們！」

晏雉旋即轉身，盧檀緊趕著追到門口，見她翻身上馬，馬背上掛著一副弓箭，當即命一小隊衙差趕緊跟上，生怕她硬來傷著自己。

晏雉在雨中縱馬狂奔，帶著須彌和她從衙署帶出來的家丁、小吏，徑直衝到柳司法府上。

她縱馬奔進院中，追趕著上來攔人的柳家家丁，被跟來的衙差打退。晏雉一路無阻地衝到廂房，勒馬停下時，一聲馬嘯驚得相鄰的幾間廂房內傳來氣惱的叫喊聲。「來人！大晚上的還讓不讓人睡覺了！」

燭光依次被人摸索著點亮，晏雉高坐馬上，抽出箭，朝著窗戶對準隱約可見的燭光，拉弓射箭。

燭火接連擦邊，廂房內傳來女子驚恐的尖叫，而後，桌椅碰撞的聲音夾雜著高喊「刺客」的呼救，從各處傳來，終於有人慌裡慌張地推開門，跑了出來。

「吞雲江大水，裘家村起蛟，山中水湧致百姓頃刻間死傷無數，爾等卻在此醉臥美人膝！」

晏雉高高在上，低頭看了眼跟在來人身後露臉的女子，眉心蹙起。「為官者為民，爾等卻是為了魚肉百姓！來人，綁了！」

「是！」

那先跑出來的人正是蘄州司兵，當即掙扎著大喊。「哪裡來的丫頭片子！放開！放開！」

晏雉卻是不理，只緊緊盯著那女子，說道：「去將周司兵隨身的兵符拿來。」

那女子縮了縮脖子，耐不住被一個小娘子用鷹一般的目光狠狠盯住，到底還是轉身跑回屋裡，不一會兒，她就捧著幾塊兵符跑到馬前，小心翼翼地伸出手。

「哪……哪一塊……」

須彌上前，抓過其中一塊兵符。晏雉在院中橫掃了一眼，見相鄰的幾間廂房都只打開了一小半門，沈聲道：「今夜事出突然，晏四娘並非有意得罪幾位叔伯，只是天災突降，百姓受難，四娘不願置身事外，作壁上觀！」

她抱拳拱了拱手，一拉馬韁，低喝道：「走！」

門紛紛推開，三曹衣著凌亂地從房中跑出，扶起被扔在院中捆住手腳的周司兵。

「這是怎麼一回事？」

柳司法匆匆趕來，見狀大喊。「你們怎麼還在這兒？快！快！吞雲江大水，裘家村起蛟，外頭的百姓都要鬧起來了！」

晏雉闖進來的時候，管事連跌帶爬地跑去敲門，終於把柳司法給叫醒。聽管事將事情一說，柳司法頓覺大事不妙，趕緊跑來喊人。

「這……秋汛的日子還未到，怎麼就……」

「現下管不了那麼多了！還不趕緊收拾收拾，今日之事，若是被晏四娘說出去了，你我四人，皆是吃不了兜著走！」

眾人臉色大變。

「方才那丫頭片子就是晏司戶的嫡親妹妹？」

「就是她，晏家四娘！」

周司兵氣急，一扭頭，見方才幫晏雉拿兵符的女子正打算逃走，上前一把拽住她的頭髮，狠狠往地上壓，抬腿就是重重一腳踹在女子的腰腹上。

女子發出尖叫，聞聲趕來的丫鬟全都捂著嘴不敢出聲。

直打得女子頭破血流，周司兵這下發洩夠，鬆手冷笑。「乾脆一不做、二不休，趁亂把那個小丫頭片子一起殺了，讓咱們的晏司戶也找點正事做做。」

「胡鬧！」柳司法大喝。「眼下最要緊的事，是去找盧縣令。趕緊派人去河間府找李刺史，請他務必在晏司戶回城前趕回來！今日之事，若是處理不好，你我的烏紗帽，可都是保不住了！」

見周司兵執意要取晏四娘性命，柳司法臉色鐵青，甩手怒道：「與其想著要殺了晏四娘，不如仔細想想，你我若是再不出面，這滿城百姓要如何議論？」

先前酒醉，盧檀派人來喊話的時候，他依稀只聽到管事在門外說話，頭疼得要命，翻身便又睡了。

等管事再來敲門，喊著說有個小娘子騎著馬衝進院子，口中喊著吞雲江大水百姓遭殃，柳司法幾乎是騰地就從床上坐了起來，就連身旁剛納的美妾嘟嘟囔囔地纏著他不讓走，也被他毫不留情地搧了一巴掌。

如是想著，柳司法看了眼依舊滿臉憤慨的周司兵和其餘三曹，心底越發沈甸甸的。

城門已開，晏雉騎馬奔走在大街上，迎面而來的是無數拉家帶口，神色惶恐的百姓。其中，有不少人赤著腳，穿著單薄的中衣，顯然是天災突降時，有很多人正在香甜的睡夢中酣睡。這些逃出來的人，雖然狼狽不堪，可好歹留下了一條命，還有更多的人，也許就是在睡夢中，再也醒不來了。

一想起那些原本還在睡夢中的村民，再也看不到第二日從天際乍現的晨曦，晏雉的臉色就有些倉皇。

「四娘！」

須彌縱馬，突然與她並行，低沈的嗓音召回她已然出神的思緒。

晏雉呆呆地回頭看他，一雙眼睛已經濕了，神色卻很快復歸鎮定。「我沒事。」她咬了咬唇，縱馬奔至城門。無聲的雨水打濕她的臉，晏雉甚至顧不得去擦一把，甩了甩頭，不顧一切地向前。

城門口，盧檀身穿蓑衣，正緊張地吩咐守城衛兵有序地將逃難的周邊村民依序地引入城內，見晏雉過來，忙上前。「小娘子怎地還在這……」

他話音未落，胸口突然被什麼東西狠狠砸中，眼看著東西就要往下落，他下意識抬手接住，低頭一看，頓時震住。「這……」

「快調遣兵馬，搜救災民，吞雲江沿岸須加固沙堤，城中更是要當心有人趁亂逞凶！」

晏雉話罷，抬眼就瞧見湧進黎焉城的人群中，有幾人正拚命衝撞，叫囂著自己與靳州刺史是親戚，讓他們先進城，甚至還有人面目猙獰地指著衛兵的鼻子破口大罵。那幾個挨罵的衛兵，臉色並不好看，卻緊握槍戟，不肯退讓半步。

晏雉一眼就瞧見那幾人懷中抱著巨大的包袱，顯然是逃難前還整理了一番財物，再看衣著，雖也是中衣，卻穿的是最貴重的絲綢；幾個戴紗帽的婦人動作間，還能看見身上戴著昂貴的首飾，只是那幾張嘴臉委實有些難看。

晏雉毫不客氣地衝著那幾人狠狠甩了一馬鞭，人群中頓時發出淒厲的慘叫。

「盧縣令在此，何人敢肆意妄為？天災面前，無高低尊賤，若有人再自恃過高，妄圖踩著別人的性命，保住自己的身家財產，便當場捉拿！至於懷中財物，一併散發給受災的百姓，你們可還要猖狂？」

她話罷，猛一抽馬鞭，胯下的駿馬揚蹄嘶鳴，城門外的災民下意識地就往兩邊避讓，才空出一條道來，便見她與身後人縱馬衝出城。大雨嘩嘩地下，馬蹄飛踏，濺起水花一片接著一片。

盧檀目送晏雉一行人奔出城去，再看城門處一個個臉色蒼白趕來避難的村民，重重嘆了口氣，轉首對著身邊的小吏吩咐道：「在這看著，我去調兵。」

一陣忙碌後，吞雲江畔的沙堤很快就重新鞏固了起來，然而，晏雉的神色卻始終不見舒展。她帶著須彌和人馬，沿著吞雲江畔，一路縱馬狂奔。

雨越下越大，絲毫沒有停歇的現象，眾人身上的蓑衣也越發地沈重起來，只是看著騎著馬在最前頭為了災民奔波的小娘子，所有人都沒有說話。

起初也有人心生不滿，小娘子的年紀看起來那麼小，偏生要插手這些事，看著也只有搗亂的分。只是跟著小娘子看到越來越多災民，甚至還看到了江水中沈浮和橫躺在路邊的屍體，看著那些僥倖活下來失聲痛哭的災民，看著他們眼裡的恐慌、茫然、無助甚至是痛苦的眼神，所有人都閉緊了嘴。

無論小娘子是出於什麼目的，她都在用她小小的身軀，想方設法保護這些災民。

雨太大，在就要趕到裘家村的時候，晏雉騎著的馬馬蹄忽然打滑，前腿一曲，當即跪了下來。

晏雉一時不察，差點從馬背上摔下，好在緊跟其後的須彌縱馬上前，伸手一把攔過她的腰，將人帶到身前，這才避免晏雉受傷。

後頭的人驟然吊起的心，頓時放下，隱隱約約還能聽到有人長吁了一口氣。

「四娘，雨太大，裘家村起蛟，太危險了，不如先回去，我們去看看就好！」見她坐到須彌身前，忙有人出聲勸阻，生怕她再出事。

晏雉搖頭。「我不放心。」

須彌不語，只一手將她緊緊摟住，一手操控轡繩，雙腿一夾馬肚，驅馬向前。

身後有人牽過已經自己站起來，搖頭晃腦的晏雉的坐騎，跟在最後朝裘家村奔去。

裘家村幾乎是被山洪夷為平地。

當晏雉趕到時，那些僥倖撿回一命的村民跪坐在安全的地方痛哭。

那滾滾而來的洪水沖擊著村裡的每一座房子，滾落進村邊的河道，砸進剛挖開的水渠。互相攙扶著從村子裡逃出來的村民，渾身泥濘，忍著眼淚，不斷地拉扯彼此，跑得慢的更是連跌帶爬，號哭著求生。

從山洪爆發到現在，已經過去整整一個時辰，卻仍舊有洪水不斷地從裘家村後頭的山上沖下來。村中的百姓轉移了一個又一個安全的地方，卻最後統統失守。

所有還活著的人，幾乎腳步都凌亂著向外跑。

直到跑到洪水目前沖刷不到的地方，他們這才一屁股跌坐在地上，回過頭來，看著被洪水淹沒的家園。

在那被洪水淹沒的地方，還有他們來不及逃命的家人，也許是妻兒，也許是父母，也許……一家人都沒能逃過一劫。曾經長著莊稼的田地，這時候已經成了渾濁的水塘，還有魚、蛙被洪水從河道裡沖上岸，撲騰著濺開無數泥花。

晏雉坐在馬背上，整張臉都是白的，兩手握拳，緊緊抓著轠繩。

她渾身冰冷，只盼著眼前的一切，都不過是一場夢魘，等睜開眼醒來，就會有人告訴她，裘家村的水渠已經挖好了，明日天晴，可以繼續趕工。

「四娘。」耳畔傳來須彌低沈的聲音。晏雉回過神來。「我沒事……」她咬唇，壓下心底的悲哀，說道：「下馬救人。」

「是！」

此時，所有跟來的人毫無怨言，紛紛翻身下馬。那些受傷的百姓，此刻看見這群身著蓑衣，似乎是從城中趕來的人，就如同見到救星一般，人雖然不多，但聊勝於無，有得救的希望總是好的。

看著撲上來的村民，滿臉的期盼，晏雉一抹臉，已經不知道自己抹去的究竟是瓢潑的雨水，還是滾燙的眼淚。

「里正可還在？」

村民認得晏雉，老淚縱橫。「里正最先發現起蛟，一邊敲鑼一邊滿村喊人，根本來不及逃，夫妻倆都……」

晏雉心頭一怔，想起那日在裘家村門後回頭時看到的一幕，想起兩鬢斑白的里正那鄭重而誠懇的長長一揖，眼眶發燙。她哽咽了下，又問：「可有人受傷？」

因為逃得及時，活下來的這些村民大多沒有受傷，有的也只是被石子割了幾個口子，或者是逃跑的時候扭到了腳。晏雉忙差人將傷者和其他人一道轉移回黎焉城。

說話間，已有人馬趕至裘家村，帶村民依次離開。

山洪終於漸漸停歇，然而晏雉緊緊盯著旁邊的江水，心頭的弦絲毫不敢鬆懈——如果早一點將吞雲堰造好，會不會就能避免這樣的天災，是不是這些村民就不用受家破人亡之苦？

她這樣在心底問自己，卻始終得不到答案。

她是真的不知道。如今的一切，對重生的自己而言，太陌生了。從她想方設法不讓沈六娘嫁給兄長開始，身邊的一切都已不再按照過去的軌跡向前，即便有曾發生過的事再度發生，也已經有了不一樣的結局。

晏雉得不到答案，只是越發地憎恨那些關著門只顧自己享樂的貪官污吏。

須彌不敢離她太遠，雖在一旁救人，目光卻不時停留在晏雉身上。好在晏雉心底明白，她人小力薄，除了安撫那些情緒有些失控的村民，並沒太往危險的地方深入。

然而，須彌只是一個轉眼，晏雉竟被人撲倒在地，狠狠扼住脖子。

那人神情猙獰，嘴裡喊著些亂七八糟的話，看起來十分嚇人。

晏雉來不及反應，脖子被他緊緊扼住，身下是冰冷的泥水，呼吸漸漸困難。她掙扎著抓住脖子上的那雙手，那人手臂瘦削，卻很有力道，不一會兒，晏雉的臉色已脹得通紅。

也是在那一瞬間，有村民認出，這人是村子裡早年得了癔症的漢子，趕忙呼救。

須彌拋下手邊的事，朝那人撲去，不想有人幾步從身邊跑過，下一刻，那個撲倒晏雉的瘋子，就被人抓住衣領一把提了起來，狠狠一拳打倒在地。被瘋子扼住脖子的晏雉，也被順勢提起，在瘋子鬆手的那一刻，猛地向後倒去。

眾人上前。「四娘！」晏雉被須彌趕緊扶起，靠在他懷中，捂著喉嚨，吃力地擺了擺手。「無事……」

她扭頭去看將瘋子制伏的來人，聲音嘶啞，吃力地福了福身。「晏四娘多謝屠郎君救命之恩。」

晏雉已經很久沒在黎焉城內見到過屠三，實在沒想到，趕在須彌之前來救她的，會是這個曾經出言威脅過自己的漢子。

但即便如此。

晏雉垂下眼簾。西院那幾條人命，她始終不能忘記。

屠三身上穿著粗布麻衣，半條手臂還掛著傷，臉上、身上更是帶著泥污。那瘋子被屠三狠狠壓在地上，一雙眼睛都是猩紅的，儘管吃了一嘴的泥，依舊掙扎著怒吼。

屠三看了眼晏雉，扭頭問那些還沒被送走的村民。「這人怎麼回事？」

那些村民嘰嘰喳喳道，說是這人年輕的時候，媳婦就跟人跑了，然後不知怎麼的就瘋了。

屠三皺眉，身下的瘋子掙扎得越發厲害，他索性將人打暈，一把從地上拉起來，交給奔過來的士兵。

「小娘子。」屠三繃著臉，視線定定地望著一個方向，冷笑。「小娘子大本事。」

晏雉不語。

屠三在裘家村有個相好的寡婦，已經準備等年末的時候辦桌酒席，把人娶了。裘家村出事的時候，他正好在寡婦家過夜。半夜起蛟，吞雲江江水漫上江岸，山中洪水傾瀉，幾乎是在頃刻間，將整個裘家村都吞沒了。

他和寡婦逃避不及，被洪水瞬間吞沒，沖進江中。他被江水打了幾個浪頭，差點溺死，回過神來，只能看見寡婦被洪水捲走，漸漸的連人影都看不見了。

屠三拚了命游上岸，渾身濕透，洪水中雜物甚多，上了岸才發覺，半條手臂掛了傷。

讓屠三震驚的，是眼前洪水肆虐的場景。

村子裡的屋子，本身大多都是茅屋，也有石磚壘砌的小院，卻是不多。這一場洪水，多少房屋成了殘垣敗壁，多少田地化作滄海，洪水沈浮間，還能瞧見若隱若現的屍首。

那些從坍塌的房屋內救出來的人，很多連話都還來不及說清楚一句，就徹徹底底嚥了氣；還活著的，被簡單的包紮了下，躲在安全的地方，厲聲哭喊。

屠三站在一邊，小腿以下全是腥臭的洪水，他怔怔地看著眼前的景象，直到聽見從不遠處傳來的呼喊聲，方才回過神來。

他循著聲音走過去，看到了被僥倖活下來的村民圍在其中的晏四娘。

他聽到她在喊「先將受傷的人依次轉送走」。

屠三稍一尋思便明白，這個小娘子是代替她此刻並不在城中的兄長來的，於是心下也不由得嘆服。

然而下一刻，他看到了熟悉的人影在人群中走動，然後拉住一個神情瘋癲的男人，一臉嫌惡地說了幾句話。緊接著，那個男人就突然發狂，撲向那個小娘子，惡狠狠地把人撲倒在地，掐住她的脖子。

裘家村的村民被陸陸續續救走後，晏雉回了城。

城中有盧檀坐鎮，所有的安置工作都井井有條地完成了，要呈給皇上的奏章也已寫好，不等李栝從河間府趕回來，他便直接派人將奏摺帶走，沿官道一路快馬加鞭送往奉元城。

每年汛期，黎焉縣總是最容易受災，然而今年災情尤其嚴重，盧檀不願等李栝回來再商議奏章，直接遞了奏摺。

年年秋汛，李栝都往朝廷遞奏摺，請朝廷撥下救災款項，另外又請朝廷減些租稅；然而稅收一減再減，李栝卻依舊能找到別的理由，提高他處的稅收。

晏雉回城的時候，城中已經貼起了安撫民眾的告示。像裘家村那樣，因為吞雲江大水受災的村莊分別造冊，死亡的村民由縣衙負責打撈屍體並安葬，每家每戶有一定補貼，受傷的村民則一併安置在城中的幾家寺廟裡。

盧檀還命人在城中巡視，任何趁亂在城中行不軌之事者，都當場拿下送入縣衙大牢。

晏雉看著緊鑼密鼓安排人手的盧檀，想起兄長私下曾說過的話。

兄長一直認為，盧縣令之所以在黎焉縣當了這麼久的縣令，後來一直不曾有過任何升遷，想必是因為靳州整個官場黑暗的緣故。也因此，兄長才願意和盧縣令合作，即便是要明目張膽地與李栝李刺史的立場背道而馳。

由盧檀坐鎮的黎焉縣，在這個人心惶惶的特殊時期，卻比有李栝在時，更顯得穩定。

「小娘子回來了？」

一見晏雉坐在馬上回了城，盧檀趕緊上前。

晏雉看了眼跟在盧檀身後高大魁梧的軍爺，臉色微變，隨即下馬行禮。「四娘見過舅舅。」

熊昊本是正帶兵途經黎焉縣，要往別處走，不料進城時聽聞災情，當下下令駐軍，命手下將士投入救災和安置工作。等和黎焉縣縣令盧檀碰面，方才從他言語中得知，靳州刺史此時並不在治所，而受災最重的裘家村，已有靳州司戶之妹帶人前往救險。

熊昊早就聽聞晏節將晏雉帶來了靳州，沒承想，不過幾個月工夫，竟會讓一個小娘子放縱到如此不顧自己安危的地步。他正欲領兵前往裘家村，晏雉就騎著馬回城了。

「不覺得自己太魯莽了嗎？」

考慮到四娘畢竟是個未出閣的小娘子，熊昊一直不語，直到跟著她回了衙署，這才屏退下人，沈下聲來斥責道：「裘家村起蛟，聽聞山洪不斷，百姓慘死，那麼危險的地方，四娘又是為何去涉險？」

晏雉抬頭，看著上輩子曾經坐在高堂之上看她跪拜行禮的熊昊，當下搖了搖頭。「雖然危險，可裘家村旁為了造堰，開挖水渠，那裡出了事，必然要有人過去查看才行。」

熊昊一低頭，看晏雉一臉執拗，皺眉。「妳去有何用？」

晏雉仰著臉，正色道：「洪水肆虐，那些工匠必然都忙著安置家人，兄長不在城中，見過圖紙並知曉其意的，除了兄長和那些工匠，便只有我了。」

熊昊簡直要氣炸了，可一想到熊氏對唯一的女兒的疼愛，不由得嘆道：「妳若是大郎，今日我必要妳跪下好好領一頓家法；可妳娘疼妳如斯，生怕妳跟著德功出來受了什麼委屈，做舅舅的自然也不好太責難妳，說到底是妳兄嫂沒有盡到責任，沒能教導好妳……」

「此事與兄長無關！」

晏雉突然急了，聲音不自覺地拔高，而後緊閉的門扉被人從門外狠狠一腳踹開。

外頭的雨，依舊下得很大，嘩嘩的，就像一盆水潑到地上，每一下都聲勢浩大；而門外的人，緊繃著臉，不苟言笑，似乎只要熊昊對晏雉做出任何一個動作，下一刻，他就會撲上來。

熊昊知道，晏雉身邊如今多了一個名叫須彌的奴隸，聽聞是胡人和漢人的混血，長得人高馬大，年紀雖輕，卻有著一身不容小覷的好本事。

最重要的是，這個奴隸，幾乎只聽晏雉一人的。

熊昊這是頭一回見到須彌，當即心下一沈。

他常年習武，又混跡軍營，最清楚的就是那些上過沙場、殺過人利刃一般存在的將士。眼前的奴隸，明明這些年一直跟在四娘身邊，卻不知為何一身血氣，分明是常年與人在戰場廝殺所鑄就的氣息。
他突然感嘆，這是一柄利刃，只是劍鞘，卻是一個柔弱的小娘子。
熊昊收回目光，轉而看向晏雉。「無論妳有何理由，四娘，妳隻身赴險，此事舅舅必須告知妳阿娘，好教人接妳回東籬……」
聽到熊昊的話，晏雉頓時睜大了眼，大喊。「我不要！」
「胡說些什麼？難不成妳還想一輩子留在蘄州？」
「為何不能？」
大約是因為開了門，須彌就站在門口看著，晏雉覺得有了底氣，嗓門一時間變大。「回東籬後要如何？不過是被阿爹隨意許給一戶人家，然後關在家中，教授掌家之道直到及笄出嫁？出嫁後又被夫家約束，在家相夫教子，在街上逛久了，便要被夫家指指點點說是拋頭露面，不守婦道？」
想起當年嫁到熊家後所經歷的那些事，晏雉的情緒起伏得厲害。
「如果我依照這些議親、嫁人、相夫、教子，那就枉讀了這些年的書！」她挺起胸膛，雙手緊緊握拳。「晏四讀書，並非只為識字，而為知天下，識萬物！人既生雙目，便該看萬物，既生雙耳，便該聽萬聲，既生雙腿，便該行萬里！」
晏雉的聲音透著怒意，目光中的固執令熊昊一時間五味雜陳。
「妳休要胡……」
「四娘！」

熊昊還要說話，卻聽得呼喊聲由遠及近而來，不一會兒，便見門口的須彌側身讓開一條道，而後，晏節風塵僕僕地進了門。

晏節在河間府方才接到人，就看到自家內衙的小吏騎著馬衝到身前，狼狽地從馬背上摔下來後大喊「黎焉大水」。

他當下命人跟上，自己則奪過馬，向著黎焉縣直奔而來。

晏雉聽到晏節聲音的時候，頓時紅了眼眶，因熊昊就在眼前，不得已憋著，等人進了屋，還像模像樣地行了個萬福。

晏節伸手，摸了摸她的髮頂，感到手心一片濕濡，再看晏雉身上的模樣，心疼道：「今夜辛苦妳了，回去換身衣服，讓乳娘去熬點薑茶，妳與須彌都喝些。」他頓了頓，又道：「熬了一夜，回屋睡會兒，等睡飽了，再跟大哥把事情說一說。」

半夜出事的時候，晏雉為方便行動，匆忙間給自己綁了個頭髮，隨手抓了件衣服就穿在身上。騎著馬在縣城和裘家村之間奔了個來回，又被瘋子撲倒在地上過，這會兒身上看起來灰撲撲的，就連她的臉上也有髒泥。

聽到晏節這麼說，晏雉才後知後覺地感到身上有些發涼，忙行了禮，轉身往外頭跑。

須彌就站在門外，隨手將門關上，一轉身，有人靠過來，緊緊抓著自己的衣袖，悶聲道：「大哥回來了……這一次，不能饒了他們，絕對不能……」

須彌低頭。就在剛才，他察覺到晏雉抓著自己衣袖的手在發抖，低頭看才發覺，她連肩膀都在顫抖。

並非是害怕，也不是難過，此刻主導她的是一種名為「激憤」的情緒。

不知是哪裡湧上心頭的勇氣，似乎在瞬間衝破了他桎梏自己的牢籠。

他伸手，將人攬進懷中。「妳放心，不會饒了他們的，不會。」

晏雉沒有回答，身上的顫抖漸漸消退，只將頭埋在須彌的懷中，沈默地點了點頭。

然而，晏雉抓著須彌衣角的手卻並未鬆開，反而捏在手心。她不知該如何放手，只想繼續抓著，以求心中的平靜。

喝過薑茶，殷氏還沒來得及勸她躺下睡會兒，晏雉已經拔腿邁出房門。她前腳才從屋子裡走出來，後一刻就撞上了匆匆往這邊過來的晏節的胸膛。

晏節反應快，順手將晏雉扶穩，揉了揉她的腦袋，哭笑不得道：「咱們四娘這顆腦袋瓜子可不能撞傻了。」

晏雉吐舌。「大哥，舅舅可走了？」

「走了。」晏節鬆手，正色道：「今日之事，四娘，妳做得很好。」

晏雉道：「我沒能救什麼人。」

晏節搖頭。「妳比那些人都要好，起碼，在城外百姓受災的時候，妳不像那些人，在那種時候還在醉生夢死。」

在得知晏雉之前所經歷的那些事後，晏節有一瞬間心底有個聲音明確地告訴自己，如果四娘真的在蘄州出事，只怕下一刻，他就會把人送回東籬，無論四娘自己願不願意。

好在，她並沒有受傷。
「昨夜的事，我已命人快馬加鞭將奏本送去奉元城。五曹如此對災民視若無睹，若是讓他們繼續高枕無事，穩坐泰山，又怎能告慰那些亡靈。」晏節說著，冷笑一聲。
朝廷早有規定，官員不得讓妓子留宿，五曹昨夜的行事，分明犯了忌諱。
更何況昨夜形勢緊急，盧檀又派了人特地去通知五曹，得到的卻是不可打攪的回覆，根本就是太平官做習慣了，未能將百姓事擺在心頭。
此事李栝雖不知情，卻也有令五曹養成惰性的不可推卸之責任。晏節心頭自有算計，當下便草擬奏本，與盧檀商量一二後，命人快馬加鞭送往奉元城。
除了盧檀和晏雉，奏本一事晏節誰也沒說。
晏雉點頭，心中到底還是覺得惋惜。
倘若李栝能安安分分做這個刺史，不去動歷年來的賑災金，興許還能用黎焉縣一部分稅收造堰，也不至於年年皆因秋汛一事，令那些老百姓妻離子散。
「我本不願妳小小年紀，就將這些事放在心頭，可眼下看來，先生說的沒錯，妳從不是個安分守己的人，我若是將妳禁錮著，要妳學妳嫂嫂的模樣，反倒是會害了妳。」
晏節站定，低頭看著晏雉。「今後這前衙、內衙的事，妳皆可過問；若是前衙有人不服，妳便說是我點了頭的，再有不滿就讓他親自來找我。」
「大哥……」晏雉呆了呆。

復又入夜，儘管還掛心著那些災民的情況，但倦意難熬，晏雉被殷氏看得死死的，終於還是撐不住回到床上睡了過去。

睡到半夜，院子裡突然一陣騷亂。

晏雉被吵鬧聲驚醒，忙披了衣裳要衝出去，還沒跑到門口，便被今夜當值的慈姑緊緊抓著胳膊。

晏雉看她，她將腦袋搖得飛快。「須彌大哥說外頭危險，不能讓四娘出去。」

慈姑見識過須彌的本事，又被殷氏跟豆蔻耳提面命過許多遍，早已默認這內衙之中，除了郎君和娘子，便只有須彌的話，還能鎮得住自家小娘子，忙不迭將人搬了出來。

果不其然，本還掙扎著要衝出去一看究竟的小娘子，這會兒只站在門口，動也不動了。

門外，驚叫連連，打鬥的聲音又格外吵鬧。晏雉提著心，不敢揣測門外究竟發生什麼事，一直到遠遠聽見晏節喊話，這才稍稍鬆了口氣，將門打開一條縫，向外窺看。

門縫才開，便有一股血腥味撲鼻而來。

門外的場景有些駭人——

東院從未發生過什麼大事，就連殺雞、殺鴨，也沒廚子會在晏雉跟前宰殺，弄髒東院的地；可眼下，門外的地上，四仰八叉躺著幾個人，看他們身下流血的情形，想來都已經死了。

然而，還有一人，正被須彌和晏節帶來的人死死壓在身下。

那讓須彌費了好大一番力氣，才協力制伏在地的人，正是屠三。

看他一身夜行衣的裝扮，和地上那些屍首一模一樣，眾人便知，這些人今夜是打算夜襲；只是，若要夜襲，理當衝著郎君去，又為何挑了東院？

眾人心中疑惑，不由得看了晏節一眼。

他睡到半夜，被夢囈的兒子鬧醒，這一醒，就聽到了門外的動靜。等到黑衣人衝進內室的時候，晏節早有防備，很快就將幾人制伏，才鬆了口氣，東院又傳來動靜，忙帶著人衝了過來；而這時候，晏雉房門前，因為有須彌在，已經擋下了不少黑衣人。

這群人穿著夜行衣，半夜出現在東院，顯然是有人意圖將他們神不知鬼不覺地滅口。因此，晏節夜審屠三，意外地不費吹灰之力便從他口中，得知了從他當街攔截晏雉開始，一直到今日夜襲的全部始末。

屠三是李栝的人，卻也不僅僅只聽命他一人，因為李栝從來都將他們看做是自己養的狗，故而五曹向來也是能隨意差遣他。

當街攔截一事，並非李栝指使，卻也有他背地的縱容。

之後西院縱火，則是在李栝的屬意下，屠三買通內衙中人後使的手腳。

而夜襲，是周司兵的意思。

但屠三卻早已有了自己的打算——他是來自投羅網的。

入獄後，晏節問他為何要自投羅網。

屠三要了一罈酒，坐在牢裡，仰頭喝了一大口。「我瞧見我女人被洪水捲走，瞧見裘家村的人死的死、傷的傷。我這些年殺過的人從來不少，遇見過的秋汛也不是頭回，可這是第一次，第一次覺得，老子再厲害，也厲害不過老天爺。」

晏節不語。

屠三又道：「小娘子多厲害，那麼點大的小丫頭片子，明明得罪了人，硬是不知道怕字怎麼寫，那麼危險的地方也敢去，那麼髒亂的地方，也不覺得嫌棄。再看老子這些年跟的人，不過都是些孬種，哄個瘋子去殺人，自己成日裡躲在大宅子裡頭抱著女人，吃香的、喝辣的，從來不顧百姓死活……」

他話說到這裡，突然看著晏節。「要是早幾年，能多一些你這樣的官，蘄州也不至於是現在這個模樣。那些隱戶，說起來可憐，可是人多了，害得蘄州多少老百姓沒安穩日子過，你跟盧縣令做得對，早該整治整治了。」

晏節問，那為什麼是去找四娘下手。

屠三哈哈大笑。「小娘子身邊那個小子是個有趣的，我就想痛痛快快跟他打一場；至於那些死了的人，左右都是賣命的，只要不是我的那些弟兄，死就死吧。」

他說得豪氣，晏節心底卻覺得有些悲哀，只是這樁「案子」顯然已經到此可以暫時結案，餘下的事便只有等奉元城那邊的意思了。

——未完，待續，請看文創風《閨女好辛苦》下

2015年9月出版

閨女好辛苦

文創風 333～334

晏家有女初長成……疏洪救災、上陣殺敵——
別人家閨女學的是刺繡女紅、女訓女誡；
她學的卻是禮樂官制、射御書數，
今生不想再當嬌嬌女，她要自立自強！

願如樑上燕，歲歲常相見／畫淺眉

晏雉自幼爹不疼、娘不愛，被長嫂虐待卻無人聞問，
為了家族，她被迫嫁給豪門浪蕩子為妻，飽受欺凌。
如今生命即將走到盡頭，她不恨不怨，
只是格外想念家中後院的秋千，想念幼時的燦爛春光……
當她發現自己竟回到記憶中的春日時，滿心失而復得的快樂。
機緣巧合下，她與兄長同時拜入名士門下，
每日學習的不是婦德婦功，而是兵法騎射、治國策論。
不甘心受困閨閣之中，膽大心細的她隨兄長赴任，
搶救災民、懲治貪官，打響了晏家四娘的名頭。
她知道，在外人眼中她離經叛道，
收留逃奴須彌，更與他過從甚密，全然不在意女子名節。
那些耳語她一律拋在腦後，
這一生，她決心只為自己而活！

2015年8月出版

嬌寵小妻

文創風 322~327

一個被情傷透、哀莫大於心死的女人，
再次遇上這個男人，
他一步步溫暖她冷透了的心，義無反顧地全心愛上……

醇愛如酒．深情雋永／千江月

為了能多看心愛的男人一眼，顧錦朝嫁入陳家，成為心上人的繼母。
然而在陳家的日子讓她心灰意冷，遭人誣陷卻百口莫辯。
就連娘家新抬的姨娘都說，若她是個知道羞恥的，
就該一根白綾吊死在屋樑上，還死乞白賴著活下去幹什麼！
就這麼的，未到四十她便百病纏身，死的時候兒子正在娶親。
她覺得這一生再無眷戀，誰知昏沈醒來正當年少，風華正茂，
許是上天念她一生困苦，賞她再活一遍。
當年她癡心不改，如今她冷硬如刀，情啊愛啊早已拋得遠遠。
前世所有她不管不顧所失去的，她都要一一找回來、好好守著，
就連她的心，也得守得緊緊，再不許為誰丟失……

為流浪貓狗加油 和貓寶貝 狗寶貝

廝守終生(一定要終生喔！)的幸福機會

派克

QQ

對人來說，貓寶貝狗寶貝只是生活的一部分，
但妳（你）對牠們來說，卻是生活的全部，領養前請一定要考慮清楚——

▲ 可愛虎斑等待著你

性　　別：男生
品　　種：都是可愛的虎斑
年　　紀：派克3歲多，QQ5歲多
個　　性：派克親人溫柔，QQ溫和貪吃
健康狀況：皆已結紮，打過預防針，健康狀況良好
目前住所：新北市永和區

本期資料來源：台灣認養地圖

『派克&QQ』的故事：

愛媽從派克小的時候就開始餵養牠，由於自家已有20幾隻貓咪，所以沒辦法帶牠回家。之前愛媽沒試過摸摸抱抱派克，派克也只在每次餵飯時出現。直到牠快1歲時的冬天，感染了嚴重感冒，病得幾乎快死掉。

愛媽趕緊帶牠就醫，即使經濟有限，卻仍是拜託醫生寧願分期付款都要救這些貓咪們。於是派克住院了一個多月，期間完全不挑食，甚至只會撒嬌討抱抱，也從不攻擊人。然而醫院通知可以出院後，愛媽又面臨了收留與否的難題，醫院助理得知派克只能放回馬路上也莫可奈何。

派克年輕漂亮，個性又好，實在非常希望能為牠找個好人家，後來便籌錢帶牠到中途那裡去住。中途目前照顧派克的感想只有「乖死了」三字評語，貼心至極，和QQ一樣完全不搗蛋、不惹事也不挑食。

QQ雖不像派克流落街頭，但故事卻一樣坎坷。牠曾被惡質中途收容，後因居住環境太惡劣，有一天遭鄰居檢舉，於是和其他同伴被清潔隊全數帶回收容所。其他貓咪由幾位志工分批領養出來，QQ和部分貓咪則送到動物醫院。原來的中途想帶QQ回去繼續養，但被我們攔住，勸他讓我們另外找中途照顧。

現在QQ則在新中途家中健康生活著。QQ比較沒有派克黏人，但也不具攻擊性，而且牠十分有個性。貪吃的牠當肚子餓了卻沒有吃的時候，還會遷怒，去打路過的貓XD不過這打當然是小打小鬧，畢竟牠個性還是溫和的～～兩隻可愛的虎斑貓，如果有意認養，歡迎來信cats4035@yahoo.com.tw(李小姐)，主旨註明「我想認養派克/QQ」。

認養資格：

1. 認養者須年滿20歲，有獨立經濟能力，並獲得家人與同住室友或房東的同意。
2. 學生情侶或單獨在外租屋的學生，須提出絕不棄養的保證。
3. 須同意簽認養切結書。
4. 同意送養人日後之追蹤探訪，對待派克/QQ不離不棄。

來信請說明：

a. 個人基本資料：姓名、性別、年齡、家庭狀況、職業與經濟來源等。
b. 想認養「派克/QQ」的理由。
c. 過去養寵物的經驗，及簡介一下您的飼養環境。
d. 未來預計帶貓咪到何處就診？為何選擇那家動物醫院？
e. 若未來有當兵、結婚、懷孕、畢業、出國或搬家等計劃，將如何安置「派克/QQ」？

文創風
333

閨女好辛苦 上

國家圖書館出版品預行編目資料

閨女好辛苦 / 畫淺眉著. --
初版. -- 臺北市 : 狗屋, 2015.09
冊 ; 公分. --（文創風）
ISBN 978-986-328-502-1（上冊 : 平裝）. --

857.7　　　　104013463

著作者　畫淺眉
編輯　黃暄尹
校對　沈毓萍　周貝桂
發行所　狗屋出版社有限公司
地址　台北市104中山區龍江路71巷15號1樓
電話　02-2776-5889～0
發行字號　局版台業字845號
法律顧問　蕭雄淋律師
總經銷　知遠文化事業有限公司
電話　02-2664-8800
初版　2015年9月
國際書碼　ISBN-13　978-986-328-502-1
原著書名　《重生之梁上燕》，由北京晉江原創網絡科技有限公司授權出版

定價250元
狗屋劃撥帳號：19001626
網址：love.doghouse.com.tw　E-mail：love@doghouse.com.tw